Nuevo destino

Nuevo destino

PHIL KLAY

Traducción de
Inga Pellisa

LITERATURA RANDOM HOUSE

Título original: *Redeployment*
Primera edición: mayo de 2015

"Nuevo destino" se publicó por primera vez en *Granta*, "Informe posmisión" en *Tin House*,
y una parte de "Diez kilómetros al sur" en *Guernica*.

© 2014, Phil Klay
© 2015, de la presente edición en castellano para todo el mundo:
Penguin Random House Grupo Editorial, S. A. U.
© 2015, derechos de la presente edición en castellano:
Penguin Random House Grupo Editorial USA, LLC.,
8950 SW 74th Court, Suite 2010
Miami, FL 33156
© 2015, Inga Pellisa, por la traducción

Diseño de cubierta: Penguin Random House Grupo Editorial
Fotografía de cubierta: © Getty Images

Printed in USA

ISBN: 978-1-941999-38-7

Compuesto en La Nueva Edimac, S. L.

Penguin
Random House
Grupo Editorial

ÍNDICE

NUEVO DESTINO

Disparábamos a los perros. No era por accidente. Lo hacíamos a propósito y lo llamábamos «Operación Scooby». Yo soy muy de perros, así que pensaba mucho en ello.

La primera vez fue por reflejo. Oigo que O'Leary suelta «¡Dios!», y veo un perro flacucho y marrón lamiendo sangre como lamería agua de un bol. No es sangre americana, pero aun así, ahí está el perro, dando lengüetazos. Y esa es la gota que colma el vaso, supongo, y comienza la temporada de perros.

En el momento no le das muchas vueltas. Estás pensando en quién habrá en esa casa, qué armas llevará, que va a matarte a ti, a tus colegas. Vas bloque por bloque, con fusiles de 550 metros de alcance y matando a la gente a cinco en un cubo de hormigón.

Lo piensas después, cuando te dejan tiempo. Es decir, no es que uno vuelva de golpe, directo de la guerra al centro comercial de Jacksonville. Cuando se terminó nuestro despliegue nos pusieron en TQ, esa base logística en pleno desierto, para que nos despresurizáramos un poco. No estoy seguro de lo que querían decir con eso. Despresurizarnos. Nosotros entendimos que consistía en matarnos a pajas en las duchas, fumar un montón de cigarros y jugar a las cartas sin parar. Y luego nos llevaron a Kuwait y nos pusieron en un vuelo comercial de vuelta a casa.

Y ahí estás. Sales de una zona de guerra jodidísima, y al momento vas sentado en un asiento tapizado de felpa, mirando cómo suelta aire acondicionado la valvulita del techo y pensando ¿qué cojones? Tienes un fusil sujeto entre las rodillas, igual que todos los demás. Algunos marines llevan pistolas M9, pero las bayonetas te las quitan, porque no está permitido subir cuchillos a un avión. Aunque nos hemos duchado, estamos todos mugrientos y flacos. Todo el mundo tiene los ojos hundidos, y los uniformes de camuflaje están hechos mierda. Y te sientas ahí, y cierras los ojos, y te pones a pensar.

El problema es que tus pensamientos no siguen ningún tipo de orden lógico. No piensas: ah, hice A, luego B, luego C y luego D. Intentas pensar en tu casa, y al momento estás en las celdas de tortura. Ves aquellos trozos de cuerpo en las cámaras y al tipo retrasado en la jaula. Chillaba como un pollo. Tenía la cabeza encogida al tamaño de un coco. Tardas un momento en recordar que el médico dijo que le habían inyectado mercurio en el cráneo, pero aun así sigue sin tener ningún sentido.

Ves las cosas que viste las veces que te faltó poco para morir. El televisor roto y el cadáver del moro aquel. A Eicholtz cubierto de sangre. Al teniente por la radio.

Ves a aquella niñita, las fotos que encontró Curtis en un escritorio. Primero una niña iraquí preciosa, puede que de siete u ocho años, descalza y con un vestido blanco muy bonito, como si fuera su primera comunión. Luego sale con un vestido rojo, tacones altos, un dedo de maquillaje. Foto siguiente: el mismo vestido, pero tiene la cara emborronada y sostiene una pistola con la que se apunta a la cabeza.

Intenté pensar en otras cosas, como en mi mujer, Cheryl. Tiene la piel pálida y unos pelitos finos y oscuros en los brazos. A ella le dan vergüenza, pero son suaves. Delicados.

Pero pensar en Cheryl me hacía sentir culpable, y entonces empezaba a pensar en el cabo segundo Hernandez, en el cabo Smith y en Eicholtz. Éramos como hermanos, Eicholtz y yo. Le salvamos la vida a un marine una vez. Pocas semanas después, Eicholtz está escalando una pared. Un insurgente asoma por una ventana y le dispara en la espalda cuando está a medio camino.

Pienso en esas cosas. Y veo al retrasado, y a la niña, y la pared en la que murió Eicholtz. Pero el tema es este: pienso un montón, y me refiero a un montón, en aquellos putos perros.

Y pienso en el mío. Vicar. En el refugio de animales del que lo sacamos. Cheryl dijo que teníamos que quedarnos con un perro viejo porque nadie se queda con los perros viejos. Y pienso en que nunca conseguimos enseñarle nada. Que vomitaba porquerías que, para empezar, no tendría que haberse comido. En cómo se escabullía, todo culpable, con la cola caída y la cabeza gacha y medio agazapado. En cómo se le comenzó a poner el pelo gris dos años después de tenerlo, y que tenía tantos pelos blancos en la cara que parecía que tuviese bigote.

Así estaba la cosa. Vicar y la Operación Scooby, todo el camino de vuelta.

A lo mejor, no lo sé, es que vamos preparados para matar personas. Hacemos prácticas con dianas en forma de hombre, así que para eso estamos listos. Tenemos también esas dianas que llaman «perros», claro. En forma de triángulo. Pero no se parecen en nada a un puto perro.

Y tampoco es fácil matar gente. Cuando salen del campo de adiestramiento, los marines actúan como si fueran a hacer de Rambo, pero esto es serio de cojones, es profesional. Normalmente. Una vez nos encontramos con un insurgente en pleno estertor, soltando espumarajos y retorciéndose, jodido, ¿sabes? Le han dado con un 7,62 en el pecho y en la pelvis; estará muerto en un segundo, pero el oficial ejecutivo de la compañía se acerca, coge su Ka-Bar y le corta la garganta. Dice «Está bien matar a un hombre con un cuchillo». Todos los marines se miran entre ellos en plan «¿Qué cojones?». No nos esperábamos eso de un oficial ejecutivo. Ese rollo es más de soldados de primera.

En el vuelo, pensaba en eso también.

Es gracioso. Estás ahí sentado con un fusil entre las manos pero nada de munición. Y entonces aterrizas en Irlanda para repostar. Y está todo nublado y no se ve una mierda, pero, ya sabes, esto es Irlanda, tiene que haber cerveza. Y el capitán del avión, un puto civil, lee un mensaje de que si las órdenes generales siguen vigentes hasta que lleguemos a Estados Unidos y que se sigue considerando que estamos de servicio. Así que nada de alcohol.

Bueno, nuestro oficial al mando saltó y dijo «Eso no hay por dónde pillarlo. Muy bien, marines, tenéis tres horas. He oído que sirven Guinness». ¡Ooh-rah, joder! El cabo Weissert pidió cinco cervezas de golpe y las puso todas en fila delante de él. Durante un momento ni siquiera bebió, se quedó ahí sentado sin más, mirándolas, feliz. O'Leary le dijo «Mírate, sonriendo como un maricón delante de un árbol de pollas», que es una expresión típica de los instructores de adiestramiento que a Curtis le encanta. Así que Curtis se ríe y dice «Qué espanto de árbol», y todos empezamos a partirnos, felices simplemente de saber que podemos ponernos hasta el culo, bajar la guardia.

Enseguida nos pusimos como locos. La mayoría de nosotros habíamos perdido unos diez kilos, y hacía meses que no probábamos una gota de alcohol. MacManigan, soldado de primera con dos medallas, iba dando vueltas por el bar con los huevos colgando por fuera de los pantalones de camuflaje diciéndoles a los marines «Deja de mirarme las pelotas, maricón». El cabo segundo Slaughter se pasó media hora entera en el baño hasta que vomitó, mientras el cabo Craig, el mormón sobrio, lo ayudaba, y el cabo segundo Greeley, el mormón borracho, vomitaba en el retrete de al lado. Hasta el sargento de artillería de la compañía acabó por los suelos.

Estuvo bien. Volvimos al avión y caímos redondos. Nos despertamos en América.

Solo que, cuando aterrizamos en Cherry Point, allí no había nadie. Era noche cerrada y hacía frío, y la mitad de nosotros tenía encima la primera resaca en meses, una mierda que en ese momento sentaba bien de cojones. Y bajamos del avión y nos encontramos una gran pista de aterrizaje vacía, con una media docena de parches rojos* y un montón de camiones militares puestos en fila. Ni una sola familia.

El sargento de artillería dijo que nos estaban esperando en Lejeune. Cuanto antes cargásemos el equipo en los camiones, antes los veríamos.

Recibido. Organizamos grupos de trabajo y subimos nuestras mochilas y petates. Era un trabajo pesado, hizo que se nos activara la circulación en pleno frío. Y que sudáramos un poco de alcohol, también.

Entonces un montón de autobuses pararon ahí delante y subimos a bordo, apretujados, con los M16 que se quedaban clavados en todas partes, y apuntando sin control, las precauciones a tomar por culo, pero daba igual.

De Cherry Point a Lejeune hay una hora. El primer trozo está rodeado de árboles. No se ve gran cosa de noche. Y tampoco cuando coges la 24. Tiendas que todavía no han abierto. Letreros de neón apagados en los bares y las gasolineras. Mientras miraba por la ventana, sabía más o menos dónde estaba, pero no sentía que estuviese en casa. Supuse que me sentiría en casa cuando besara a mi mujer y acariciara a mi perro.

Cruzamos la verja de la entrada lateral de Lejeune, que está a unos diez minutos del área de nuestro batallón. Quince, me dije, al paso que lleva este cabrón. Cuando llegamos a McHugh, todo el mundo se puso un poco nervioso. Y entonces el conductor torció por la calle A. El área del batallón está en la A, y vi los barracones y pensé, ya estamos. Pero entonces se paró, a unos cuatrocientos metros. Justo enfrente del depósito de armas. Echando una carrera, podría haber llegado hasta donde estaban las familias. Vi que había una zona detrás de uno de los barracones en la que habían colo-

* Distintivo que da nombre a los auxiliares de aterrizaje del Cuerpo de Marines. *(N. de la T.)*

cado luces. Y había coches aparcados por todas partes. Oía el gentío más abajo. Pensaba en Cheryl y en Vicar. Esperamos.

Cuando llegué a la ventanilla y entregué mi fusil, sin embargo, me quedé clavado. Era la primera vez que me separaba de él en meses. No sabía qué hacer con las manos. Primero me las metí en los bolsillos, luego las saqué y crucé los brazos, y al final simplemente las dejé colgando, inútiles, a los lados.

Cuando todos hubimos entregado los fusiles, el sargento primero nos hizo ponernos en una formación de desfile de mil cojones. Se nos puso al frente un puto abanderado y bajamos marchando por la calle A. Cuando llegamos a la altura de los primeros barracones, la gente empezó a vitorear. No vi a nadie hasta que volvimos la esquina, y entonces, ahí estaba, un gran muro de gente con pancartas bajo un puñado de focos, y los focos deslumbraban y apuntaban directamente hacia nosotros, por lo que era difícil mirar a la multitud y distinguir quién era quién. A un lado había mesas de picnic y un marine con el uniforme de camuflaje boscoso estaba asando perritos calientes. Y había un castillo inflable. Un puto castillo inflable.

Seguimos marchando. Otro par de marines, también con el uniforme de camuflaje verde, contenía a la multitud, y seguimos marchando hasta que quedamos en fila enfrente de las familias, y entonces el sargento primero gritó alto.

Vi algunas cámaras de televisión. Había un montón de banderas estadounidenses. El clan MacManigan al completo estaba en primera línea, justo en el centro, con una pancarta que decía: HURRA, SOLDADO DE PRIMERA CLASE BRADLEY MACMANIGAN. ESTAMOS MUY ORGULLOSOS DE TI.

Inspeccioné a la multitud de una punta a otra. Había hablado por teléfono con Cheryl desde Kuwait, no mucho rato, solo «Eh, estoy bien» y «Sí, antes de cuarenta y ocho horas, llama al oficial de atención a las familias, él te dirá cuándo venir». Y ella dijo que allí estaría, pero fue raro, por teléfono. Hacía tiempo que no oía su voz.

Entonces vi al padre de Eicholtz. También llevaba una pancarta. Decía: BIENVENIDOS A CASA HÉROES DE LA COM-

PAÑÍA BRAVO. Lo miré directamente y lo recordé de cuando nos fuimos, y pensé «Ese es el padre de Eicholtz». Y entonces fue cuando nos dejaron ir. Y dejaron ir a la gente, también.

Yo me quedé quieto, y los marines que estaban a mi lado, Curtis, O'Leary, MacManigan, Craig y Weissert, corrían hacia la multitud. Y la multitud avanzaba. El padre de Eicholtz avanzaba.

Estrechaba la mano de todo marine con el que se cruzaba. No creo que muchos de ellos lo reconociesen, y yo sabía que tenía que decirle algo, pero no lo hice. Me aparté. Eché un vistazo alrededor en busca de mi mujer. Y entonces vi mi nombre en una pancarta. SARGENTO PRICE, decía, pero el resto quedaba tapado por la gente y no podía ver quién la sostenía. Y comencé a moverme hacia ella, alejándome del padre de Eicholtz, que estaba abrazando a Curtis, y vi el resto de la pancarta. Decía: SARGENTO PRICE, AHORA QUE HAS VUELTO A CASA PODRÁS ENCARGARTE DE ALGUNAS TAREAS DOMÉSTICAS. ESTA ES LA LISTA DE COSAS QUE TIENES QUE PONER A PUNTO: 1) A MÍ. 2) REPETIR NÚMERO 1.

Y ahí, sosteniendo la pancarta, estaba Cheryl.

Llevaba unos pantalones de camuflaje y una camiseta ajustada de tirantes, aunque hacía frío. Debía de haberse vestido así para mí. Estaba más delgada de lo que recordaba. Y también iba más maquillada. Yo estaba nervioso y cansado, y Cheryl parecía algo cambiada. Pero era ella.

Por todas partes nos rodeaban familias y sonrisas enormes y marines agotados. Caminé hacia ella, me vio y se le iluminó la cara. Ninguna mujer me había sonreído así en meses. Me acerqué y la besé. Imaginaba que eso era lo que se suponía que tenía que hacer. Pero había pasado mucho tiempo y los dos estábamos demasiado nerviosos y fue como apretar los labios unos con otros y nada más, no sé. Ella dio un paso atrás, me miró, me puso las manos sobre los hombros y se echó a llorar. Se secó los ojos, y entonces me rodeó con los brazos y me aferró contra ella.

Su cuerpo era blando y encajaba en el mío. Yo había dormido en el suelo durante toda la campaña, o en catres de lona. Con el chaleco antibalas y un fusil encima. No había sentido nada que se pareciera a ella en siete meses. Era casi como si hubiera olvidado esa sensación, o como si nunca la hubiera conocido realmente, y ahora, aquí, me encontraba con ese sentimiento nuevo que hacía que todo lo demás pareciese en blanco y negro y se desvaneciera en contraste con el color. Entonces Cheryl me soltó y yo la tomé de la mano, recogimos mis cosas y salimos de allí.

Me preguntó si quería conducir y, joder, vaya si quería, así que me senté al volante. Eso también llevaba mucho tiempo sin hacerlo. Metí la marcha atrás, arranqué, y emprendí el camino a casa. Iba pensando que quería aparcar en algún sitio oscuro y acurrucarme con ella en el asiento de atrás, como en el instituto. Pero saqué el coche del aparcamiento y bajé por McHugh. Y bajar por McHugh conduciendo no era igual que hacerlo en autobús. O sea, esto es Lejeune. Así es como iba siempre al trabajo. Y estaba tan oscuro. Y tan silencioso.

Cheryl me preguntó «¿Cómo estás?», lo que quería decir ¿Cómo ha sido? ¿Ahora estás loco?

Yo le respondí: «Bien, estoy bien».

Y todo quedó en silencio de nuevo y torcimos por Holcomb. Me alegraba de conducir. Me proporcionaba algo en lo que concentrarme. Coge esta calle, gira el volante, baja por aquella. Un paso detrás de otro. Se puede superar cualquier cosa, dando un paso detrás de otro.

Me dijo: «Estoy tan contenta de que estés en casa».

Y luego: «Te quiero tanto».

Y luego: «Estoy orgullosa de ti».

«Yo también te quiero», le dije.

Cuando llegamos a casa me abrió la puerta. Ni siquiera sabía dónde estaban mis llaves. Vicar no vino a recibirme. Pasé adentro y miré alrededor y ahí estaba, en el sofá. Cuando me vio se levantó lentamente.

Tenía el pelo más gris, y extraños bultos de grasa en las

piernas, esos pequeños tumores que les salen a los labradores, solo que Vicar tenía un montón. Meneó la cola. Bajó del sofá con sumo cuidado, como si le doliera.

—Se acuerda de ti —dijo Cheryl.

—¿Por qué está tan flaco? —pregunté, y me arrodillé para rascarle detrás de las orejas.

—El veterinario me dijo que teníamos que controlarle el peso. Y últimamente devuelve mucho.

Cheryl me estaba tirando del brazo. Apartándome de Vicar. La dejé hacer.

—¿No es genial estar en casa?

Le temblaba la voz, como si no estuviera segura de la respuesta. «Sí, sí que lo es», le contesté, y ella me besó con fuerza. La cogí en brazos y la llevé al dormitorio. Me puse una sonrisa enorme en la cara, pero no sirvió de mucho. Parecía algo asustada de mí, en aquel momento. Imagino que todas las esposas debían de estar algo asustadas.

Y así fue mi vuelta a casa. Estuvo bien, supongo. La sensación de volver a casa es como la de dar la primera bocanada de aire después de haber estado a punto de ahogarte. Duele, pero está bien.

No me puedo quejar. Cheryl lo llevó bien. Vi a la mujer del cabo segundo Curtis en Jacksonville. Se había gastado toda la paga de combate antes de que él volviera, y estaba embarazada de cinco meses, lo que, para un marine que volvía de un despliegue de siete, no era lo bastante embarazada.

La mujer del cabo Weissert no lo estaba esperando cuando volvimos. Él se rió, dijo que seguramente se había confundido de hora, y O'Leary lo llevó a casa. Y cuando llegan se la encuentran vacía. No solo de gente, sino de todo: los muebles, los adornos de las paredes, todo. Weissert ve esa mierda y niega con la cabeza. Empieza a reír. Salen, compran algo de whisky y se ponen ciegos ahí mismo, en la casa vacía.

Weissert bebió hasta caer dormido, y cuando se despertó MacManigan estaba a su lado, sentado en el suelo. Y fue Mac-Manigan, nada menos, el que lo vistió y lo arregló y lo llevó a la base a tiempo para esas clases a las que te obligan a ir, en plan: no te suicides, no pegues a tu mujer. Y Weissert: «Yo no puedo pegarle a mi mujer. No sé dónde cojones está».

Ese fin de semana nos dieron un 96, y yo me ocupé de Weissert el viernes. Estaba en mitad de una borrachera de tres días, y salir con él era como ir a una barraca de monstruos de feria llena de whisky y bailarinas eróticas. No llegué a casa hasta las cuatro, después de dejarlo en el barracón de Slaughter, y desperté a Cheryl al entrar. No dijo una sola palabra. Supuse que estaría enfadada, y lo parecía, pero cuando me metí en la cama rodó hacia mí y me dio un pequeño abrazo, a pesar de que apestaba a alcohol.

Slaughter se ocupó de Weissert y luego se lo pasó a Addis, Addis se lo pasó a Greely, y así. Tuvimos a alguien con él todo el fin de semana, hasta que nos aseguramos de que estaba bien.

Cuando no estaba con Weissert y el resto del escuadrón, me sentaba en el sofá con Vicar y veía los partidos de béisbol que Cheryl había grabado para mí. A veces hablábamos de cómo habían sido esos siete meses para ella, de las esposas que habían quedado allí, de su familia, su trabajo, su jefe. A veces me hacía preguntas. A veces las respondía. Y contento como estaba de encontrarme en Estados Unidos, y a pesar de que odiaba los últimos siete meses y de que lo único que me había hecho seguir adelante eran los marines con los que servía y la idea de regresar a casa, empecé a sentir ganas de volver. Porque, joder, estaba harto.

La semana siguiente, en el trabajo, era todo media jornada y chorradas. Visitas médicas para tratar las heridas que los chicos habían estado ocultando o aguantando sin decir nada. Visitas al dentista. Administración. Y por las noches, Vicar y yo veíamos la tele en el sofá y esperábamos a que Cheryl volviera de hacer su turno en Texas Roadhouse.

Vicar se quedaba dormido con la cabeza en mi regazo y se despertaba cada vez que me inclinaba para darle un trocito de salami. El veterinario le había dicho a Cheryl que no le convenía, pero se merecía algo bueno. La mitad de las veces, cuando lo acariciaba, le daba en alguno de los tumores, y debía de doler. Parecía que todo le hiciera sufrir: menear la cola, tragar comida. Caminar. Sentarse. Y cuando vomitaba, lo que ocurría día sí día no, tosía convulsivamente como si se estuviera asfixiando, y la cosa iba a más durante unos buenos veinte segundos hasta que salía algo. Era ese sonido lo que me molestaba. Limpiar la alfombra no me importaba.

Y entonces Cheryl llegaba a casa, nos miraba, negaba con la cabeza sonriendo y nos decía: «Estáis hechos una pena».

Quería a Vicar cerca, pero no soportaba mirarlo. Supongo que por eso dejé que Cheryl me sacara de casa aquel fin de semana. Cogimos mi paga de combate e hicimos un montón de compras, que es como Estados Unidos contraataca frente a los terroristas.

Ahí va una experiencia. Tu mujer te lleva a Wilmington de compras. La última vez que caminaste por la calle de una ciudad, el marine en cabeza bajó por un lado, inspeccionando el frente y las azoteas del lado opuesto. El marine que viene detrás controla las ventanas de los pisos más altos de los edificios, el que viene detrás de este se encarga de las ventanas un poco más abajo, y así sucesivamente, hasta que los muchachos tienen cubierto el nivel de calle y el último marine vigila la retaguardia. En una ciudad hay un millón de rincones desde los que pueden matarte. Al principio te pone de los nervios. Pero avanzas tal como te enseñaron y funciona.

En Wilmington no tienes escuadrón, ni compañero de combate, ni siquiera tienes un fusil. Te sobresaltas diez veces y te pones a buscarlo y no está ahí. Estás a salvo, así que tendrías que estar en alerta blanca, pero no.

Lo que estás es atrapado en una tienda de American Eagle Outfitters. Tu mujer te da algunas prendas de ropa para ver cómo te quedan y entras en un probador diminuto. Cierras la puerta y no quieres volver a abrirla.

Fuera, hay gente paseando y mirando escaparates como si nada. Gente que no tiene ni idea de dónde está Faluya, la ciudad en la que murieron tres miembros de tu pelotón. Gente que ha vivido toda su vida en alerta blanca.

Nunca se acercan siquiera a la alerta naranja. Tampoco tú, hasta que te encuentras por primera vez en un tiroteo, o la primera vez que estalla un IED que se te pasó y te das cuenta de que la vida de todo el mundo, de todo el mundo, depende de que tú no la jodas. Y que tú dependes de ellos.

Algunos tíos pasan directamente a alerta roja. Se quedan así un tiempo y luego se desploman, bajan más allá de la alerta blanca, más allá de lo que sea que haya por debajo de «Me importa una mierda si muero». De los demás, la mayoría se queda en la naranja, todo el tiempo.

La naranja consiste en esto. No ves ni oyes como antes. Tu química cerebral cambia. Te quedas con cada elemento del entorno, con todo. Yo era capaz de detectar una moneda de diez centavos en mitad de la calle a veinte metros de distancia. Tenía antenas que se extendían por toda la manzana. Hasta cuesta recordar exactamente la sensación. Creo que te quedas con más información de la que puedes almacenar, así que la vas olvidando, vas liberando espacio en tu cerebro para recoger toda la información del momento siguiente que pueda servir para mantenerte con vida. Y luego olvidas también ese momento y te concentras en el siguiente. Y en el siguiente. Y en el siguiente. Y así durante siete meses.

Eso es la naranja. Y entonces vas a Wilmington de compras, desarmado, ¿y crees que puedes volver a la alerta blanca? Pasará un cojón de tiempo antes de que vuelvas a la blanca.

Para cuando terminamos, yo ya estaba revolucionado. Cheryl no me dejó llevar el coche. Lo habría puesto a ciento sesenta. Y cuando llegamos vi que Vicar había vuelto a vomitar, justo al lado de la puerta. Lo busqué y estaba en el sofá, intentando incorporarse sobre sus patas temblorosas.

—Maldita sea, Cheryl. Hay que hacer algo ya.

—¿Crees que no lo sé?

Miré a Vicar.

—Mañana lo llevaré al veterinario —dijo ella.

—No.

Negó con la cabeza.

—Yo me ocupo.

—Quieres decir que le pagarás cien dólares a un gilipollas para que mate a mi perro.

Cheryl no dijo nada.

—Así no es como se hacen las cosas. Yo me encargo.

Ella me miraba de ese modo que soy incapaz de aguantar. Indulgente. Miré por la ventana hacia la nada.

—¿Quieres que vaya contigo?

—No, no —le respondí.

—Vale. Pero sería mejor.

Se acercó a Vicar, se puso de rodillas y lo abrazó. El pelo le caía por la cara y no podía ver si estaba llorando. Luego se levantó, fue hacia el dormitorio y cerró la puerta con suavidad.

Yo me senté en el sofá y rasqué a Vicar detrás de las orejas y pensé un plan. No demasiado bueno, pero un plan. A veces con eso basta.

Cerca de casa hay un camino de tierra y, al lado, un riachuelo en el que se filtra la luz al atardecer. Es bonito. Solía ir a correr por allí a veces. Pensé que sería un buen sitio para hacerlo.

En coche no está muy lejos. Llegamos allí justo cuando se ponía el sol. Aparqué a un lado del camino, salí, saqué el fusil del maletero, me lo colgué al hombro y fui a la puerta del copiloto. Abrí la portezuela, cogí a Vicar en brazos y lo llevé cuesta abajo hasta el riachuelo. Pesaba, y era cálido, y me lamía la cara mientras lo llevaba; los lametones lentos, perezosos, de un perro que ha sido feliz toda la vida. Cuando lo bajé y di un paso atrás me miró. Meneó la cola. Y yo me quedé paralizado.

Solo había dudado así en otra ocasión. A medio camino, mientras atravesábamos Faluya, un insurgente se coló en nuestro perímetro. Cuando lanzamos la alarma desapareció. Nos pusimos de los nervios y empezamos a inspeccionarlo todo, hasta que Curtis echó un vistazo a un depósito de agua que habían usado como pozo negro, básicamente un gran contenedor redondo lleno hasta un cuarto de su altura de mierda líquida.

El insurgente estaba flotando dentro, oculto bajo el líquido, y salía solo a por aire. Como un pez asomando para atrapar una mosca posada sobre el agua. Su boca rompía la superficie, se abría para respirar y luego se cerraba de golpe y se sumergía. No me lo podía imaginar. Solo el olor ya era asqueroso. Unos cuatro o cinco marines apuntaron abajo y dispararon contra la mierda. Menos yo.

Mirando a Vicar pasó lo mismo. Esa sensación, como: algo se va a romper dentro de mí si hago esto. Pero pensé en Cheryl llevando a Vicar al veterinario, en un extraño poniéndole las manos encima a mi perro, y me dije: Tengo que hacer esto.

No llevaba escopeta, llevaba un AR-15. Lo mismo, básicamente, que un M16, que era con el que me habían entrenado, y me habían entrenado bien. Alineación de la mira, control del gatillo, control de la respiración. Centrarse en las miras metálicas, no en el objetivo. El blanco tiene que verse borroso.

Me centré en Vicar, luego en las miras. Vicar desapareció en un borrón gris. Quité el seguro. Tenían que ser tres disparos. No consiste solo en apretar el gatillo y listos. Hay que hacerlo bien. Dos disparos al cuerpo. Un último disparo certero a la cabeza.

Los dos primeros tienen que ser rápidos, eso es importante. Nuestro cuerpo es sobre todo agua, así que atravesarlo con una bala es como lanzar una piedra en un estanque. Genera ondas. Si lanzas una segunda piedra justo después de la primera, el agua que queda entre una y otra se pica. Eso pasa en el cuerpo, especialmente si son dos cartuchos de 5,56 a velocidad supersónica. Esas ondas pueden destrozar órganos.

Si te disparase a un lado del corazón, un tiro…, y luego en el otro, te dejaría los dos pulmones perforados, dos heridas aspirantes en el pecho. Estarías jodido y bien jodido. Pero aún vivirías lo suficiente para sentir cómo se te llenan de sangre los pulmones.

Si te disparo esos dos tiros más rápido, no hay problema. Las ondas te destrozan el corazón y los pulmones y no tienes estertores, simplemente te mueres. Sufres un shock, pero sin dolor.

Apreté el gatillo, absorbí el retroceso y me concentré en las miras, no en Vicar, tres veces. Dos balas le atravesaron el pecho, otra el cráneo, y las balas fueron rápidas, demasiado rápidas como para notarlas. Así es como debería hacerse, cada disparo justo después del anterior para que ni siquiera puedas tratar de recuperarte, que es cuando duele.

Me quedé allí plantado un momento observando las miras. Vicar era un borrón de gris y negro. La luz se estaba apagando. Era incapaz de recordar qué era lo que iba a hacer con el cuerpo.

ÓRDENES FRAGMENTARIAS

El teniente dice que echemos abajo esa puta casa. Recibido. Vamos a echar abajo esa puta casa.

Reúno a mis chicos, hago un diagrama en la mesa de arena. Escupo dentro mientras doy instrucciones y la saliva empieza a evaporarse tan pronto toca el suelo.

El HUMINT dice que es una fábrica de IED plagada de moros hijoputas de los gordos, incluido uno que aparece en un puesto bastante alto en la lista BOLO. El informe SALUTE dice que hay una especie de equipo de asalto armado con AK, RPK, RPG y puede que un fusil Dragunov.

Nombro al 2.º Equipo de Asalto la fuerza principal. Es el equipo del cabo Sweet, y Sweet es una puta estrella del rock. Un suboficial estelar. La SAW está a cargo del soldado de primera Dyer, y Dyer está exaltado, porque esta es su oportunidad de estrenarse por fin y cargarse a alguien. Tiene diecinueve años, es uno de nuestros asesinos pipiolos, y lo único a lo que ha disparado hasta ahora en el Cuerpo es a las dianas.

Pongo al 1.ᵉʳ Equipo de Asalto de apoyo. El equipo del cabo Moore. Moore va un poco flipado con los Marines y siempre cree que su equipo tendría que ser la fuerza principal, como si esto fuera un puto concurso. Podría ser un poco menos hurra, hurra, pero siempre está listo para la acción.

Dejo al 3.ᵉʳ Equipo de Asalto de reserva, como de costumbre. Son los chicos de Malrosio, y Malrosio es más tonto que Fabio con dos botellas de jarabe para la tos encima. Los del 3.º han tenido una campaña bastante fácil hasta el momento, porque nunca les encargo nada demasiado complicado. A veces ayuda que tu mando sea un imbécil.

Cuando llegamos a la casa el resto de los escuadrones acordonan la zona, y nosotros bajamos embalados por el camino y nos cargamos la puerta de atrás. M870 con cartuchos para volar cerraduras. Bum, y ahí vamos.

La puerta trasera lleva a la cocina. Derecha, despejado. Izquierda, despejado. Al frente, despejado. Atrás, despejado. Cocina, despejada. Nos desplegamos hacia delante, sin amontonarnos, con fluidez. Despacio y buena letra. El equipo de asalto del cabo Sweet despeja casas como el agua de un riachuelo.

En la siguiente habitación hay disparos de AK tan pronto como cruzamos la puerta, pero nosotros somos mejores tiradores. El balance es de dos moros con heridas mortales y ningún herido en nuestro bando: otro día en el paraíso. Entonces el cabo Sweet guía al 2.º Equipo de Asalto al dormitorio, y aparece un moro disparando a ciegas a la altura de la cadera y le da de casualidad. Dos las para la placa, pero otra atraviesa la huevera antibalas y penetra en el muslo. El soldado de primera Dyer va pegado a su culo, es el segundo en entrar por la puerta, y le dispara al moro una ráfaga de 5,56 en la cara. Despejamos la habitación, damos el aviso, ¡sanitario aquí!, y Dyer se echa al suelo para vendarle la herida a Sweet. La sangre es de un rojo brillante, tal vez le haya dado en la femoral.

Seguimos avanzando. Entra el 1.er Equipo de Asalto y el doctor P se pone con Dyer a atender al cabo Sweet pero, oh, el moro sigue respirando, así que Doc le dice a Dyer, ve y véndale la herida de la cara al moro, haz los cuatro pasos de primeros auxilios, restablece la respiración, detén la hemorragia, protege la herida, prevén el shock. Mientras, yo contacto por radio interna con el teniente para pedir una CASEVAC.

Seguimos avanzando. Dormitorio, despejado. Retrete, despejado. Despensa, despejada. Lo que mierda sea este cuarto, despejado. Primer piso, despejado.

El teniente contacta y dice que tienen un CH-46 en el aire que viene a salvarle la vida a Sweet. Pregunta cuál es la situación, así que le lanzo una mirada a Doc P, en plan, ¿WIA o KIA? Doc responde, urgente, es serio, y se lo digo al teniente mientras nos apiñamos frente a la puerta que lleva al sótano.

Lanzamos una granada de luz y cuando estalla bajamos en tromba por las escaleras. Hay tres abajo. Uno es de Al Qaeda, pero está aturdido por la granada y no lleva ninguna arma en las manos. Parece tener unos diecisiete años y se le ve asustado, y cuando le ponemos las esposas de plástico y le soltamos todo el rollo del prisionero de guerra se mea encima. A veces pasa.

Los otros dos que hay en el sótano, un policía y un jundi de la 1.ª División del Ejército Iraquí, no son una amenaza. Están atados a una silla frente a una videocámara colocada en un trípode. Les han pegado una paliza de muerte y hay un buen charco de sangre en el suelo.

El cabo Moore ve la cámara y a los dos tíos que han sido torturados. Whiskey Tango Foxtrot,* dice en voz muy baja. Pero todos sabemos qué es esto. El cabo segundo McKeown mira la cámara y suelta: los de Al Qaeda hacen las peores pelis porno del mundo, y Moore se vuelve hacia el prisionero, al que hemos puesto boca abajo en el suelo, esposado y con los ojos vendados, y le dice: Tú, hijo de puta, cabronazo. Da un paso hacia él, pero lo detengo.

El 1.er Equipo de Asalto desata a los dos tíos y empieza con los primeros auxilios. Los de AQI usaron cable para atarlos a las sillas y se les ha clavado en la piel, por lo que es complicado soltarlos sin arrancarles más carne. Además, algo les pasa en los pies. Digo: Llevadlos al punto de evacuación que ha montado Doc en el primer piso. La casa ya está despejada, todo tomado en menos de dos minutos, así que bastante bien, menos por lo de Sweet, y eso es una auténtica putada. Una herida en la ingle es una pesadilla.

_____

* Iniciales de «What The Fuck» («¿Qué cojones?») usando el alfabeto fonético de la OTAN. *(N. de la T.)*

En el sótano hay un alijo de armas, la mierda habitual, AK y RPK, explosivos caseros, RPG, algunas piezas de artillería oxidadas de 122 mm. Se lo dejo a Moore y voy a echarle un ojo a Sweet.

En el piso de arriba, veo que Doc ya ha sacado el Quik-Clot y lo ha puesto en la herida. Mala señal, y esa mierda de coagulante quema, pero Sweet fuerza una sonrisa. Me levanta el pulgar, mira al médico, que está ocupado en su muslo, y le dice: Eh, Doc, ¿por qué no me haces una mamada ya que estás? Doc no levanta la vista.

El soldado de primera Dyer se está encargando del moro al que ha disparado en la cara. Veo que ha sacado también su propio kit de primeros auxilios para ponerle las gasas al moro. Se supone que no debería. Tu kit es para ti.

El moro está mal. Parece que ha perdido la mitad de la mandíbula. Hay pedazos de barba, todavía pegados a la piel, al otro lado de la habitación. Dyer está presionando fuerte las gasas para frenar la hemorragia, y veo que tiene *esa* mirada. Así que cojo al cabo segundo Weber y le digo que releve a Dyer, que le dé un respiro.

El CH-46 aterriza en menos de diez minutos. Tiempo suficiente para que Sweet se deje de bromas y empiece a decir las mierdas que acostumbra a decir la gente cuando la herida es grave. Le digo que no lo dejaremos morir. No sé si estoy mintiendo o no.

Llevamos a Sweet afuera, con el moro y el poli iraquí y el jundi, los subimos a todos y se los llevan para TQ. Le digo al escuadrón que Sweet tiene una buena herida. Pero si llegas a quirófano con pulso, es probable que salgas con pulso.

Una vez se ha ido el CASEVAC, la cosa consiste básicamente en esperar. Le doy al teniente mi informe de situación. Él lo pasa a Operaciones, y desde allí le dicen que el oficial al mando ha dicho, Bravo Zulú, lo que cojones quiera decir eso.

Compruebo que la seguridad esté apostada y que a nadie le haya dado un bajón poscombate. A mí desde luego no. Normalmente, después de un asalto me quedo seco de adrenalina, y quiero hacerme un ovillo y echar una siesta. Pero no con Sweet pendiendo de un hilo.

Los chicos están bien apostados. El equipo de Malrosio, Dios nos asista, está de guardia. El equipo de Sweet no está muy bien.

A Dyer lo encuentro vigilando una de las ventanas de la habitación principal, pero no está ahí en realidad. Mala táctica. Primero, está demasiado cerca. Segundo, no está alerta. Un insurgente seguramente podría entrar y cogerlo por las pelotas antes de que se diera cuenta. Y va cubierto de sangre, la de Sweet y la del moro, lo más probable. Vendar una herida no es bonito. Lleva las mangas del traje de vuelo empapadas.

Ven, le digo. Y dado que en el cuarto hay dos hombres, le digo a Moore que esté al cargo un segundo y llevo a Dyer a la cocina y le digo, quítate eso.

Me mira.

No puedes ir así, le digo.

Se quita la ropa, y yo también. Veo la enorme S de Superman que se tatuó en el pecho antes de embarcar. Todos se ríen de él por eso, pero ahora no le digo nada. Me quito el traje de vuelo y se lo doy. Me vuelvo a poner el equipo de protección, me coloco el traje de Dyer enrollado debajo del brazo y vuelvo a la habitación principal solo con las botas, el chaleco antibalas, los gayumbos y el casco. Mis piernas y brazos no han visto la luz del sol en algún tiempo, y están más blancos que mierda de paloma. Moore me ve y empieza a sonreír. McKeown ve a Moore sonreír y empieza a partirse. Y yo: que os jodan, estoy sexy.

El teniente está en una esquina con Doc. Se fija en mis piernas, asomando por debajo del chaleco, pero no sonríe. Solo dice: Menos mal que hoy se ha puesto gayumbos.

Eh, Doc, digo, ¿qué cojones? Y señalo la puerta del sótano con la barbilla.

Doc niega con la cabeza. Les dieron una buena paliza, dice. Creo que con mangueras. Tenían un montón de desgarros por toda la piel, en las plantas de los pies, especialmente. Y les atravesaron los tobillos con una taladradora, justo en la articulación, así que están jodidos de por vida. Nada mortal, sin embargo.

Iban a grabarlos en vídeo, dice el teniente.

Y Doc: Los pusieron enfrente de la cámara, en plan, «Preparaos para morir, takfiris», y entonces se dieron cuenta de que se habían quedado sin cinta.

Hay dos más ahí fuera, me informa el teniente. Los que enviaron a comprar cinta. Seguramente no los volvamos a ver, pero tened los ojos abiertos. Alguno podría ponerse tonto e intentar algo.

Eso espero, señor, le respondo.

Me dispongo a decírselo a los marines, pero el teniente me pone la mano en el hombro. En voz baja, me pregunta: Sargento, ¿había visto algo así antes?

A veces olvido que es su primera campaña. Me encojo de hombros. La adrenalina ha desaparecido ya y siento ese típico cansancio profundo. No esto exactamente, le respondo, pero tampoco es algo que me haya sorprendido mucho. Al menos no hay niños.

El teniente asiente.

Señor, le digo, no se permita pensar en ello hasta que hayamos vuelto a Estados Unidos.

Correcto, dice. Echa un vistazo afuera, al camino, y añade: Bueno, los EOD vienen a por el alijo. Han dicho que no toqueteemos nada.

Yo no juego con bombas, señor.

En cuanto acaben iremos a ver qué tal Sweet. Lo han llevado a TQ.

¿Está bien?

Lo estará, dice el teniente.

Voy a echar un vistazo a mis hombres. Los EOD llegan bastante rápido, y veo que son el equipo del sargento de segunda Cody. Cody es un chico del sur, de Tennessee. Me señala las piernas desnudas y me lanza una gran sonrisa campechana.

Cuando termina de follarse a estos moros, dice, uno se vuelve a poner los pantalones.

Mientras su equipo se encarga de los explosivos sin detonar, yo me encargo del traje de vuelo de Dyer. Moore me trae algo de gasolina del sótano. Lo empapamos y le prendemos fuego. Se supone que estas cosas son resistentes al fuego, por eso las llevamos, pero arde bien.

Mientras observamos las llamas, le pregunto a Moore: ¿Ibas a tirar a ese moro escaleras abajo de una patada?

Se lo tendría merecido, responde.

Esa no es la clave, le digo. Si tus marines te ven jodido, van a empezar a pensar en lo jodido que es todo. Y no hay tiempo para eso. Mañana tenemos otra patrulla.

El teniente se acerca con un traje de vuelo de sobra. Cámbiese, dice. Nos vamos directos a TQ. Sweet está estable, pero lo van a llevar pronto a Alemania. El poli y el jundi también están estables. El moro no ha conseguido salir.

Cojo el traje de vuelo y le digo a Moore: Informa al escuadrón de que Sweet está bien, y no menciones que el moro ha muerto.

Vuelvo a la cocina y me cambio. Los EOD ya han terminado, así que nos ponemos en marcha.

Mientras circulamos hacia TQ, dice McKeown: Eh, al menos les salvamos la vida a esos tíos. Y yo: Sí, el 2.º escuadrón al puto rescate.

Solo que tengo sus ojos clavados en la mente. No creo que quisieran ser rescatados. ¿Después de que los de Al Qaeda te pongan ante una videocámara? Te han golpeado y torturado y atravesado con una taladradora y piensas: Por fin, cortadme la cabeza de un tajo. Es lo que pensaría yo. Y entonces, adivina qué. Jaja, hijoputa. No hay cinta. Así que estás ahí sentado, sufriendo, esperando para morir, durante quién sabe cuánto tiempo. No es que haya ningún Wal-Mart al lado, precisamente.

No vi lágrimas de alegría cuando irrumpimos ahí, con los M4 preparados. Eran hombres muertos. Y entonces los drogamos, los CASEVACuamos y tuvieron que volver a vivir.

Pienso por un segundo que a lo mejor todos tendríamos que desahogarnos esta noche, como escuadrón. Emborracharnos con Listerine y lidiar con esta mierda. Pero no quiero tocar esa tecla si puedo evitarlo, y Sweet sigue vivo. Hoy ha sido un buen día. Reservemos ese rollo para un día malo.

Entramos en TQ, que es una FOB enorme, toda llena de insignias de las fuerzas estadounidenses y de coalición. Descargamos las armas y las dejamos en Situación 4 en la puerta de entrada. Las FOB son básicamente seguras. Y están plagadas de contratistas.

Las señales de tráfico que conducen al hospital son iguales que las de Estados Unidos: un cuadrado azul con una H blanca en el centro. Y hay marines conduciendo vehículos de aspecto civil, vestidos de camuflaje, sin chaleco antibalas, como los que verías en cualquier base estadounidense. El quirófano de TQ está en el centro de la base, al lado de la Torre Oscura, que es como llaman los chicos de logística a su puesto de mando. La carretera nos lleva en círculos en torno a la torre, acercándonos poco a poco. He estado antes aquí.

Hacemos el camino en silencio, y entonces McKeown dice: Sargento, ha sido realmente jodido.

Pero no es el momento de tener esa conversación, así que digo: Sí, no veía tanta sangre desde que me follé a tu madre con la regla. Y los chicos se ríen y sueltan alguna chorrada y eso corta el ambiente que se estaba creando. Salimos de los humvees y vamos andando al hospital con la actitud apropiada.

Dentro, encontramos a Sweet despierto, pero le están metiendo un buen chute por el gotero IV.

Me encuentro bien, dice, he salvado la pierna.

Otro marine había llegado mientras Sweet estaba en quirófano y las cosas no fueron tan bien para él. Aun así, es un buen día para nosotros.

Salvo que mientras estamos de broma con Sweet, Dyer coge a un médico que pasaba por ahí y le pregunta cómo le va al moro al que le disparó en la cara. Yo intento llamar la atención del médico para hacerle una señal, como: No le digas que el moro está muerto. Pero no hay problema, el médico está en plan: No tengo ni idea de a cuál disparaste, además, a los de Al Qaeda los trasladan a un hospital de alta seguridad cuando los estabilizamos. Ahora mismo no hay ninguno.

Y Dyer se queda ahí, a un lado. Lleva todavía mi uniforme de camuflaje y va flotando dentro. Le pongo una mano en el hombro y le digo: Hoy lo has hecho bien, soldado. Te has cargado al tío que le disparó a Sweet.

En la sala contigua a la de Sweet tienen al poli iraquí y al jundi que rescatamos. Salgo al pasillo y echo una ojeada, y ahí están, hechos mierda, drogados y fuera de combate. Se está bien en el hospital, no hay sangre y polvo cubriéndolo todo como en el sótano, pero esos dos, incluso limpios…, sus cuerpos no tienen el aspecto que debe tener un cuerpo. Verlos me paraliza un instante. No llamo al escuadrón porque no les hace ninguna falta ver esto.

Después, no queda mucho que hacer aparte de pasar por la cantina. Estamos en una FOB, así que podríamos aprovechar para comer un buen rancho ahora que podemos. Mis chicos se lo merecen. Puede que lo necesiten. Además, todo el mundo dice que el TQ tiene la mejor cantina de Anbar, y pronto volveremos a nuestro puesto de combate.

La cantina está a un kilómetro. Es un edificio enorme y blanco, de unos doscientos metros de largo como mínimo y cien de ancho, rodeado por una valla de tres metros de alto rematada con alambre de espino. Le enseñamos nuestras ID a los guardas ugandeses y cruzamos la valla. Dentro hay unas pilas para lavarse las manos antes, nada de comer con los dedos sucios, y luego un bufé en el que trabajadores de la KBR sirven todo tipo de mierdas. Yo no tengo hambre, pero cojo unas chuletas asadas con salsa de rábano.

Nos sentamos en una mesa grande. La cantina está bastante llena, debe de haber mil personas comiendo ahí, y estamos sentados entre unos ugandeses y algunos marines y marinos del servicio de suministros de TQ.

Estoy enfrente del soldado de primera Dyer, y no come demasiado. A mi lado hay un capitán de corbeta de Suministros que no deja de engullir. Cuando ve que no somos exactamente chupatintas de la base, empieza a hablar. No le digo por qué estamos allí, solo le digo algo de nuestro puesto, y que está bien comer algo que no sean raciones de combate o esa mierda roja con arroz de los iraquís. Tenéis suerte, nos dice. Habéis escogido un buen día. Es domingo. Los domingos toca cobbler. Y señala a una mesa al fondo de la cantina en la que están sirviendo cobbler con helado.

Así que, a la mierda, cuando terminamos nos levantamos todos a por algo de cobbler, menos Dyer. Dice que no tiene hambre, pero le digo: Eric, levanta el puto culo y coge un poco de cobbler. Y ahí vamos.

Los de KBR han servido de todas las clases. De cereza. De manzana. De melocotón.

El capitán dice que el de cereza es el mejor. Recibido. Yo cojo cereza. Dyer coge cereza. Todos cogemos el puto cobbler de cereza.

De nuevo en la mesa, sentado enfrente de Dyer, veo que está mirando cómo se derrite el helado. Malo. Le pongo la cucharilla en la mano. Uno tiene que hacer estas cosas básicas.

INFORME POSMISIÓN

En cualquier otro vehículo habríamos muerto. El MRAP dio un salto, catorce mil kilos de acero elevándose y combándose en el aire, moviéndose bajo mis pies como si la gravedad se hubiera invertido. El mundo giró y se derrumbó al tiempo que la explosión me taponaba los oídos y retumbaba a través de mis huesos.

La gravedad se asentó. Antes había edificios. Ahora había faros entre el polvo. En algún punto más allá, civiles iraquís se despertaban sobresaltados. El encargado del detonador, si lo hubo, se escabullía. Me silbaban los oídos, y mi visión no era más que un punto minúsculo. Arrastré la mirada a lo largo del cañón de la Calibre 50. La punta estaba retorcida y destrozada.

El comandante del vehículo, el cabo Garza, me estaba gritando.

«Se han cargado la 50», le grité yo. No oía lo que me decía.

Bajé y trepé por el interior del MRAP. Pasé a cuatro patas por entre los asientos, abrí la escotilla trasera y salí.

Timhead y Garza ya estaban fuera, Timhead apostado en el flanco derecho del vehículo mientras Garza comprobaba los daños. Llegó el Vehículo Tres con Harvey en la torreta para cubrirnos. Era una calle estrecha, justo a la entrada de Faluya, y aparcaron a la izquierda del MRAP, que tenía el morro desplomado como un animal herido.

Los rodillos antiminas habían saltado. Las ruedas estaban desperdigadas por todas partes, rodeadas de pedazos de metal y demás escombros. Uno de los neumáticos del vehículo descansaba a pocos metros, bajo un manto de polvo. Parecía el abuelito de todas las ruedecillas del antiminas que lo rodeaban.

Las piernas no me sostenían del todo, pero el adiestramiento hizo efecto. Apunté el fusil al frente, escudriñando la oscuridad, y traté de cubrir mi radio de 1,5 y de 7,5, aunque tendría que esperar a que el polvo se aposentara para ver más de un metro y medio por delante.

Brilló una luz a través de la neblina en una de las casas. Parpadeó, atenuándose y avivándose con rapidez. Me zumbaba la cabeza, y la espalda me dolía. Debía de haberme estampado contra un lado de la torreta.

Timhead y yo nos quedamos a la derecha del MRAP, orientados hacia los extremos. Cuando despejó el polvo vi caras iraquís en unas cuantas casuchas de un solo piso, mirándonos. Uno de ellos era el que había puesto la bomba, seguramente, esperando a ver si había un CASEVAC. Les pagan un extra por eso.

Los civiles probablemente miraban esperando lo mismo. Uno no puede poner una bomba así de grande sin que se entere el vecindario.

Como el corazón me bombeaba a todo trapo, el dolor me palpitaba en la espalda a borbotones superrápidos.

El cabo Garza rodeó el MRAP y pasó al otro lado, evaluando los daños. Nosotros nos quedamos donde estábamos.

—Joder —dije.

—Joder —dijo Timhead.

—¿Estás bien? —le pregunté.

—Sí.

—Yo también.

—Siento un puto…

—¿Qué?

—No sé.

—Sí. Yo también.

Hubo un estallido de disparos, como si alguien hiciera restallar un látigo en el aire repetidamente. Era fuego de AK, y estábamos expuestos. No había ninguna torreta en la que agazaparme, solo tenía mi fusil, y no la 50. No podía ver de dónde salían los disparos, pero me lancé tras el flanco del MRAP para ponerme a cubierto. Retomé la rutina de adiestramiento, pero no vi nada al inspeccionar mi línea de tiro.

Timhead disparó desde el frente del MRAP. Yo disparé hacia donde él disparaba, a un lado del edificio en el que parpadeaba aquella luz, y vi cómo mis balas impactaban en el muro. Timhead paró. Yo también. Seguía en pie, así que supuse que estaba bien.

Una mujer gritó. Tal vez había estado gritando todo el tiempo. Salí de detrás del MRAP y sentí cómo se me encogían las pelotas.

A medida que me acercaba a Timhead veía más y más al otro lado del muro del edificio. Timhead tenía el fusil en posición, y así mantuve el mío. Junto al muro había una mujer vestida de negro, sin velo, y un chico de unos trece o catorce años tendido en el suelo, desangrándose.

—Mierda —dije. Vi un AK en el suelo. Timhead no dijo nada—. Le has dado.

—No. No, tío, no.

Pero le había dado.

Supusimos que el chico había pillado el AK de su padre al vernos allí parados y que pensó que sería un héroe y les pegaría un tiro fácil a los americanos. De haber acertado, imagino que se habría convertido en el chico más molón del barrio. Pero al parecer no sabía apuntar, de otro modo Timhead y yo la habríamos palmado. El chico estaba disparando desde menos de cincuenta metros, tirando a lo loco y cruzando los dedos a ver si había suerte, y la mayoría de las balas le habían dado al aire.

A Timhead, como al resto de nosotros, lo habían entrenado para disparar un fusil, y lo habían entrenado con dianas de forma humana. La única diferencia entre estas dianas y la silueta de aquel chico era que el chico era más pequeño. El instinto tomó el control. Timhead le disparó tres veces antes de que cayera al suelo. Imposible fallar a esa distancia. La madre había corrido afuera para intentar meter a su hijo otra vez en casa. Llegó justo a tiempo para ver cómo le salían despedidos trocitos de carne a través de los hombros.

Aquello hizo que Timhead diera un gran paso atrás alejándose de la realidad. Le dijo a Garza que no había sido él, así que Garza supuso que yo le había disparado al chico, a quien todo el mundo iba llamando «el insurgente» o «el moro» o «el moro tontolculo», como en la frase: «Menudo cabronazo con suerte estás hecho, te ha ido a disparar el moro más tontolculo de todo el puto país».

Al terminar el convoy, Timhead me ayudó a quitarme el traje de ametrallador. Cuando lo despegamos de mi cuerpo el olor del sudor estancado nos golpeó, denso y acre. Normalmente, Timhead hacía bromas o se quejaba, pero supongo que no estaba de humor. Apenas abrió la boca hasta que me lo hube quitado, y entonces dijo:

—Le he disparado a ese chico.

—Sí. Le has dado.

—Ozzie, ¿crees que la gente me va a hacer preguntas sobre eso?

—Seguramente —le respondí—. Eres el primer tío del pelotón de la PM que… —Me atranqué. Iba a decir «que mata a alguien», pero por la forma en que hablaba Timhead supe que mejor no. Así que dije—: … que hace algo así. Querrán saber cómo es.

Asintió. Yo también quería saber cómo era. Me acordé del sargento de segunda Black. Era un instructor que había tenido en el campo de adiestramiento, y corría el rumor de que había golpeado a un soldado iraquí con una radio hasta matarlo. Al volver una esquina se había encontrado con el moro tan de sopetón que no le dio tiempo a empuñar el fusil y se puso de los nervios, cogió la Motorola y le dio de golpes en la cabeza hasta que se la dejó deshecha. Todos pensábamos que era una pasada. El sargento de segunda Black solía echarnos bronca y soltarnos mierdas alucinantes como «¿Qué vais a hacer cuando os estén disparando y llaméis a la artillería y mande el puto edificio a tomar por culo y os vayáis encontrando trozos de niños pequeños, bracitos y piernecitas y cabecitas por todas partes?». O nos preguntaba: «¿Qué le vais a decir a una niña de nueve años que no sabe que su papá está muerto porque aún sacude las piernas pero vosotros sí porque se le está saliendo el cerebro de la cabeza?». Y nosotros respondíamos: «Este recluta no lo sabe, señor». O «Este recluta no habla iraquí, señor».

Mierdas alucinantes. La caña, si uno se está preparando para enfrentarse a lo que cree que será una guerra jodida de verdad. Siempre había querido pillar por banda al sargento de segunda Black después del campo de adiestramiento y preguntarle cuánto había de rollo y cuánto tenía realmente en la cabeza, pero nunca tuve oportunidad.

—Yo no quiero hablar de ello —dijo Timhead.

—Pues no hables.

—Garza cree que fuiste tú.

—Ya.

—¿Podemos dejarlo así?

Parecía que hablaba en serio. Yo no sabía qué responder. Así que dije:

—Claro. Le diré a todo el mundo que fui yo.

¿Quién iba a saber que no?

Aquello me convirtió en el único asesino incuestionable del pelotón de la PM. Antes del parte se acercaron un par de tíos. Jobrani, el único musulmán del pelotón, dijo «Buen trabajo, tío». Y Harvey, «Yo le habría dado a ese cabronazo si el puto Garza y Timhead no hubieran estado en medio». Y Mac, «¿Estás bien, tío?».

La sargento mayor se presentó en la zona de la PM mientras estábamos con el parte. Supongo que se había enterado de que habíamos tenido contacto. Es la clase de sargento mayor que siempre llama a todo el mundo «asesino». En plan, «¿Cómo va eso, asesino?», «Hurra, asesino», «¿Otro día en el paraíso, eh, asesino?». Ese día, cuando llegó, me dijo:

—¿Qué tal va, cabo segundo Suba?

Le dije que genial.

–Buen trabajo hoy, cabo segundo. A todos, buen trabajo. ¿Hurra?

Hurra.

Cuando terminamos, el sargento de segunda nos llevó a Timhead, al cabo Garza y a mí a un lado.

–Magnífico. Han hecho su trabajo. Exactamente lo que tenían que hacer. ¿Están bien?

–Sí, sargento de segunda, estamos bien –respondió Garza, y yo pensé, «Que te jodan, Garza, estabas al otro lado del puto MRAP».

–Si necesitan hablar, háganmelo saber –dijo el teniente.

Y el sargento de segunda:

–Hurra. Prepárense para mañana. Tenemos otro convoy. ¿Ok?

Ok.

Timhead y yo volvimos directamente al cubo que compartíamos. No queríamos hablar con nadie más. Yo cogí la PSP, puse el Grand Theft Auto, y Timhead sacó su Nintendo DS y se puso a jugar al Pokémon Diamante.

Al día siguiente, tuve que contar la historia.

–Y entonces fue como crac crac crac –que es como fue– y disparan a los putos rodillos antiminas, que habían salido volando, y Timhead y yo vemos al moro con un AK y ya está. De manual. Como en el adiestramiento.

Seguí contando la historia. Todo el mundo me hacía preguntas, y luego se fueron añadiendo otras. Sí, yo estaba como por aquí, y Timhead aquí… Te lo dibujo en la arena. Mira, esto es el MRAP. Y aquí está el moro. Sí, apenas podía verlo, asomaba por la esquina del edificio. Tontolculo.

Timhead iba asintiendo. Era una bola, pero cada vez que contaba la historia, me sentía mejor. Como si fuera un poco más mía. Cuando la contaba, todo estaba claro. Hacía diagramas. Explicaba los ángulos de las trayectorias de las balas. Hasta decir que estaba oscuro y lleno de polvo y que daba puto miedo hacía que estuviera menos oscuro y menos lleno de polvo y que no diese tanto puto miedo. Así que cuando lo recordaba estaban los recuerdos que tenía y las historias que había contado, y venían a juntarse en mi cabeza, y las historias se hacían más fuertes cada vez que volvía a contarlas, tenía la sensación de que eran cada vez más ciertas.

Al final, el sargento de segunda venía y decía «Calle de una puta vez, Suba. Un moro nos disparó. El cabo segundo Suba respondió. Moro muerto. Es el mejor final feliz que uno pueda tener fuera de un salón de masajes tailandés. Ahora, se acabó. Ametralladores, alerta, cuando consigan una ID afirmativa tendrán su oportunidad».

Una semana después, Mac murió. MacClelland.

El encargado del detonador esperó hasta que pasara el MRAP. Estalló en mitad del convoy.

Big Man y Jobrani salieron heridos. Big Man, lo bastante como para que lo mandaran a TQ y luego fuera de Irak. Dicen que lo estabilizaron, pero que tiene fracturas faciales y que está «temporalmente» ciego. A Jobrani solo le dio un poco de metralla. Pero Mac no salió. El doctor Rosen no le contó nada a nadie sobre ello. Era todo muy jodido. Hubo una ceremonia en su honor al día siguiente.

Justo antes del convoy, había estado de broma con Mac. Le había llegado un paquete de provisiones con los dulces más asquerosos que el hombre haya conocido, Peeps rancios y pastillas PEZ de chocolate, que según Mac sabían como el agujero del culo de Satán. Harvey le preguntó que cómo era que tenía tan claro a qué sabía el agujero del culo de Satán, y Mac le respondió, «Eh, hijo. Firmaste los papeles de alistamiento. Ahora no hagas como si no tuvieras sentido del gusto». Y luego sacó la lengua y la meneó.

La ceremonia fue en la capilla del campamento de Faluya. El sargento primero del cuartel pasó lista frente a la foto de graduación de Mac del campo de adiestramiento, que habían hecho imprimir a los cámaras de combate y pegado en un tablero de cartón. También habían montado una cruz del soldado con sus botas, el fusil, las chapas y el casco. O a lo mejor no eran sus cosas. A lo mejor eran unas botas, un fusil y un casco que guardaban en la capilla para todos los funerales que organizaban.

El sargento primero se puso al frente y llamó:

—Cabo Landers.

—Presente, sargento primero.

—Cabo segundo Suba.

—Presente, sargento primero —dije, alto.

—Cabo segundo Jobrani.

—Presente, sargento primero.

—Cabo segundo MacClelland.

Todo el mundo se quedó callado.

—Cabo segundo MacClelland.

Me pareció oír que la voz del sargento primero se quebraba un poco.

Y entonces, como si estuviera enfadado por la falta de respuesta, gritó:

—¡Cabo segundo James MacClelland!

Dejaron que el vacío pesara sobre nosotros un segundo, y entonces sonó el toque de silencio. Yo no tenía mucha relación con Mac, pero hube de sujetarme los antebrazos para dejar de temblar.

Cuando terminó el funeral, Jobrani se acercó a mí. Llevaba un vendaje a un lado de la cabeza, donde le había acribillado la metralla. Jobrani tiene cara de niño, pero tenía la mandíbula apretada y los ojos entrecerrados, y me dijo:

—Al menos te cargaste a uno. A uno de esos cabrones.

—Sí.

—Eso va por Mac.

—Sí.

Solo que yo había matado al moro antes. Así que la cosa era más bien Mac por el moro. Y yo ni siquiera había matado a ningún moro.

En nuestro cubo, Timhead y yo nunca hablábamos demasiado. Cuando volvíamos yo me ponía a jugar al GTA y él al Pokémon hasta que estábamos tan cansados que no nos aguantábamos de pie. No había mucho de que hablar. Ninguno tenía novia y los dos queríamos una, pero ni él ni yo éramos tan idiotas como para casarnos con una cuarentona de Jacksonville con dos hijos, como había hecho el sargento Kurtz dos semanas antes del despliegue. Así que no teníamos a nadie esperándonos en casa aparte de nuestras madres.

El padre de Timhead estaba muerto. Era lo único que sabía del tema. Cuando hablábamos, hablábamos principalmente de videojuegos. Solo que ahora había mucho más de qué hablar. O eso creía yo. Timhead no opinaba lo mismo.

A veces lo miraba, concentrado en la Nintendo, y tenía ganas de gritarle «¿Qué pasa contigo?». No parecía cambiado, pero debía de estarlo. Había matado a una persona. Tenía que sentirse distinto. Me hacía sentir raro a mí, y no era yo quien había disparado a aquel chico.

Lo más que pillaba eran pequeñas señales. Una vez estábamos sentados en la cantina con el cabo Garza, Jobrani y Harvey cuando pasó por ahí la sargento mayor. Me llamó «asesino», y cuando se marchó Timhead dijo:

—Sí, asesino. Un puto héroe.

—¿Qué? ¿Celoso? —le dijo Jobrani.

—No pasa nada, Timhead —bromeó Harvey—. Es solo que no eres lo bastante rápido desenfundando. Pum. —Hizo una pistola con el índice y el pulgar y fingió que nos disparaba—. Tío, yo le habría dado tan rápido, bang bang, y habría disparado a su puta madre también.

—¿Ah, sí? —dije yo.

—Sí, hijo. No iban a salir más bebés terroristas de ese coño.

Timhead estaba agarrado a la mesa.

—Que te jodan, Harvey.

—Eh —respondió Harvey, la sonrisa borrándose de su cara—. Solo era una broma, tío. Estaba de broma.

Yo no dormía muy bien. Y tampoco Timhead.

Daba igual que tuviéramos una misión al cabo de cuatro horas, nos quedábamos sentados en la cama, jugando. Tengo que calmarme, me decía. Necesito un rato sin pensar en la PSP.

Pero era igual todos los días: el tiempo que podía dedicar a dormir lo pasaba calmando los nervios. Estar tan cansado todo el tiempo hace que todo sea muy confuso.

Tuvimos un convoy detenido durante dos horas por un IED que resultó no ser más que chatarra caída al azar, cables que no iban a ninguna parte pero que tenían una pinta sospechosa de cojones. Yo tragaba una lata de Rip It detrás de otra, llevaba tal subidón de cafeína que me temblaban las manos, pero los párpados se me cerraban como si tuvieran pesas colgando. Es una sensación muy loca, que te vaya el corazón a 250 por hora y tu cerebro se esté quedando dormido, y que sepas, cuando el convoy se pone en marcha, que si se te pasa algo por alto estás muerto. Y tus amigos.

Cuando volvimos aplasté la PSP con un pedrusco.

—Ni siquiera me gustaba que me llamaran «asesino» antes de todo este rollo —le dije a Timhead.

—Bueno, pues ajo y agua, nenaza.

Probé con otro enfoque.

—¿Sabes qué? Me lo debes.

—¿Cómo es eso?

No contesté. Le aguanté la mirada y el apartó la cara.

—Me lo debes —le repetí.

Soltó una risita débil.

—Bueno, pues no voy a dejar que me comas la polla.

—¿Qué pasa contigo? —le pregunté—. ¿Estás bien?

—Estoy bien. ¿Qué?

—Ya lo sabes.

Clavó la vista en el suelo.

–Me alisté para matar moros.

–Y una mierda.

Timhead se alistó porque su hermano mayor había estado en la PM y en 2005 le estalló una bomba que le dejó quemaduras en todo el cuerpo. Se alistó para ocupar su lugar.

Timhead apartó la mirada. Esperé a que respondiera.

–Bueno–dijo–. Vale.

–¿Estás mal de la cabeza, tío?

–No. Solo que es raro.

–¿A qué te refieres?

–Mi hermano pequeño está en el reformatorio.

–No lo sabía.

Hubo una sonora explosión en alguna parte fuera de nuestro cubo. Artillería, probablemente.

–Tiene dieciséis años –dijo Timhead–. Provocó un par de incendios.

–Vale.

–Es de idiotas. Pero es un niño, ¿no?

–Dieciséis años son solo tres menos que yo.

–Tres años es una diferencia muy grande.

–Claro.

–Yo estaba loco a los dieciséis. Además, mi hermano tenía quince cuando lo hizo.

No dijimos nada durante un momento.

–¿Cuántos años crees que tenía el chico al que disparé?

–Los suficientes –respondí.

–¿Para qué?

–Para saber que es una idea mala de cojones dispararle a un marine de Estados Unidos.

Timhead se encogió de hombros.

–Estaba intentando matarte –le digo–. Matarnos. Estaba intentando cargarse a todo el mundo.

–Esto es lo que veo yo: todo lleno de polvo, y los destellos del AK dando vueltas a lo loco.

Asiento.

—Y entonces veo la cara del chico. Y luego a la madre.

—Sí. Justo eso, aquí mismo.

No sabía qué más decir. Al cabo de un minuto, Timhead se puso otra vez a jugar.

Dos días más tarde, Jobrani y yo abrimos fuego contra una casa después de un ataque de SAF en Faluya. No creo que le diera a nada. Y no creo que Jobrani le diera a nada tampoco. Cuando terminó el convoy, Harvey la chocó con él y le dijo, «Bien, Jobrani. La yihad por América».

Timhead rió y dijo, «Yo estoy seguro de que eres una célula durmiente, Jobrani».

Después de eso, fui a hablar con el sargento de segunda. Le conté todo lo que había dicho Timhead sobre el chico, pero como si fuera yo.

—Mira —me dijo—, es una mierda. Un tiroteo es la cosa más jodidamente aterradora a la que te vas a enfrentar en la puta vida. Pero lo has llevado bien, ¿no?

—Sí, sargento.

—Eres un hombre. No te preocupes por eso. Y sobre toda esa otra mierda —se encogió de hombros—, no se vuelve más fácil. Está bien que puedas siquiera hablar de ello.

—Gracias, sargento.

—¿Quieres ir a ver al brujo para hablar del tema?

—No. —Ni por asomo iba a dejar que me vieran yendo a estrés de combate por la mierda de Timhead—. No, estoy bien. En serio, sargento.

—Vale. No tienes por qué. No es que pase nada, pero no tienes por qué. —Entonces me sonrió—. Pero te puedes poner religioso, pasar el rato con el capellán.

—No soy religioso, sargento.

—No quiero decir que te vuelvas realmente religioso. Solo que el capellán es un tío listo. Vale la pena ir a verlo. Y, eh, si empiezas a pasar rato con él, la gente solo piensa que a lo mejor has encontrado a Jesús o una mierda de esas.

Una semana más tarde estalló otro IED. Oí la explosión y me di la vuelta. Garza escuchaba al teniente, que gritaba algo por radio. No veía dónde estaban. Podía ser un camión del convoy, podía ser un amigo. Garza dijo: «Camión Artillado 3, el de Harvey». Hice girar la Calibre 50, en busca de objetivos, pero nada.

Y Garza dijo: «Están bien».

Eso no hizo que me sintiera mejor. Solo significaba que no tenía que sentirme peor.

Algunos dicen que el combate consiste en un 99 por ciento de aburrimiento absoluto y un 1 por ciento de puro terror. Los que dicen eso no están en la PM en Irak. Por las carreteras, iba todo el tiempo asustado. Tal vez no puro terror, eso es para cuando las bombas estallan realmente, pero sí una especie de terror de baja intensidad que se mezcla con el aburrimiento. Así que sería un 50 por ciento de aburrimiento y un 49 por ciento de terror del normal, que es la sensación general de que podrías morir en cualquier momento y de que todo el mundo en este país quiere matarte. Y luego, por supuesto, está el 1 por ciento de puro terror, cuando el ritmo cardiaco se te dispara y tu campo visual se cierra y las manos se te quedan blancas y todo el cuerpo te zumba. No puedes pensar. No eres más que un animal, haciendo eso para lo que te han entrenado. Y luego vuelves al terror normal, vuelves a ser humano y vuelves a pensar.

No fui a ver al capellán. Pero unos días después de que hirieran a Harvey el capellán vino a verme a mí. Aquel día habíamos estado tres horas esperando a las afueras de Faluya mientras los EOD desmantelaban una bomba que yo había detectado. Me pasé todo el rato ahí sentado pensando, «Cadena margarita, cadena margarita, emboscada», a pesar de que estábamos en un desierto en mitad de la puta nada, sin ningún sitio desde el que pudieran emboscarnos, y que si la bomba hubiera estado conectada a otra en cadena margarita ya habría estallado. Aun así, acabé estresado. Más que de costumbre. Cuando el cabo Garza levantó la mano para cogerme por las pelotas, que es algo que hace a veces para picarme, amenacé con pegarle un tiro.

Luego volvimos y el capellán pasó casualmente por mi cubo y pensé «Voy a pegarle un tiro al sargento de segunda, también». Salimos y nos pusimos a hablar al lado del fumadero, que es una pequeña zona delimitada con malla de camuflaje. Alguien había puesto un banco de madera, pero ninguno de los dos se sentó.

El capellán Vega es un mexicano alto y lleva un bigote que parece que esté a punto de saltarle de la cara y follarse al primer roedor que encuentre. El tipo de bigote que, en el ejército, solo se le puede consentir a un capellán. Dado que es capellán católico, y teniente de la Marina, no estaba seguro de si llamarlo «Señor», «Cap» o «Padre».

Después de un rato intentando que me sincerara, me dijo:

—No estás receptivo.

—Puede —respondí.

—Solo intento tener una conversación contigo.

—¿Sobre qué? ¿Sobre el chico al que disparé? ¿Le pidió el sargento de segunda que hablara conmigo de ello?

Miró al suelo.

—¿Tú quieres hablar de ello?

No quería. Pensé en responderle eso. Pero se la debía a Timhead.

—Ese chico tenía dieciséis, padre. A lo mejor.

—No lo sé. Pero sí sé que hiciste tu trabajo.

—Lo sé. Eso es lo jodido de este país.

Me di cuenta, un segundo demasiado tarde, de que había soltado una irreverencia delante de un cura.

—¿Qué es lo jodido?

Le di una patada a una piedra que había en el suelo.

—No creo que ese chico estuviese loco siquiera. No según los criterios de estos moros. Seguramente lo llaman mártir.

—Cabo segundo, ¿cuál es tu nombre de pila? —me preguntó.

—¿Señor?

—¿Cuál es tu nombre de pila?

—¿No lo sabe? —le dije. No estaba seguro del motivo, pero aquello me enfadó—. ¿No ha mirado, no sé, mi ficha, antes de venir hacia aquí?

Respondió sin arrugarse.

—Claro que lo he hecho. Hasta sé cuál es tu mote, Ozzie. Y sé por qué te lo pusieron.

Aquello me desarmó. Lo de «Ozzie» venía de una apuesta que hizo Harvey después de que el lagarto de Mac muriera en una pelea contra el escorpión de Jobrani. Cincuenta pavos a que no le arrancaba la cabeza con los dientes. Idiota. Harvey aún no me los había pagado.

—Paul —le contesté.

—Como el apóstol Pablo.

—Sí.

—Bien, Paul. ¿Cómo estás?

—No lo sé —dije. ¿Cómo lo llevaba Timhead? De eso iba la cosa en realidad, aunque el capellán no lo supiera—. Normalmente no tengo ganas de hablar del tema con nadie.

—Ya, eso es muy normal.

—¿Sí?

—Claro —aseguró—. Tú eres católico, ¿verdad?

Eso era lo que ponía en mis chapas. Me pregunté qué era Timhead. ¿Protestante apático? No podía decirle eso.

—Sí, padre. Soy católico.

—No tienes por qué hablar conmigo sobre el tema, pero puedes hablar con Dios.

—Claro —le respondí, educado—. Vale, padre.

—Lo digo en serio. Rezar ayuda mucho.

No sabía qué responder a eso. Parecía un chiste.

—Mire, padre, lo de rezar no me va mucho.

—Quizás debería.

—Padre, ni siquiera sé si ese chico es lo que me ralla.

—¿Qué más hay?

Miré hacia la hilera de cubos, las pequeñas caravanas que nos dan para que durmamos dentro. ¿Qué más había? Sabía cómo me sentía yo, pero no estaba seguro sobre Timhead. Decidí hablar por mí.

—Cada vez que oigo una explosión, me quedo como, podría ser uno de mis amigos. Y cuando estoy en un convoy, cada vez que veo una pila de basura o de piedras o de arena es en plan, podría ser yo. No quiero salir más. Pero es lo que hay. ¿Se supone que tengo que rezar?

—Sí. —Parecía muy seguro.

—MacClelland llevaba un rosario metido en el chaleco antibalas. Rezaba más que usted.

—Bien. ¿Y qué tiene que ver con esto?

Se me quedó mirando fijamente. Me eché a reír.

—¿Por qué no? Claro, padre, rezaré. Tiene razón. ¿Qué más? ¿Mantengo los dedos cruzados? ¿Llevo una pata de conejo, como Garza? Ni siquiera creo en esas cosas, pero me estoy volviendo loco.

—¿Cómo es eso?

Dejé de sonreír.

—Pues, estaba en un convoy, extendí los brazos a lo ancho, y un minuto después explotó una bomba. No en el convoy. En algún punto de la ciudad. Ahora ya nunca me estiro así. Y le di unas palmaditas a la ametralladora una vez, como si fuera un perro. Y ese día no pasó nada. Ahora lo hago cada día. Así que, claro, ¿por qué no?

—Rezar no es para eso.

—¿Cómo?

—No te va a proteger.

No sabía qué responder a eso.

—Ah —dije.

—Se trata de tu relación con Dios.

Miré al suelo.

—Ah —repetí.

—No te va a proteger. Ayudará a tu alma. Es para mientras estás vivo —hizo una pausa—, y para cuando estás muerto también, supongo.

Cogíamos rutas distintas continuamente. No hay que ser previsible. Depende del comandante del convoy, y aunque son todos tenientes la mayoría son bastante buenos. Hay uno que no tiene ni puta idea de cómo dar un plan de operaciones, pero no acostumbra a joderla mucho en la carretera. Y luego hay una teniente menuda y muy mona, pero que es dura de cojones y sabe un huevo de lo suyo, así que compensa. De todos modos, el número de rutas es limitado, y hay que escoger una.

Era de noche y yo iba en el vehículo en cabeza cuando detecté a un par de moros, parecía como si estuvieran cavando en la carretera. «Moros cavando», le dije a Garza. Nos vieron y echaron a correr.

Eso fue justo a la entrada de Faluya. Había edificios al lado izquierdo de la carretera, pero los tíos debieron de quedarse imbéciles del susto, porque salieron corriendo en la otra dirección, campo a través.

Garza estaba a la radio esperando confirmación. Tendría que haberles disparado. Pero esperamos órdenes.

«Están corriendo —decía Garza—. Sí.» Se volvió hacia mí: «Mételes fuego».

Disparé. Estaban ya al borde del campo, y estaba oscuro. El destello de la ametralladora al disparar me nubló la visión nocturna. No veía nada, y seguimos avanzando. A lo mejor estaban muertos. A lo mejor eran trozos de cuerpo al borde del camino. La Calibre 50 abre unos boquetes en las personas por los que puedes pasar el puño. A lo mejor habían escapado.

Hay un chiste que cuentan los marines.

Un periodista progre y cagado está intentando captar el lado sensiblero de la guerra y le pregunta a un francotirador de los marines: «¿Qué se siente al matar a un hombre? ¿Qué siente cuando aprieta el gatillo?».

El marine se lo queda mirando y responde en una palabra: «Retroceso».

No es exactamente eso lo que sentí yo al disparar. Yo sentí una especie de excitación salvaje. ¿Disparo? Se están escapando.

El gatillo estaba ahí, ansioso por que lo apretaran. No hay muchas ocasiones en la vida en las que todo se reduzca a ¿pulso este botón?

Es como cuando estás con una chica y os dais cuenta de que ninguno de los dos lleva condones. Así que nada de sexo. Pero empezáis a hacer el tonto, y ella se sube encima y te pone a tope. Os quitáis la ropa el uno al otro y decís: Solo vamos a tontear. Pero ya estás empalmado, y ella se mueve y empieza a frotarse contra ti, y tú comienzas a sacudir las caderas y sientes cómo se te va la cabeza, en plan, esto es peligroso, no puedes.

Así que ocurrió. No estuvo mal, de todas formas. No fue como lo del chico. Tal vez porque estaba muy oscuro, y muy lejos, y porque eran solo sombras.

Esa noche conseguí que Timhead se abriera un poco. Empecé a contarle que a lo mejor había matado a alguien.

—Me estoy agobiando un poco —le dije—. ¿Es así, la cosa?

Se quedó callado un momento y lo dejé pensar.

—Para mí, no es como si hubiese matado a un tío.

—¿No?

—O sea, su familia estaba ahí. Justo ahí.

—Lo sé, colega.

—Estaban sus hermanos y sus hermanas en la ventana.

No me acordaba de ellos. Vi gente alrededor, ojos asomados a las ventanas. Pero no me había fijado.

—Me vieron —dijo—. Había una niña pequeña, como de nueve años. Yo tengo una hermana pequeña.

Definitivamente, no me acordaba de eso. Pensé que a lo mejor Timhead lo había imaginado.

—Este país esta jodidísimo, tío.

—Sí —respondió.

Estuve a punto de hablar con el capellán, pero acabé yendo a ver al sargento de segunda.

—No es como si hubiera matado a un tío —le dije—. Su familia estaba ahí.

El sargento asintió.

—Había una niña de nueve años. Como mi hermana.

—Sí, es una putada —dijo, y entonces se interrumpió—. Espera, ¿qué hermana?

Mis dos hermanas habían venido a despedirme. Una tiene diecisiete años y la otra veintidós.

—Quiero decir —hice una pausa y miré alrededor— que me recordó a mi hermana de pequeña.

Él tenía una mirada como de no sé qué decir, así que insistí.

—Me estoy agobiando de verdad.

—¿Sabes? Yo fui a ver al brujo después de mi primera campaña. Ayudó.

—Sí, bueno, a lo mejor voy después de mi primera campaña.

Se rió.

—Mira, no es como tu hermana. No es lo mismo.

—¿A qué se refiere?

—Esa niña es iraquí, ¿no?

—Sí, claro.

—Entonces puede que esta ni siquiera sea la cosa más jodida que haya visto.

—Vale.

—¿Cuánto tiempo llevamos aquí?

—Dos meses y medio.

—Correcto. ¿Y cuánta mierda hemos visto? Y ella lleva años aquí…

Imaginé que tenía razón. Pero a uno no le resbala que disparen a su hermano delante de él.

—Mira, Faluya ha tenido épocas más desquiciadas que esta. Al Qaeda dejaba cadáveres por las calles, le cortaba los dedos a la gente por fumar. Tenían celdas de tortura en cada distrito, todo tipo de animaladas, ¿y crees que los niños no lo veían? De pequeño estaba enterado de todas las mierdas que pasaban en mi barrio. Cuando tenía diez años un tío violó a una chica, y el hermano de la chica estaba en una banda, y lo tiraron encima del capó de un coche y le cortaron las pelotas. Al menos eso es lo que dijo mi hermano. No hablamos de otra cosa aquel verano. Y Faluya está mucho peor que Newark.

—Supongo, sargento.

—Joder. En esta ciudad hay explosiones todos los putos días. En esta ciudad hay tiroteos todos los putos días. Ahí es donde vive esa niña. Eso es lo que hay en las calles donde juega. Seguramente está jodida de maneras que no podemos ni imaginar. No es tu hermana. No lo es. Ella ha visto eso antes.

—Aun así —respondí—, es su hermano. Y cada pequeña cosa duele.

Se encogió de hombros.

—Hasta que ya no sientes nada.

La noche siguiente, en el cubo, después de pasarme una media hora mirando el techo mientras Timhead jugaba al Pokémon, intenté sacar el tema de nuevo. Quería hablar de lo que me había dicho el sargento, pero Timhead me detuvo.

—Mira, ya lo he superado.

—¿Sí?

Puso las manos arriba, como si se estuviese rindiendo.

—Sí —dijo—. Lo he superado.

Una semana después, un francotirador le dio a Harvey en el cuello. Fue alucinante, porque ni siquiera le hizo una herida grave. La bala apenas lo rozó. Medio centímetro más a la derecha y estaría muerto.

Nadie consiguió una ID afirmativa. Seguimos circulando, en guardia y listos para matar, pero ni un objetivo.

Mientras avanzábamos por la carretera, con las manos temblando de adrenalina, quería gritar «Joder» lo más alto que pudiera, y seguir gritándolo durante todo el convoy hasta que consiguiera meterle un tiro a alguien. Empecé a agarrarme a los lados de la 50. Cuando las manos se me ponían blancas la soltaba. Lo hice durante media hora, y entonces se me pasó la rabia y me quedé agotado.

La carretera siguió girando bajo las ruedas, y mis ojos siguieron inspeccionándola mecánicamente en busca de cualquier cosa fuera de lugar, indicios de cavado o pilas de basura sospechosa. No acababa nunca. Al día siguiente haríamos lo mismo de nuevo. A lo mejor saltábamos por los aires, o acabábamos heridos, o muertos, o matábamos a alguien. No se sabía.

Aquel día, más tarde, en la cantina, Harvey se retiró el vendaje y le enseñó a todo el mundo la herida.

—¡El puto Corazón Púrpura, mamones! ¿Sabéis la de coñitos que voy a pillar cuando vuelva?

La cabeza me daba vueltas y la hice parar.

—Me va a quedar una pasada de cicatriz. Las chicas preguntarán y yo me pondré, en plan, bah, me dispararon una vez en Irak, mola.

Cuando volvimos al cubo esa noche, Timhead no sacó siquiera la Nintendo DS.

—Qué lleno de mierda que está Harvey —dijo—. El señor Tipo Duro.

Yo lo ignoré y empecé a quitarme el traje de camuflaje.

—Pensé que estaba muerto —siguió Timhead—. Joder. Seguramente hasta él pensó que estaba muerto.

—Timhead, tenemos un convoy dentro de cinco horas.

Miró a la cama con el ceño fruncido.

—Sí. ¿Y qué?

—Pues que lo dejes estar.

—Está lleno de mierda.

Me tapé con la colcha y cerré los ojos. Timhead tenía razón, pero no nos haría ningún bien pensar en ello.

–Muy bien –le respondí.

Lo oí moverse por el cuarto, y luego apagó la luz.

–Eh –dijo en voz baja–, ¿tú crees que…?

Se acabó. Me senté en la cama.

–¿Qué quieres que diga? Le han dado en el cuello y mañana tiene que salir, como nosotros. Déjalo que diga lo que quiera.

Oía a Timhead respirando en la oscuridad.

–Sí. Bueno. No importa.

–No –le respondí–, no importa.

CUERPOS

Durante mucho tiempo estuve enfadado. No quería hablar sobre Irak, así que no le decía a nadie que había estado allí. Si la gente lo sabía, si insistía, contaba mentiras.

«Había el cadáver de un moro —decía—, tendido bajo el sol. Llevaba allí días. Estaba hinchado de gases. Sus ojos eran dos cuencas. Y teníamos que retirarlo de la calle.»

Entonces observaba a mi público y los evaluaba, a ver si querían que siguiera. Os sorprendería saber cuántos quieren.

«Eso es lo que hacía. Recoger restos. De las fuerzas estadounidenses, mayormente, pero a veces iraquís, incluso insurgentes.»

Hay dos maneras de contar la historia. La manera divertida y la triste. A los tíos les gusta la divertida, con mucho gore y una sonrisa en los labios cuando llegas al final. A las chicas les gusta la triste, con la mirada perdida a mil metros en la lejanía mientras contemplas fijamente los horrores de la guerra, que ellos no pueden ver del todo. En ambos casos es la misma historia. El teniente coronel de visita en el Centro de Gobierno llega, ve a dos marines trasteando alrededor de una bolsa para cadáveres y decide que va a demostrar lo colega que es y a echar una mano.

En la historia, el teniente coronel es un hombre grande como un oso, arrogante, con el uniforme de camuflaje recién planchado y un bigote corto y arreglado.

«Tiene unas manos enormes —contaba yo—. Y viene y nos dice "Eh, marines, dejadme que os ayude con eso". Y sin esperar a que le respondamos o a que le advirtamos de que no lo haga, se inclina y agarra la bolsa.»

Y entonces describía cómo se impulsaba hacia arriba, como si estuviera haciendo un levantamiento en dos tiempos. «Era fuerte, eso hay que reconocerlo –decía yo–. Pero la bolsa se rasga con el borde de la portezuela trasera del camión y la piel del moro se desgarra con ella, un desgarrón de punta a punta del estómago. Sangre y fluidos y órganos en putrefacción se vierten como la compra por el fondo de una bolsa de papel mojada. El caldo humano le cae en plena cara y le resbala por el bigote.»

Si estoy contando la historia a la manera triste, puedo dejarlo aquí. Si la estoy contando a la manera divertida, sin embargo, hay otro fragmento crucial, que introdujo el cabo G cuando me contó la historia por primera vez, en 2004, antes de que ni él ni yo hubiésemos recogido restos ni supiéramos de qué estábamos hablando. No sé dónde oyó G la historia.

«El coronel gritaba como una zorra», dijo G. Y entonces soltó un sonido extrañísimo, agudo y penetrante, desde lo profundo de su garganta, como un perro resollando. Esto era para mostrarnos exactamente cómo gritan las zorras cubiertas de fluidos humanos putrefactos. Si haces bien ese sonido, la gente se parte.

Lo que me gustaba de la historia era que, incluso si era real, más o menos, seguía siendo una completa chorrada. Después de nuestra campaña no había nadie, ni siquiera el cabo G, que hablara así de los restos.

Algunos de los marines de Asuntos Funerarios creían que los espíritus de los muertos rondaban en torno a los cadáveres. Aquello les ponía los pelos de punta. Podías sentirlo, decían, especialmente cuando mirabas sus caras. Pero tenía que haber algo más. Hacia la mitad de la campaña, los tíos empezaron a jurar que podían sentir a los espíritus por todas partes. No solo cerca de los cadáveres, y no solo de los marines muertos. También de los muertos sunitas, de los muertos chiitas, de los muertos kurdos, de los muertos cristianos. De todos los muertos de Irak, incluso de todos los muertos de la historia iraquí, del imperio acadio y de los mongoles y de la invasión estadounidense.

Yo nunca percibí ningún fantasma. Si dejas un cuerpo al sol, la capa más superficial de la piel se desprende de la inferior y notas cómo se desliza entre tus manos. Si dejas un cuerpo en el agua, se hincha todo y la piel es cerosa y gruesa al tacto, pero reconociblemente humana. Eso es todo. Salvo el cabo G y yo, sin embargo, todo el mundo en Asuntos Funerarios hablaba de fantasmas. Nunca les llevamos la contraria.

En aquellos tiempos solía pensar que quizá lo llevaría mejor si Rachel hubiera seguido conmigo. Yo no encajaba en Asuntos Funerarios y nadie de fuera quería hablar conmigo. Era de la unidad que manipulaba a los muertos. Íbamos todos con manchas en el uniforme. El olor te cala la piel. Cuesta tragar comida después de procesar cadáveres, así que hacia el final de la campaña estábamos demacrados por la malnutrición, faltos de sueño por las pesadillas, íbamos por la base arrastrando los pies como una banda de zombis, una estampa que les recordaba a los marines todo eso que saben pero de lo que nunca hablan.

Y Rachel ya no estaba ahí. Me lo había visto venir. En el instituto era pacifista, así que en cuanto firmé los papeles del alistamiento lo nuestro entró en cuidados intensivos.

Habría sido perfecta. Era melancólica. Era delgada. Pensaba siempre en la muerte, pero no se flipaba con el tema como los chicos góticos. Y la quería porque era considerada y amable. Aún hoy, no le haré creer a nadie que fuera especialmente guapa, pero escuchaba, y hay una belleza en eso que uno no encuentra a menudo.

A alguna gente le encantan los pueblos. Todo el mundo se conoce, existe una verdadera comunidad, algo que no tienes en otros sitios. Pero si eres como yo, y no encajas, es una cárcel. Así que en nuestra relación éramos mitad novios, mitad compañeros de celda. Por mi decimosexto cumpleaños me vendó los ojos y me llevó en coche a treinta kilómetros del pueblo, a un punto elevado junto a la interestatal desde el que se ven las carreteras extendiéndose hasta el infinito a través de la planicie, hacia todos esos lugares en los que preferiríamos estar. Me dijo que su regalo era este, la promesa de volver ahí conmigo, algún día, y seguir adelante. Estuvimos muy unidos durante dos años, pero entonces me alisté.

Fue una decisión que ella no entendió mucho más de lo que la entendí yo. No era atlético. No era agresivo. Ni siquiera era tan patriota.

«A lo mejor si te hubieras alistado a las Fuerzas Aéreas», me había dicho. Pero estaba cansado de hacer las cosas más flojas. Y sabía que su charla sobre el futuro era solo eso, charla. Nunca se marcharía de allí. No quería quedarme con ella, trabajar en una consulta veterinaria y convertirme en un nostálgico. Mi billete de salida de Callaway era lo que en nuestro pueblo se consideraba primera clase: el Cuerpo de Marines.

«Lo hecho, hecho está», le dije. Y al decirlo me sentí como un tipo duro sacado de una película.

Aun así, seguimos juntos el tiempo que estuve en el campo de adiestramiento. Me escribió cartas mientras estuve allí, hasta me envió fotos desnuda. Unas semanas antes a otro tío le había llegado un envío como ese y el instructor había colgado las fotos en los retretes. La novia del chico se había puesto un uniforme de animadora y se lo había ido quitando foto a foto. Recuerdo que pensé lo contento que estaba de que Rachel no fuera el tipo de chica que me enviaría cosas de esas.

El reparto de correo en el campo de adiestramiento funciona así. Uno de los instructores se coloca a la entrada de los dormitorios con el correo de todo el pelotón, mientras el pelotón forma en posición de firmes delante de las literas. El instructor llama por el nombre, uno por uno, y el recluta va y recoge su correo. Si es un paquete o un sobre con pinta sospechosa, el instructor se lo hace abrir ahí mismo. Así que cuando abrí la carta de Rachel lo hice delante de todo el pelotón y con el sargento Kuba, el instructor de disciplina, fulminándome con la mirada.

No era la primera vez que tenía que abrir una carta delante de él. Mis padres me habían enviado fotos de sus vacaciones en Lakeside. No era nada del otro mundo, y no me había preocupado. No creía que mis padres fueran a enviarme fotos desnudos. Pero el nombre de Rachel en el sobre me aterrorizó. Lo abrí despacio, intentando dar con un plan por si las fotos resultaban ser mercancía ilegal.

El sobre contenía tres fotos satinadas de 10 × 15 que Rachel había revelado ella misma en el cuarto oscuro de nuestro instituto. Cuando las saqué y vi su cuerpo delgado, pálido y desnudísimo, ni siquiera levanté la vista para ver la reacción del sargento Kuba. Me metí las fotos en la boca, cerré los ojos y esperé que saliese bien.

Es imposible tragarse tres fotografías de golpe, incluso si solo tienes dos segundos antes de que el instructor te ponga una mano en la cara y te meta la otra por la garganta mientras grita y te rocía a escupitajos.

El instructor sénior, el sargento de segunda Kerwin, llegó corriendo y nos separó. Cuando el sargento Kuba me soltó el cuello, escupí las fotos en el suelo. El sargento de segunda Kerwin me miró y dijo: «Tú tienes que estar loco, y yo debo de estar en la lista negra del Cuerpo si me mandan a un tocacojones inútil como tú para que lo convierta en marine». Y luego se inclinó sobre mí y dijo: «A lo mejor acabo matándote y listo».

Me dijo que recogiera las fotos. Fue complicado, porque estaba temblando y porque el resto de instructores estaban todos gritándome. Intenté cogerlas de forma que mis manos taparan el cuerpo de Rachel. Solo asomaba su cabeza, y su cara en la foto parecía asustada. A menudo salía así en las fotos, porque no le gustaba cómo quedaba cuando sonreía. Era imposible que se hubiera hecho unas fotos como aquellas antes.

«Rómpelas», me dijo. Aquello era un favor.

Las rompí, lentamente, en pedazos cada vez más y más pequeños, retorciéndolas y desgarrándolas, para asegurarme de que nadie pudiera recomponerlas. Cuando estuvieron hechas trizas, se dio la vuelta y me dejó en manos de los otros instructores.

Tuve que comerme los trocitos mientras el sargento Kuba nos daba un sermón a todos sobre cómo un auténtico marine no solo compartiría las fotos de su novia desnuda con todo el pelotón, sino que dejaría que la arrollara un tren, también. Luego les dijo que estaban todos tarados si toleraban a un individuo como yo en su pelotón, alguien que se creía especial, los hizo salir afuera y los machacó a ejercicios unos buenos veinte minutos mientras yo estaba ahí, mirándolos en posición de firmes. Cada noche de aquella semana me hizo ponerme delante del espejo y gritarle a mi reflejo «¡Yo no estoy loco, tú eres el loco!» durante media hora, y en adelante me odió y me machacó a ejercicios básicamente todo el tiempo mientras estuve allí.

La siguiente vez que vi a Rachel fue después de licenciarme del campo de adiestramiento. Me presenté en casa de sus padres vestido de uniforme. Se supone que con el uniforme azul siempre pillas, pero ella se echó a llorar. Me dijo que no creía que pudiera seguir conmigo si me movilizaban, y yo le pedí que me diera al menos hasta que me fuera a Irak. Dijo que sí. Diez meses después, llegó el momento de irme. Me dieron la oportunidad de unirme al despliegue si iba destinado a los Servicios Funerarios, y la cogí.

Rachel vino a despedirme. Me hizo una mamada triste la noche antes y me dijo que habíamos terminado. En el ejército, lo que se supone que tienen que hacer las mujeres si te quieren es seguir contigo al menos mientras dure la campaña. Puede que se divorcien de ti pocos meses después de que vuelvas, pero no antes. Esto significaba, en mi cabecita simplona, que Rachel no me quería. Que nunca me había querido, y que todo eso que había significado tanto para mí en el instituto no eran más que niñerías mías. Lo cual no era problema, porque me iba a un lugar que me convertiría definitivamente en un hombre.

Solo que lo que pasó en Irak fue justo lo que pasó, nada más. No creo que me hiciera mejor que nadie. Fueron meses y meses de espanto. Y el primer fin de semana en casa nos dieron un 96 y el cabo G me convenció para que fuese con él a Las Vegas.

«Necesitamos dejar atrás Irak —me dijo—. Y es difícil encontrar algo más americano que Las Vegas.»

No fuimos a Las Vegas en sí. Seguimos conduciendo treinta minutos extras para ir a un bar de barrio en el que, según el cabo G, las copas serían más baratas. Si fallábamos ahí, siempre podíamos irnos y buscar turistas con ganas de marcha.

Nunca me cayó bien G, pero es el tío perfecto para ir de fiesta si quieres echar un polvo. Tiene todo un sistema. Inspecciona el bar y habla con un montón de chicas nada más llegar. «Es mejor cantidad que calidad —dice—. Todo consiste en plantar las semillas.» En esa primera hora, no intenta sellar ningún trato, ni siquiera se queda con un grupo de chicas más de cinco minutos. «Hazles creer que tienes mejores opciones —dice—, para que quieran demostrar que estás equivocado.» Sabe a qué chicas entrarles en según qué momento de la noche, a qué chicas decirles hola pero luego pasar y dejarlas con la intriga, y con qué chicas seguir atacando. Más tarde, cuando todo el mundo se suelta un poco más y no cuesta tanto llevarlas al límite, empieza a invitar a montones de chupitos. Él nunca se toma ninguno, sin embargo.

A las chicas les gusta el cabo G. Es un friki de gimnasio, alto, con el pecho en forma de trapecio, un cargamento de camisas de vestir brillantes y pasos de baile salidos directamente de un videoclip. Evita los carbohidratos, se pone hasta arriba de carne roja y se pincha esteroides inmediatamente después de cada control de sustancias. Sabe ser encantador, también, y es implacable cuando se pone. Si le gusta una chica, se lo hace saber enseguida. «¿Cómo te llamabas? —suelta de golpe en mitad de la conversación—. Quiero tenerlo claro porque antes de dos horas voy a conseguir tu número.» No funciona todas las veces, pero no tiene por qué. Una por noche es suficiente.

En el bar, hizo todo lo que pudo para liarme con una chica. Tenía treinta y ocho años. Lo sé seguro porque no dejó de repetirlo como si se sintiera culpable de estar ahí con una panda de veinteañeros que apenas tenían edad de beber. Y tenía una hija de quince años que en ese mismo momento estaba haciéndole de canguro al hijo de la morena rechoncha a la que el cabo G andaba trabajándose hacia el final de la noche.

«Las chicas gordas follan mejor porque no les queda otra —había dicho como si estuviera dispensando una gran lección de sabiduría—. Y son más fáciles, también, así que todo son ventajas.»

Se notaba que a la morena G le gustaba, porque intentó convencer a su amiga de que le gustase yo también. Hablaban a un lado, y la morena me iba señalando de vez en cuando. Y cuando saqué a bailar a la Treinta y Ocho, la morena le hizo un gesto de aprobación. Nada de eso funcionó demasiado bien. Hasta en las lentas bailábamos tan separados que podía imaginarme a su hija de quince años en el espacio que quedaba entre nosotros. Pero entonces el cabo G la invitó a bastantes chupitos como para emborrachar a un oso pardo y la cosa arrancó.

Entrada la noche, la morena nos dijo que éramos todos demasiado jóvenes, luego nos preguntó cuánto tiempo entrenábamos y nos palpó los pectorales. Deslizó la mano por debajo de mi camisa, ahuecó la mano envolviendo mi pectoral y apretó, mirándome todo el tiempo con una sonrisa borracha.

Para mí, era una pasada. No había tocado a ninguna mujer desde Rachel, no digamos ya cuánto hacía que no me tocaba una. Solo estar tan cerca de una chica como para olerla ya me bastaba. Y entonces me tocó de esa manera. Y luego a G. Si nos hubiese pedido que nos peleásemos por ella, estoy seguro de que lo habríamos hecho.

La Treinta y Ocho me llevaba cogido cuando salimos del bar, pero el aire frío la despabiló un poco, y se soltó y fue hacia su amiga, que estaba hablando con G. Él me hizo un gesto.

«Tú vas en su coche», me dijo.

«¿Qué?»

Me lanzó una mirada enfadada, se acercó, me agarró del hombro y me dijo al oído: «Tú vas en su coche, el trato está cerrado».

La cosa tenía cierta lógica etílica, así que seguí a las dos mujeres hasta un sedán verde lima y me senté atrás sin preguntar si estaba bien. La morena entró y se sentó al volante. No estaba lo bastante sobria como para que tuviera sentido que condujera, pero sí estaba lo bastante sobria para saber que era raro llevarme detrás. La Treinta y Ocho ocupó el asiento del copiloto, y nos pusimos en marcha, con G siguiéndonos en su coche.

«Bueno, ¿y dónde vivís?», pregunté desde mi puesto de rehén en el asiento de atrás.

La morena respondió con el nombre de una calle que no me sonaba de nada.

«¿Es bonito?»

Ninguna se molestó en contestar. La Treinta y Ocho se quedó dormida y la mejilla le fue resbalando por la ventanilla del coche hasta que se inclinó tanto hacia delante que la cabeza le cayó y se sobresaltó y se despertó de nuevo.

Después de unos diez minutos llegamos a una casa de una planta en una calle bonita llena de casas idénticas a esa; casas largas, estilo rancho, con un gran césped y cactus bordeando el camino de entrada. Me descolocó. No había pensado que una mujer que se follara a un marine en plan polvo de una noche tuviera dinero para una casa como aquella.

G aparcó en la calle, bajó del coche y vino hacia nosotros. La morena sonrió cuando él la rodeó con el brazo, y luego abrió la puerta y nos hizo pasar a una gran sala con un sofá enorme en forma de L frente al televisor. Me dijo que podía dormir en la habitación de la derecha, y mientras estaba en el baño, G nos empujó dentro del cuarto a la Treinta y Ocho y a mí.

Había una cama baja con sábanas de los Transformers, juguetes sobre la cómoda y camisetas y pantalones pequeños tirados por el suelo. La Treinta y Ocho parecía borracha y cansada y confusa, y daba la sensación de que podía salir corriendo. Ahora que ya no estábamos en el club, olía su perfume. Tenía un cuerpo esbelto, cuerpo de bailarina, y creí recordar que había dicho que enseñaba ballet, pero puede que fuese otra mujer. Tenía el pelo negro y largo y los pechos pequeños, y su amiga me había tocado el pecho antes, y yo quería que ella también me tocase.

Cerré la puerta. Levantó la vista hacia mí como si estuviera asustada, y yo también estaba asustado, pero sabía lo que se suponía que tenía que hacer.

Después de Rachel, fue la segunda mujer con la que me acosté. A la mañana siguiente nos despertamos, resacosos, sobre aquellas sábanas de los Transformers, y ella parecía asqueada. Como si yo estuviese sucio. Después de estar en Asuntos Funerarios, conocía bien esa mirada.

No nos quedamos mucho rato. La morena tenía que recoger a su hijo, así que G y yo fuimos a desayunar a una Waffle House. Haiti, un amigo de G, llegó a la ciudad más tarde esa mañana, y yo me fui por mi lado y los dejé a su rollo. Acabaron montándose un trío con una turista, o al menos eso dijeron. Fuera como fuese, me alegro de no haber estado ahí.

Pasaron otras tres semanas antes de que volviera a casa y todo el mundo me agradeciera mi tiempo de servicio. Nadie parecía saber exactamente por qué me estaba dando las gracias.

Llamé a Rachel y le pregunté si podíamos quedar. Fui en coche hasta casa de sus padres. Está en una urbanización a las afueras del pueblo llena de casuchas calcadas las unas a las otras, colocadas en carreteras retorcidas y calles sin salida. Rachel vivía en el sótano, que habían convertido en un apartamento independiente. Di la vuelta hasta la parte de atrás y bajé las escaleras que llevaban al sótano. Menos de un segundo después de que llamara a la puerta, me abrió.

—Hola —dijo.

—Hola.

Estaba distinta a como la recordaba. Había ganado peso, en el mejor sentido. Tenía más forma en los hombros. Tenía curvas. Se la veía más sana, más fuerte, mejor. Yo estaba flaco como un galgo, y ella nunca me había visto así.

—Me alegro de verte —dijo, y luego sonrió como si se le acabase de ocurrir que eso era lo que debía hacer—. ¿Quieres pasar?

—Sí, claro —respondí.

Las palabras salieron rápidas y nerviosas. Forcé una sonrisa y ella se hizo a un lado mientras yo cruzaba el umbral, pero entonces cambió de idea y dio un paso adelante para abrazarme.

Yo mantuve el abrazo y ella se tensó un segundo después. Se apartó fuera de mi alcance y extendió las manos a los lados, como diciendo: Esta es mi casa.

Consistía todo en una sola habitación, una cama con sábanas azul celeste y un escritorio arrinconado contra una esquina, tuberías a la vista que bajaban del techo y vetas de humedad recorriendo las paredes, pero tenía cocina y baño y, supongo, no pagaba alquiler. Mejor que los barracones, en todo caso. No se parecía en nada a cuando sus padres lo usaban de sala de juegos y nosotros como un sitio en el que enrollarnos.

En el suelo, junto a la nevera, vi un bol pequeño para agua y comida.

—Eso es de Gizmo —me dijo. Y lo llamó—: Gizmo.

Me dio la espalda. Yo también miré alrededor. No lo encontrábamos, así que me puse a cuatro patas. Eché un vistazo debajo de la cama y vi unos ojos. Un esbelto gato gris se asomó un poco. Alargué la mano para que la oliera y esperé.

—Vamos, gato —le dije—. He estado defendiendo tu libertad. Al menos déjame acariciarte.

—Vamos, Gizmo —dijo Rachel.

—¿Él también es pacifista?

—No. Mata cucarachas. No consigo que deje de hacerlo.

Gizmo avanzó lentamente hacia mi mano y la olisqueó.

—Me caes bien, gato.

Le rasqué detrás de las orejas y luego me puse de pie y sonreí a Rachel.

—Bueno —dijo ella.

—Sí.

Busqué un lugar donde sentarme. En el sótano solo había una silla. Optimista, me senté en la cama. Ella acercó la silla y se sentó enfrente de mí.

—Bueno. ¿Cómo te va? ¿Bien?

Me encogí de hombros.

—Bien.

—¿Cómo era aquello?

—Me alegro de que me escribieras. Las cartas de casa significan mucho.

Ella asintió. Quería contarle más. Pero acababa de llegar, y ella estaba mucho más hermosa de lo que recordaba, y no sabía qué pasaría si empezaba a hablar en serio.

—¿Y qué? ¿Algún novio nuevo o algo? —Le sonreí para que supiera que no pasaba nada si lo había.

—No creo que sea una pregunta justa —respondió con el ceño fruncido.

—¿En serio?

—Sí.

Se alisó la falda y dejó las manos descansando en su regazo.

—Estás guapísima.

Me incliné hacia delante, acercándome a ella, y puse mi mano sobre las suyas. Ella las apartó.

—No me he afeitado las piernas, hoy.

—Yo tampoco —le respondí.

Y entonces, porque quería, y porque había estado en Irak, y porque por qué no, le puse la mano en el muslo, justo por encima de la rodilla. Ella me cogió la muñeca y apretó. Pensé que iba a apartarme la mano, pero no lo hizo.

—Es solo… —dijo—, para que yo no, ya sabes…

—Sí, sí, sí —respondí, interrumpiéndola—. Desde luego. Yo también.

No tenía ni idea de lo que quería decir con eso, pero daba la sensación de que estar de acuerdo con ella era lo que había que hacer. Me soltó la muñeca, al menos.

La calidez de su muslo bajo mi mano me estaba matando. Aquella campaña había pasado frío un montón de tiempo. La mayoría de gente no cree que uno pueda pasar frío en Irak, pero en el desierto no hay nada que conserve el calor y no todos los meses son verano. Sentía que había algo importante que debía decirle, o algo que ella debía decirme a mí. Tal vez contarle lo de las piedras.

—Me alegro de verte —me dijo.

—Eso ya lo has dicho.

—Sí.

Bajó la mirada hacia mi mano, pero yo no tenía ninguna intención de apartarla de su muslo. En los tiempos del instituto me había dicho que me quería. Aún me merecía eso. Además, estaba agotado. Nunca había sido tan difícil hablar con ella como ahora, pero tocarla seguía siendo tan agradable como siempre.

—Oye —le dije—, ¿quieres tumbarte? —Señalé la cama con la barbilla y ella se echó hacia atrás, así que añadí—: No para hacer nada. Solo… —No sabía qué.

La miré y pensé, va a decir que no. Podía sentirlo, flotando en el aire.

—Oye —dije de nuevo, y me quedé sin palabras. La habitación se estrechaba y contraía, como hace el mundo cuando bombeas adrenalina—. Oye —repetí—, necesito esto.

No la miré al decirlo. Solo miré mi mano sobre su muslo. No sabía qué iba a hacer si decía que no.

Se levantó de la silla. Dejé escapar una larga exhalación. Ella fue hacia un lado de la cama, se quedó allí de pie un momento, y luego se tumbó, de cara a mí. Había accedido.

Lo increíble era que ahora yo no quería. O sea, ¿acurrucarme con esa chica, que me había hecho rogarle? Yo era un veterano. ¿Quién era ella?

Me quedé sentado un segundo. Pero no había otra cosa que hacer en ese cuarto que tumbarse en la cama.

Me tendí en mi lado, junto a ella, y la abracé en cucharita, encajando mis caderas contra las suyas y descansando el brazo derecho sobre su cintura. Había en ella una calidez que fluía hacia mí, y aunque al principio estaba tensa, como lo había estado antes, se fue relajando un poco y dejó de dar tanto la sensación de que la tuviera agarrada y más la de que estábamos amoldados el uno al otro. Yo también me relajé, todos los salientes afilados de mi cuerpo se perdieron en su tacto. Sus caderas, sus piernas, su pelo, su nuca. Su pelo olía a cítrico, y su cuello olía suavemente a sudor. Quería besárselo, porque sabía que sabría salado.

Había veces en que, después de estar manejando restos, me agarraba mi propia carne y estiraba para verla tensarse, y pensaba, esto soy yo, esto es todo lo que soy. Pero no siempre es tan malo.

Estuvimos en la cama puede que unos cinco minutos, yo sin decir apenas nada, solo respirando, hundido en su pelo. El gato saltó sobre la cama y se unió a nosotros. Al principio estuvo paseándose, y luego se acomodó cerca de la cabeza de Rachel, mirándonos. Rachel empezó a contarme cosas de él en voz baja: cuánto hacía que lo tenía, de dónde lo sacó y las cosas graciosas que hacía. Estaba hablando de algo que amaba, así que las palabras salían con fluidez, y era agradable oír un sonido tan natural. Escuchaba su voz y sentía su aliento. Cuando se quedó sin nada más que decir, nos quedamos ahí tumbados y pensé, ¿cuánto rato podemos estar así?

Así de cerca, tenía miedo de que se me pusiera dura. Quería besarla. No había nadie más que ella y yo en aquella habitación, y yo sabía que no me deseaba. En ese pequeño sistema que formábamos, yo era la nada. Tenía la sensación de verme a mí mismo desde arriba, como si todo mi deseo por ella estuviese ahí, en mi cuerpo, y yo estuviera fuera de él, observándome. Sabía que si me arrastraba de vuelta a mi cráneo, empezaría a suplicar.

Rodé boca arriba y miré al techo. El gato se levantó también, fue hacia la cabecera de la cama y se frotó contra ella. Rachel se volvió hacia mí.

—Tengo que irme —dije, aunque no tenía que irme, ni siquiera había otro sitio en el que prefiriera estar.

—¿Cuánto tiempo estarás por aquí?

—No, mucho. Estaré sobre todo viendo a la familia. —Quería hacerle daño de algún modo. Tal vez hablarle de la mujer de Las Vegas. Pero dije—: Ha sido genial verte.

—Sí, ha sido genial —respondió ella.

Me incorporé y dejé caer los pies a un lado de la cama, dándole la espalda. Esperé, deseando que dijese algo más. El gato saltó al suelo y se acercó a su bol de comida, olisqueó y se dio la vuelta.

Entonces me levanté y salí por la puerta sin mirar atrás. Mientras subía los escalones y cruzaba el patio trasero, intenté no pensar en nada. Y cuando vi que no funcionaba, intenté recordar el nombre de la mujer de Las Vegas, como si hacerlo fuera a protegerme.

Aquella mujer, la Treinta y Ocho, parecía tan poco dispuesta. Estaba casi seguro de que lo que había pasado con ella no podía llamarse violación. No pronunció una sola queja, no dijo «No» ni se resistió en ningún momento. No dijo nada. Al cabo de unos minutos, hasta empezó a sacudir las caderas contra mí en una especie de movimiento mecánico. Estaba tan borracha que supongo que sería difícil decir si lo quería de una manera o de otra, pero si realmente se hubiese negado creo que habría dicho algo para intentar detenerme.

Cómo de borracha estaba una chica, si de verdad quería acostarse contigo o solo te dejaba, o si le dabas miedo, no es algo que preocupe a la mayoría de marines cuando echan un polvo un viernes noche. No que yo sepa. Y dudo que les preocupe a los chicos de las hermandades, tampoco. Pero volviendo de casa de Rachel, a mí empezó a preocuparme en serio.

Estaba tranquilo cuando llegué a casa, y estaba tranquilo más tarde esa noche, cuando salí a tomar algo con un puñado de amigos del instituto. No eran amigos íntimos. No tenía amigos íntimos del instituto. Pasaba todo el tiempo con Rachel. Pero eran buenos tíos para compartir una cerveza.

A medida que avanzaba la noche, fue llegando más y más gente al bar, y aquello acabó siendo un típico reencuentro del instituto. No dejaba de preguntarme si quizás aparecería Rachel, pero por supuesto no lo hizo. Yo bebí más de lo que bebo normalmente. Y eso hizo que me entraran ganas de contar historias.

Uno de los tíos que había allí, que era unos años mayor, me dijo que un primo suyo había muerto en Irak. Al principio pensé: A lo mejor lo procesé yo. Pero el primo había muerto antes de que yo llegara al país.

El tío era mecánico, y parecía un tipo comprensivo. No hablaba de matar moros, ni actuaba como si fuera increíble que yo hubiese estado allí. Solo dijo: «Debió de ser duro», y lo dejó ahí. No recuerdo su nombre. Cuando estuve lo bastante borracho le conté a él lo que había querido contarle a Rachel.

Era una historia sobre el peor caso de quemado que me encontré nunca. Peor, no porque estuviese carbonizado o por la pérdida de miembros, peor sin más.

Aquel marine había logrado salir de su vehículo solo para morir envuelto en llamas justo al lado. El resto de PM de su unidad había recogido sus restos de entre la pila de escombros y grava en la que había muerto y nos los había traído. Registramos sus heridas, sus rasgos distintivos y los miembros perdidos. La mayor parte de lo que había sobrevivido al fuego era lo de siempre. Las Reglas de Enfrentamiento seguían en el bolsillo de la pechera izquierda. El chaleco antibalas las había protegido, aunque el laminado se había fundido y las palabras eran ilegibles. Llevaba las botas, las chapas y retazos de uniforme, todo carbonizado. Un revoltijo de plástico que no pudimos identificar en un bolsillo trasero. Una billetera con tarjetas de crédito fundidas formando un bloque sólido. Ni rastro de casco, debía de llevarlo pero no llegó hasta nosotros.

Algunos de los restos con los que tratábamos llevaban artículos muy personales, como una ecografía o una carta de suicidio. Este no llevaba nada.

Las manos, sin embargo, estaban cerradas en un puño, aferrando dos objetos. Tuvimos que manipularlas con tiento para liberarlos. El cabo G se ocupaba de la mano izquierda. Yo de la derecha. «Cuidado –decía–. Cuidado. Cuidado. Cuidado.» Se lo decía a sí mismo.

Mientras trabajaba, evitaba mirar a la cara. Todos lo hacíamos. Me concentré en las manos, y en lo que pudiera haber dentro. Los efectos personales son importantes para las familias.

Trabajamos, despacio, aflojando cuidadosamente los dedos. El cabo G terminó primero. Sostenía una piedra pequeña. Al cabo de un minuto, eso fue lo que encontré en la mano derecha. Un pequeña piedra gris, bastante redondeada, pero con algunos cantos toscos. Estaba incrustada en la palma de la mano. Me llevé algo de piel al sacarla.

Pocos días más tarde, el cabo G me sacó el tema. Nos habían llegado más restos desde entonces, y normalmente el cabo G no hablaba de ellos una vez terminábamos de procesarlos. Estábamos fumando enfrente de la cantina, mirando hacia Habaniya, y me dijo: «El tío se habría agarrado a cualquier cosa».

Intenté contarle la historia al mecánico. Era la historia que había querido contarle a Rachel. Yo estaba muy borracho y el tío hacía esfuerzos para oírme.

–Sí –dijo con voz suave–. Sí. Qué locura. –Se notaba que estaba buscando algo apropiado que decir–. Mira, voy a decirte algo.

–Vale.

–Respeto lo que has pasado.

Di un sorbo de cerveza.

–Yo no quiero que respetes lo que he pasado –le respondí.

Eso lo desconcertó.

–¿Qué es lo que quieres? –me preguntó.

Yo no lo sabía. Seguimos bebiendo cerveza un momento.

–Quiero que sientas asco –le dije.

–Vale.

—Y —añadí—, tú no conocías a ese chico, así que no hagas como si te importase. Todo el mundo quiere pensar que es una persona que se preocupa por los demás.

No dijo nada más, lo cual fue inteligente por su parte. Nos quedamos callados, bebiendo cerveza. Esperé a que dijera algo fuera de lugar, que me preguntase por la guerra o por el marine que murió o por las piedras, que G y yo habíamos conservado, y que yo seguía llevando en el bolsillo aquella noche en el bar. Pero no dijo una palabra más, ni tampoco yo. Y ahí se terminó para mí lo de contarle historias a la gente.

Pasé una semana más en casa de mis padres, y luego volví a Twentynine Palms y al Cuerpo de Marines. Nunca más volví a ver a Rachel, pero somos amigos en Facebook. Se casó mientras yo estaba en mi tercera campaña. Tuvo su primer hijo mientras estaba en la cuarta.

OLI

Los EOD se encargaban de las bombas. Los del SSTP trataban las heridas. El PRP procesaba los cuerpos. Los 08 disparaban DPICM. El MAW proporcionaba CAS. Los 03 patrullaban las MSR. El PFC y yo manejábamos el dinero.

Si un jeque prestaba apoyo a las ISF, nosotros repartíamos fondos del CERP. Si el ESB destruía un edificio, dábamos una compensación justa. Si los 03 disparaban a un civil, saldábamos cuentas con las familias. Eso suponía salir de la FOB, donde se está a salvo, y conducir por las MSR.

Yo nunca quería salir de la FOB. Nunca quería conducir por las MSR ni patrullar con los 03. El PFC sí. Pero yo, cuando me saqué el 3400 en el campo de adiestramiento, pensé: genial. Trabajaría en una oficina, sería un POG. Sería el POG de los POG, y luego iría a la universidad para estudiar empresariales. Yo no necesitaba un poco de acción, yo necesitaba la G. I. Bill. Pero mientras entrenaba en la BSTS me dijeron: más vale que te enteres, los 3400 salen fuera de la alambrada. Unos meses después estaba ahí armado, con el M4 en condición 1, rodeado de 03, la mochila llena de dinero: el tío más tenso de todo Irak.

Hice 24 misiones, algunas con marines 03, algunas con el 2/136 de la Guardia Nacional. Mi última misión fue en AZD. Un par de iraquís se habían acercado a un TCP a demasiada velocidad. Habían ignorado la EOF, los láseres cegadores y los disparos de advertencia, y murieron por ello. A mí me habían ascendido a E4, así que el PFC pasaba a encargarse de los pagos de consolación, pero lo acompañé para enseñarle cómo iba el tema fuera de la FOB. El PFC siempre necesitaba a alguien que lo llevara de la mano. En el HMMWV íbamos yo, el PFC, el PV2 Herrera y el SGT Green. En la torreta, al mando de la 240G, estaba el SPC Jaegermeir-Schmidt, A. K. A. J-15.

No había mucho que ver en la MSR al sur de HB. Inspeccionábamos el camino en busca de todos los tipos diferentes de IED que nos lanzaban los de AQI. IED hechos de proyectiles de 122, o de C-4, de explosivos caseros. Bombas de cloro mezcladas con HE. VBIED colocadas en coches incendiados. SVBIED conducidos por chalados. IED en las cunetas de drenaje o enterradas en mitad de la carretera. Algunas en los cuerpos de camellos muertos. Otras conectadas en cadena margarita: una a la vista para hacerte parar, la otra para matarte allí donde pongas el pie. IED por todas partes, pero en la mayoría de misiones, nada. Aun sabiendo lo mal que estaban las MSR, sabiendo que podíamos morir, nos aburríamos.

El PFC dijo: mola que te explote un IED, mientras nadie salga herido. J-15 saltó, dijo: eso es mal fario, es peor que comerse los Charms del MRE.

La temperatura era de 49, y recuerdo que estaba echando pestes del AA. Entonces estallo el IED.

El PV2 pegó un volantazo y el HMMVW dio una vuelta de campana. No era como en el simulador HEAT de Lejeune. Hubo un escape de JP-8 y prendió fuego, me quemaba a través del MARPAT. El SGT Green y yo salimos fuera, y luego sacamos al PV2 tirando de las correas de su PPE. El PV2 estaba inconsciente, corrí a la parte de atrás a por el PFC, pero estaba en el lado en el que había estallado el IED, y era demasiado tarde.

Las EYEPRO del PFC se resquebrajaban y retorcían por el calor. Los cierres de plástico de su PPE se fundieron. Y aunque J-15 dejó ahí sus piernas, al menos lo CASEVACuaron al SSTP y murió en la mesa de operaciones. Los del PRP tuvieron que desincrustar al PFC con Simple Green y agua oxigenada.

El MLG me concedió una NAM con una V. No se ven muchos 3400 que tengan una NAM con una V. Está ahí arriba, al lado de mi CAR y mi Corazón Púrpura y mi medalla expedicionaria de la GWOT y mi Servicio Naval y mi Buena Conducta y mi NDS. Hasta los 03 muestran respeto cuando la ven. Pero aunque me des una NAM con una V, aunque me des la Medalla de Honor, eso no cambia que yo siga respirando. Y cuando la gente me pregunta por qué me dieron la NAM, les digo que es para que no me sienta mal por no haber llegado a tiempo para el PFC.

En el campo de adiestramiento los DI te cuentan historias de la Medalla de Honor. La mayoría de los condecorados eran KIA. Sus familias no los recibían de vuelta a casa, recibían a un CACO llamando a su puerta. Recibían el SGLI. Recibían un viaje a Dover para ver cómo los marines sacaban los restos de un C-130. Recibían un ataúd cerrado, porque los IED y el SAF no dejan bonitos cadáveres. Los DI te cuentan esas historias una y otra vez, y hasta un POG como yo sabe lo que significan.

Así que le digo a mi familia que sigo, que la G. I. Bill puede esperar. Y le digo a mi OIC: señor, quiero ir a la OLD. La OLD es donde la guerra está ahora. Y le digo a mi novia: vale, déjame. Y le digo al PFC: ojalá hubiese sido yo, aunque no lo digo en serio.

Me voy a la OLD. Como 3400. Como un POG, pero un POG con experiencia. Volveré a repartir los CERP. Volveré a patrullar con los 03. Y puede que me vuelva a estallar un IED. Pero esta vez, ahí fuera, en las MSR, estaré aterrorizado.

Recordaré los sonidos que hizo el PFC. Recordaré que era su NCO, así que estaba bajo mi responsabilidad. Y recordaré al propio PFC como si lo hubiese amado. Así que en realidad no recordaré al PFC en absoluto: no por qué lo puntué bajo en los PROS/CONTRAS, no por qué le dije que nunca llegaría al E4.

Lo que recordaré será que en nuestros HMMWV iban 5 PAX. Que el SITREP fueron 2 KIA, 3 WIA. Que KIA significa que lo dieron todo. Que WIA significa que yo no.

EL DINERO COMO SISTEMA ARMAMENTÍSTICO

El éxito era una cuestión de perspectiva. En Irak no quedaba otra. No había ninguna Omaha Beach, ninguna Campaña de Vicksburg, ni siquiera un Álamo que marcara una derrota evidente. Lo más cerca que habíamos estado de algo así fueron aquellas estatuas derribadas de Sadam, pero de eso hacía años. Recuerdo a Condoleezza Rice afirmando que no había lugar para llevar a cabo funciones policiales y de administración civil en una campaña militar. «No hace falta que la 82.ª División Aerotransportada escolte a los niños al parvulario», dijo. En 2008, por la época en que llegué yo, la 82.ª División Aerotransportada estaba construyendo invernaderos cerca de Tikrit. Era un magnífico mundo nuevo, y como funcionario de Asuntos Exteriores al frente de un Programa de Reconstrucción Provincial integrado, me encontraba en pleno meollo.

Cuando aterricé en Camp Taji estaba nervioso, y no solo por el peligro. No estaba seguro de que encajara allí. Cuando comenzó la guerra no tenía ninguna fe en ella, pero sí creía en el servicio público. Y sabía también que servir en Irak me ayudaría en mi carrera. El equipo que iba a dirigir ya llevaba un tiempo en el país. Yo era el único funcionario de Asuntos Exteriores del grupo, pero el total de mi experiencia en reconstrucciones consistía en algunos veranos en Alabama trabajando para Habitat for Humanity cuando estaba en la universidad. No creía que eso fuera a servir de mucho.

A mis colegas, en teoría, los habían contratado por sus aptitudes reales. Mientras salía del helicóptero y me dirigía a un hombre fornido que sostenía un pedazo de papel con mi nombre garabateado, tuve la molesta sensación de que veía a través de mí lo que yo temía ser: un fraude, un turista bélico.

Fue una sorpresa, por tanto, cuando el hombre del letrero —Bob, miembro exmilitar de nuestro PRPi— me informó desdeñoso que se había presentado para un 3161 en broma. Se rió de ello, como si pensara que su falta de compromiso era divertida, mientras me conducía hasta el todoterreno Nissan que el PRPi utilizaba para moverse por la base.

—Nunca antes había hecho algo así —me dijo—. Ni siquiera pensaba que fuese a pasar el examen físico. Tengo un soplo en el corazón. Pero no hubo ningún examen físico. No hubo ni entrevista. Me llamaron y me dijeron que estaba contratado, directamente por el currículum.

Bob, descubrí pronto, tenía una visión existencialista de la guerra de Irak. Estábamos combatiendo en Irak porque estábamos combatiendo en Irak. No era cosa suya buscar el porqué, lo suyo era percibir un salario de 250.000 dólares con tres pagas extras y pocas expectativas de alcanzar logros tangibles.

—Cindy es una auténtica devota —me explicó Bob mientras me llevaba a la oficina del PRPi—. Está librando la guerra del bien contra el mal. De la democracia contra el islam. Todo ese rollo de clase de catequesis. Cuidado con ella.

—¿En qué está trabajando?

—Es nuestra asesora de Women's Initiative. Estaba en una junta educativa local, en el sitio del que cojones venga, Kansas o Idaho o algo. Lleva la asociación de empresas de mujeres, y está poniendo en marcha un proyecto agrícola para viudas.

—¿Sabe de agricultura? —pregunté, esperanzado.

—Qué va, pero le he enseñado a usar Google.

Aparcó el coche frente a una barraca raquítica hecha de contrachapado que, anunció, era nuestra oficina. Dentro había dos salas, cuatro escritorios, una larga serie de regletas y una mujercilla delgada de cincuenta y tantos con la vista clavada en la pantalla del ordenador.

—¡Hay que tirar doscientas cincuenta veces para ordeñar un cubo de leche! —dijo.

Bob vocalizó en silencio la palabra «Google». Entonces anunció:

—Cindy, ha llegado nuestro intrépido líder.

—Ay, caray —exclamó ella, saltando de su asiento y acercándose a estrecharme la mano—. ¡Encantada de conocerte!

—Me han dicho que estás trabajando en una iniciativa agrícola —le dije.

—Y en una clínica —respondió—. Será duro, pero es lo que las mujeres me han dicho que necesitan.

Miré alrededor.

—Puedes coger cualquiera de los escritorios vacíos —me dijo Bob—. Steve no va a utilizar el suyo.

—¿Quién es Steve?

—El otro contratista que se suponía que íbamos a tener —me explicó Cindy. Puso cara triste—: Sufrió una herida bastante grave en su primer día aquí.

—¿En su primer día?

Miré hacia el escritorio, espeluznantemente vacío, de la otra sala. Estábamos en zona de guerra, pensé. La muerte y la desfiguración eran una posibilidad para todos nosotros.

—Cuando aterrizó en Taji —me explicó Bob con una sonrisa despectiva—, saltó del Blackhawk como si estuviera en una peli de acción, como si fuera a tener que correr entre el fuego de las ametralladoras para ponerse a salvo. Se torció el tobillo nada más plantar el pie.

Después de que me instalara, Bob me situó en el AO: me llevó hasta un enorme mapa que colgaba en nuestra oficina y desglosó la región.

—Aquí estamos nosotros —dijo, señalando Camp Taji—. Hacia el este tienes el Tigris. Hay unos cuantos palacios antiguos en la ribera occidental, y al otro lado, plantaciones. Árboles frutales. Naranjas. Limones. Esa fruta rara. ¿Cómo se llama?

—¿Granada?

—No, a mí la granada me gusta. Esa cosa… —Sacudió las manos con una mueca y luego volvió a señalar la ribera este del Tigris en el mapa—. Esta sección es toda sunita, así que mientras estuvo Sadam les fue bien. Es menos barriobajera.

—¿Menos barriobajera? —pregunté.

—Hasta la carretera. La Ruta Dover. —Bob señaló una carretera que iba de norte a sur—. Esta es la línea divisoria. Al oeste de Dover, sunitas. Al este de Dover, barrios pobres, terrenos de mierda y algún cultivo irrigado por el canal. —Señaló una fina línea azul que salía del Tigris, que marcaba la frontera meridional del mapa—. Por encima de ahí no hay muy buenos cultivos. Hay una planta de tratamiento de agua aquí —dijo apuntando sobre el mapa a un punto negro sin conexión con ninguna de las carreteras señalizadas—, una refinería de petróleo hacia el este, y aquí está la JSS Istalquaal.

—JSS… Eso significa que allí hay unidades iraquís.

—De la Policía Nacional —respondió—. Y dos compañías de las Brigadas de Combate. La policía sunita se queda en el lado sunita, los chiitas se quedan en el lado chiita, pero la Policía Nacional cruza de un lado a otro.

—¿Cómo es la Policía Nacional? —le pregunté.

—Como escuadrones de la muerte chiitas —me respondió, sonriendo con suficiencia.

—Ah.

—Al sur del canal está Ciudad Sadr. Nadie va allí salvo los de Operaciones Especiales cuando tienen que matar a alguien. Istalquaal es la JSS que nos queda más cerca dentro de nuestra AO.

Contemplé el mapa.

—La USAID dice que la agricultura debería estar empleando a un treinta por ciento de la población —dije.

—Correcto, pero todo el sistema se fue a pique cuando nos cargamos las industrias estatales.

–Fantástico.

–No fue idea mía –explicó Bob–. Refundamos el Ministerio de Agricultura sobre los principios del libre mercado, pero la mano invisible del mercado empezó a colocar IED.

–Vale, pero esta región –dije señalando las áreas chiitas– necesita agua para el riego.

–Y al oeste de Dover también. Los sistemas de riego necesitan mantenimiento, y nadie se ha ocupado mucho de eso.

Di unos golpecitos sobre el punto negro que según me había dicho era la planta de tratamiento de agua.

–¿Está operativa?

Bob rió.

–Metimos ahí como un millón y medio de dólares en fondos del IRRF2 hace un par de años.

–¿Y qué conseguimos con eso?

–Ni idea –respondió Bob–. Pero el ingeniero jefe ha estado solicitando una reunión.

–Genial. Reunámonos.

Bob negó con la cabeza y puso los ojos en blanco.

–Mira –le dije–. Sé que lo que puedo hacer tiene un límite. Pero si puedo hacer algo pequeño…

–¿Pequeño? ¿Una planta de tratamiento de agua?

–Seguramente es lo mejor que podríamos…

–Llevo aquí más tiempo que tú –dijo Bob.

–Vale.

–Si quieres tener éxito, no hagas cosas grandes y ambiciosas. Esto es Irak. Enseña a las viudas a criar abejas.

–¿A criar abejas?

–¿Apicultura? Como se diga. A hacer miel. Coge a cinco viudas, unas cuantas colmenas…

–¿De qué estás hablando?

–Conozco a un iraquí que nos puede vender las colmenas, y un consejo local iraquí dice que dará apoyo al proyecto…

–Bob.

–¿Sí?

–¿De qué demonios estás hablando?

—A la embajada le gustan los proyectos terminados que refuercen las Líneas de Compromiso.

—¿Y qué tiene que ver eso con poner a cinco viudas a criar abejas?

Bob se cruzó de brazos y me miró de arriba abajo. Señaló a la pared opuesta, en la que había colgado un cartel con un resumen de las LdC.

—Dale trabajo a alguien. Eso es una mejora económica. Dale trabajo a una mujer. Eso da oportunidades a las mujeres. Dale trabajo a una viuda. Eso es ayudar a los sectores discriminados de la población. Tres LdC en un proyecto. Los proyectos con viudas son una mina. Teniendo el apoyo del consejo local, podemos decir que es un proyecto bajo dirección iraquí. Y costará menos de 25.000 dólares, así que aprobarán la financiación sin problemas.

—Cinco viudas con colmenas.

—Creo que lo llaman apiario —dijo.

—Criar abejas no va a ayudar.

—¿Ayudar a qué? —replicó—. Este país está jodido hagas lo que hagas.

—Voy a centrarme en el agua —le dije—. Vamos a poner esa planta en marcha.

—Vale —respondió. Negó con la cabeza, pero luego me miró con una sonrisa amigable. Parecía haber decidido que podía irme al carajo a mi manera—. Entonces tendríamos que llevarte a una de las compañías de Istalquaal.

—Istalquaal —repetí, ensayando el sonido de la palabra, deseoso de pronunciarla bien.

—Creo que se dice así. Significa libertad. O liberación. Algo así.

—Está bien.

—No le pusieron el nombre ellos. Fuimos nosotros.

Hicieron falta seis semanas para llegar a la planta. Tres semanas solo para que Kazemi, el ingeniero jefe, se pusiera al teléfono.

Otras tres intentando concretar los detalles. Kazemi tenía la irritante costumbre de responder a las preguntas sobre fechas y tiempos a la manera en que un maestro zen responde preguntas sobre la iluminación. «Solo las montañas no se encuentran», decía, o: «Las provisiones para mañana pertenecen al mañana».

Mientras tanto, la clínica para mujeres de Cindy tomó vuelo. La instaló en el lado sunita de la carretera, y el número de pacientes se incrementaba de manera sostenida semana a semana. Yo no tenía mucho que hacer en el frente del agua, y sentarme a esperar a que Kazemi me devolviera la llamada bastaba para volverme loco, así que decidí implicarme personalmente en la clínica. No me convencía dejarlo en manos de Cindy. La veía demasiado entregada para manejar algo importante, y cuanto más me contaba, más creía yo que el proyecto valía de verdad la pena.

En Irak, las mujeres lo tienen difícil para ver a un médico. Necesitan el permiso de un hombre, y aun así muchos hospitales y pequeñas clínicas no las atienden. Se ven carteles de «Asistencia solo para hombres», a la manera del antiguo «No contratamos irlandeses» al que tuvo que enfrentarse mi tatarabuelo.

Los servicios sanitarios eran el gancho para atraer a la gente, pero en el funcionamiento general de la clínica eran claves Najdah, una tenaz asistente social, y su hermana, la abogada de plantilla. A toda mujer que llegaba se le hacía una entrevista primero, en apariencia para que la clínica supiera los servicios sanitarios que la mujer necesitaba, pero, en realidad, para permitirnos averiguar qué otros servicios podíamos proporcionar. Los problemas de las mujeres de nuestra área iban mucho más allá de infecciones del tracto urinario, aunque estas eran a menudo bastante graves: los problemas de las mujeres no acostumbraban a ser pretexto suficiente para que un hombre permitiera que su esposa o su hija o su hermana fuera a ver a un doctor, y los problemas médicos que nosotros en Estados Unidos consideramos de poca importancia tienden a crecer como una bola de nieve. Una ITU había dañado tanto los riñones de una mujer que estaba en riesgo de insuficiencia orgánica.

La clínica ayudaba también a las mujeres que necesitaban divorciarse, a las mujeres que sufrían violencia doméstica, a las mujeres que no recibían los servicios públicos a los que tenían derecho, y a las mujeres que querían presentar reclamaciones contra las Fuerzas de Coalición para recibir una compensación por los parientes que estas habían matado accidentalmente. Una chica, la víctima de catorce años de una violación en grupo, vino porque su familia planeaba venderla a un burdel de la localidad. Esto no era raro en las chicas que veían arruinadas sus perspectivas de matrimonio por una violación. Era, de hecho, una opción más generosa que las muertes por honor que seguían perpetrándose a veces.

Najdah y la abogada hacían todo lo posible por ayudar a estas mujeres, y de cuando en cuando elevaban sus preocupaciones a los consejos locales y personas influyentes. No pretendían «liberar» a las mujeres iraquís –signifique lo que signifique eso– o convertirlas en emprendedoras. Najdah y su equipo las escuchaban y las ayudaban con sus problemas reales. En el caso de la chica de catorce años, Najdah logró que un amigo suyo de la policía hiciera una redada tanto en su casa como el burdel. La chica fue a la cárcel. Para ella, era la mejor alternativa.

Hice algunas visitas a la clínica, y estaba empezando a pensar en ampliar la idea a otras comunidades cuando Kazemi nos respondió al fin con ideas concretas para una reunión. Quedé de acuerdo con él y luego intenté organizar un convoy con alguna de las compañías de Istalquaal.

«Nadie ha pasado por ese camino en mucho tiempo –me dijo por teléfono el comandante de una–. Puede que haya ahí IED del 2004. No tenemos ni idea de lo que nos podemos encontrar.»

Eso no es algo que uno quiera escuchar de boca de un curtido soldado. Yo ya había hecho un par de convoyes para cuando llegué a Istalquaal, pero el recuerdo de aquella valoración y el nerviosismo cauteloso de los soldados me llevaron a eso que en el ejército llaman un «factor alto de culo prieto». Era evidente que al pelotón que finalmente me condujo hasta allí le había tocado la china. Todos los sabían. «Venga, a saltar en pedazos», oí que le decía un soldado a otro. Cuando cogimos la carretera, mi único consuelo fue el aburrimiento manifiesto de mi intérprete, un musulmán sunita algo bajito y rechoncho al que todo el mundo se refería como «el Profesor».

—¿Por qué le llaman «el Profesor»? —le pregunté.

—Porque era profesor —respondió, quitándose las gafas y frotándolas, como para enfatizar sus palabras—, antes de que llegarais y destrozaseis este país.

Empezábamos con mal pie.

—¿Sabe? —le dije—, cuando empezó todo esto yo me opuse a la guerra…

—Habéis horneado Irak como si fuera un pastel y se lo habéis dado a Irán para que se lo coma.

Se sorbió la nariz, cruzó los brazos sobre la barriga y cerró los ojos. Yo fingí que algo en un lado de la carretera había captado mi atención. La mayoría de intérpretes nunca le dirían algo así a un norteamericano. Nos quedamos en silencio un rato.

—Istalquaal —dije al fin, en un intento de sacarlo de su mutismo—, ¿significa libertad, o liberación?

Entreabrió los ojos y me miró de reojo.

—¿Istalquaal? *Istiqlal* significa «independencia» —respondió—. *Istalquaal* no significa nada. Significa que los americanos no saben árabe.

Se rumoreaba que el Profesor tenía las manos manchadas de sangre de los tiempos de Sadam. Fuera cierto o no, era nuestro mejor intérprete. En la carretera, sin embargo, no era muy buena compañía. Iba con las manos cruzadas y los ojos cerrados, posiblemente durmiendo, posiblemente evitando la conversación.

El paisaje fuera era desolador. Ni árboles, ni animales, ni plantas, ni agua: nada. A menudo, cuando la gente intenta describir Irak, se oyen un montón de referencias a *Mad Max,* esa trilogía posapocalíptica en la que bandas de moteros con trajes de sadomaso conducen a través del desierto, matándose unos a otros por gasolina. Nunca me ha parecido que la descripción fuese particularmente acertada. Al margen de ese extraño festival chiita en el que todo el mundo se flagela con cadenas, no encontrarás mucho material fetichista en el país. Y allí fuera, donde no había una sola cosa viviente, habría agradecido ver a otros humanos, aunque fuera una banda de moteros con máscaras de cuero y chaparreras sin culo. Pero la guerra, desgraciadamente, no es como en las películas.

Kazemi no estaba allí cuando llegamos a la planta, una estructura grande, cuadriculada, con una hilera de cilindros enormes de hormigón coronados por tuberías de metal. Fuimos al edificio principal, pero cuando intentamos entrar y alejarnos del sol no pudimos abrir la puerta. Era grande, de metal, y tan oxidada que no cedía.

—Déjeme, señor —dijo un fornido sargento del ejército.

Sonrió a sus colegas soldados, sin duda pensando que iba a demostrarles hasta qué punto el Ejército superaba en fuerza y habilidad al Departamento de Estado cuando había que abrir una puerta. Empujó. Nada. Sin dejar de sonreír, con los ojos de la mayoría de soldados puestos en él, el sargento retrocedió un paso y se lanzó contra la puerta. El efecto principal fue un golpe fuerte y retumbante. Ya con la cara roja, empezó a echar pestes, y con todo el mundo mirándolo, incluido el Profesor, retrocedió unos quince pasos y echó a correr contra la puerta a toda velocidad. El choque del chaleco antibalas contra el acero fue descomunal, y la puerta se abrió con un estridente chirrido metálico. Algunos soldados aplaudieron.

Dentro estaba oscuro y oxidado.

—No creo que nadie haya estado por aquí en un tiempo, señor —me dijo el sargento.

Miré al convoy de soldados. Había arriesgado todas sus vidas, llevándolos allí.

–Profesor –dije–, tenemos que localizar a Kazemi al teléfono. Ahora.

Mientras él llamaba, yo estuve fantaseando con la apicultura. Por mi mente flotaban imágenes de la «Miel de Viudas Iraquís» en los supermercados estadounidenses, de Donald Rumsfeld colaborando, saliendo en anuncios de televisión: «Pruebe el dulce sabor de la libertad iraquí». Después de unas treinta llamadas de teléfono, el Profesor me aseguró que Kazemi estaba de camino.

Los iraquís llegaron por el sur en un pequeño convoy formado por todoterrenos. El ingeniero jefe Kazemi, un iraquí menudo y delgado con un espeso bigote, estuvo haciendo gestos y hablando en árabe unos diez minutos. El Profesor asentía y asentía y no me tradujo una sola palabra hasta el final.

–Le da la bienvenida y quiere llevarlo a su oficina –me dijo.

Accedí, y seguimos a Kazemi por los oscuros corredores de la planta, lo que supuso desandar muchas veces el camino.

–Le gustaría que creyera que normalmente él entra por otra puerta, y que por eso no sabe por dónde ir –me comentó el Profesor después de equivocarnos por novena o décima vez.

Cuando llegamos a la oficina, uno de los oficiales de policía que iban con Kazemi preparó té y me lo sirvió en una taza polvorienta con una plasta de azúcar solidificado en el fondo. Intenté, mientras bebía, ir al grano al mejor estilo americano.

–¿Qué necesitamos para que la planta esté operativa? –pregunté.

El Profesor repitió la pregunta, y Kazemi sonrió y empezó a removerse nervioso bajo el escritorio. Balbuceó algo. El Profesor puso gesto preocupado y le hizo lo que parecieron unas pocas preguntas bruscas.

—¿Qué le está diciendo?

El Profesor me ignoró. Al cabo de más o menos un minuto, Kazemi sacó algo de debajo del escritorio, haciendo caer papeles y tirando material de oficina por todo el suelo.

—No creo que este hombre sea muy inteligente —me dijo el Profesor.

Kazemi sostenía una caja grande entre las manos. La colocó sobre el escritorio, la abrió y sacó cuidadosamente de ella una maqueta a escala de la planta de tratamiento de agua, construida con cartón y palillos de dientes. En las cuatro esquinas de la planta había sendas torrecillas de cartón. Kazemi señaló a una.

—Ami-tara-lladora —dijo.

Y entonces sonrió y recogió los brazos como sosteniendo un arma.

—Ra-ta-ta-ta-ta —dijo, disparando la ametralladora imaginaria, y luego soltó otra parrafada en árabe.

—Vuestro ejército no aprobó los fondos para la construcción de las torres de ametralladoras —me explicó el Profesor, tras una pausa—. No entran en los estándares de las plantas estadounidenses.

Kazemi dijo algo más.

—Además, vuestro ejército construyó las tuberías equivocadas —añadió el Profesor.

—¿Qué quiere decir con las tuberías equivocadas?

Esta vez la discusión llevo algún tiempo, y el Profesor se iba poniendo cada vez más cortante. Parecía estar regañando a Kazemi.

—Vuestro ejército construyó tuberías para la presión de agua equivocada —me dijo el Profesor—, y las construyó cruzando la carretera.

—¿Hay alguna forma de solucionar lo de la presión de agua?…

—La presión de agua no es el problema —cortó el Profesor—. El ministerio es de Jaysh al-Mahdi.

Lo miré sin comprender.

–Pero el agua sería buena para…

–No entregarán agua a los sunitas.

Su mirada acusadora sugería que, de alguna manera, eso era culpa mía. Y, por supuesto, dado que Estados Unidos había dividido los ministerios iraquís entre partidos políticos al comienzo de la guerra, lo que permitió que las diversas facciones expulsaran a los antiguos tecnócratas baathistas en favor de politicastros y se repartieran entre todos el país, lo era en cierto modo.

Kazemi habló de nuevo.

–Estoy seguro de ello –dijo el Profesor–. Este hombre no es inteligente.

–¿Qué dice?

–Le gustaría bombear agua. Lleva en este trabajo muchos años sin bombear nada de agua y quiere ver cómo es.

–Si parte del agua va para los sunitas, ¿necesitará ametralladoras?

–Las va a necesitar de todas formas –respondió el Profesor.

–Vale.

–Va a hacer que lo maten.

–Pregúntele que hará falta para poner la planta en marcha –le dije–, aparte de ametralladoras.

Hablaron en árabe. Yo me quedé mirando la pared. Cuando terminaron, el Profesor se volvió hacia mí.

–Tendremos que valorarlo. Lleva muchas semanas sin venir.

–¿Dónde ha estado?

El Profesor le preguntó a Kazemi y este sonrió, me miró y respondió:

–Irán.

Todo el mundo conocía esa palabra. Los soldados estadounidenses que había conmigo parecían tensos desde el principio, pero ahora tenían una mirada asesina. Irán era el principal importador de EFP, un IED particularmente letal que despide una bala de metal líquido y candente que atraviesa los laterales de los vehículos más blindados y rocía a todo el que haya dentro. Un técnico de EOD me contó que, aun si el metal no te matara, lo haría el cambio de presión generado por la mera velocidad de esa cosa.

Kazemi siguió hablando. De cuando en cuando, el Profesor fruncía el ceño y replicaba algo. En cierto momento, se quitó las gafas y las frotó mientras negaba con la cabeza.

—Ah —dijo—. Se fue a contraer matrimonios.

—¿Matrimonios? —pregunté. Me volví a Kazemi—: Felicidades.

Me llevé la mano al corazón. Sonreí a pesar de mí mismo. Los soldados a mi espalda parecieron aliviados.

—Las mujeres iranís son muy hermosas —me explicó el Profesor.

Kazemi sacó un teléfono móvil. Estuvo toqueteándolo un momento y luego me mostró la pantalla. Era una foto de cara de una mujer guapa y joven.

—Madame —dijo Kazemi.

—Muy bonita —respondí yo.

Pulsó un botón y pasó a otra foto de otra mujer, y luego a otra, y a otra, y a otra. «Madame. Madame. Madame», decía.

—¿Por qué tiene la cara amoratada? —pregunté.

El Profesor se encogió de hombros y Kazemi siguió pasando fotos.

Seguimos hablando sobre las mujeres iranís y su belleza, y lo felicité de nuevo por sus matrimonios, y después, otros cuarenta minutos de conversación nos llevaron a un acuerdo por el que yo encontraría un sistema de seguridad para Kazemi y él determinaría qué hacía falta para que la planta estuviese operativa.

En el camino de vuelta, el Profesor me explicó los matrimonios en el tono en el que uno le hablaría a un golden retriever con una deficiencia mental.

—Nikah Mut'ah —me dijo—. Los chiitas permiten los matrimonios temporales. Los chiitas se casan con una mujer una hora y al día siguiente se casan con otra.

—Ah. Prostitución.

—La prostitución es ilegal bajo el islam —respondió el Profesor.

Dos días después volví a Taji. Al torcer por la carretera en dirección a la barraca de contrachapado a la que llamábamos oficina, vi al mayor Jason Zima y a uno de sus equipos de Asuntos Civiles descargando un puñado de cajas del todoterreno que usaban para moverse por la FOB. Tuve de inmediato la angustiosa y segura certeza de que, hubiera lo que hubiese en esas cajas, iba a ser problema mío.

—¡Señor! —saludó el mayor Zima, sonriendo—. Justo el hombre que quería ver.

Zima dirigía la Compañía de Asuntos Civiles de la Brigada y era, por tanto, mi homólogo más directo en el ejército estadounidense. Era un hombre robusto con una cabeza extrañamente esférica que afeitaba cada mañana hasta dejarla lisa y reluciente. Le otorgaba la apariencia, bajo el brillante sol iraquí, de una bola de bolos cariñosamente pulida descansando sobre un saco de grano. Sin rastro de pelo en la cabeza, y con unas cejas tan claras que eran invisibles, Zima no tenía ningún indicador distinguible de su edad, y podía estar en cualquier punto entre los treinta y los cincuenta y cinco: su sonrisa de querubín hacía que pareciera lo primero, y su expresión ceñuda de qué-narices-me-está-contando-este-civil hacía que pareciera lo segundo. En todas mis interacciones con él hasta el momento, había proyectado una imbecilidad tan pura que te dejaba anonadado.

—¿Qué es esto? —le pregunté.

El mayor Zima dejó caer al suelo su caja, que levantó una nube de polvo. Luego, moviendo la mano derecha con una floritura de mago, se sacó una Leatherman del bolsillo, se inclinó y procedió a abrir la caja.

—¡Uniformes de béisbol! —dijo, sacando uno para enseñármelo—. Hay cincuenta. Algunos azules, algunos grises…, como la Unión y la Confederación en la Guerra de Secesión.

Yo todavía llevaba puestos el chaleco antibalas y el casco. Me quité el casco. Daba la sensación de que iba a necesitar la máxima cantidad de sangre circulando a mi cerebro para sacar algo en claro de aquello.

–Son para ti –dijo Zima–. Los dejaron en Asuntos Civiles por error.

–¿Para qué demonios queremos esto?

Me sonrió con una de sus bobas sonrisas beatíficas.

–Son para que los iraquís jueguen al béisbol –respondió.

–Los iraquís no juegan al béisbol.

Zima frunció el ceño, como si esa dificultad no se le hubiese ocurrido hasta ahora. Luego, mirando al uniforme que tenía en la mano, su cara se iluminó con una sonrisa de oreja a oreja.

–¡Pues pueden ponérselos para jugar a fútbol! –dijo–. Les van a encantar. Juegan en campos de tierra, de todos modos. Las mallas les protegerán.

–Vale –respondí–. Pero ¿por qué están aquí? ¿Por qué tengo delante cincuenta uniformes de béisbol en medio de Camp Taji?

El mayor Zima asintió, como para hacerme saber que lo consideraba una pregunta válida.

–Porque Gene Goodwin nos los ha enviado. Gene Goodwin cree que el béisbol es justo lo que los iraquís necesitan.

–¿Quién es Gene…? ¿Sabes qué? Da igual. ¿Se supone que tengo que encargarme de esto?

–Bueno –dijo el mayor–. ¿Vas a enseñarles a los iraquís a jugar al béisbol?

–No.

–Eso es un problema –respondió, frunciendo el ceño.

Puse la cara entre las manos y me froté la frente.

–¿Vas a enseñarles tú a los iraquís a jugar al béisbol? –le pregunté.

–No creo que estuvieran interesados.

Nos quedamos mirándonos el uno al otro, yo ceñudo y Zima sonriendo de forma angelical. Me arrodillé y eché un vistazo al paquete. Dentro había una hoja en la que se detallaba el contenido. Decía que las tallas de los uniformes eran para chicos de entre ocho y diez años. Imaginé que la malnutrición en nuestra área haría que les quedasen mejor a los de entre trece y quince.

—¿Montaron un convoy solo para esto? —pregunté.

—No. Estoy seguro de que llevaban otros suministros de Clase Uno.

—O sea... ¿bebidas energéticas, Pop Tarts y esas magdalenas que no se come nadie?

—¡Combustible para el soldado americano!

Me froté la frente de nuevo.

—¿Quién es Gene Goodwin exactamente?

—El Rey de los Colchones del norte de Kansas —explicó el mayor Zima.

No estaba seguro de cómo responder a eso.

—No lo conozco en persona —prosiguió—, pero cuando el congresista Gordon estuvo aquí me insistió mucho en que uno de sus electores clave tenía una idea acertadísima para la democracia iraquí.

—Desde luego que sí.

—Lo dijo delante de todo el mundo. Incluido Chris Roper.

—Entiendo.

Chris Roper era mi jefe. Por lo general no salía de la Zona Verde, pero cuando pasó por allí una delegación del Congreso, Roper se les acopló para hacer un poco de turismo de guerra. Nadie quería servir un año en Irak y volver con historias nada más que de la máquina de helados soft del comedor de la embajada.

—¿Qué dijo Chris Roper? —le pregunté.

—Ah, le dijo al congresista que la «diplomacia deportiva» era lo último, y que habían estado organizando partidos de fútbol entre equipos sunitas y chiitas. Está haciendo furor en la embajada, le dijo. Ha sido muy efectivo.

—¿Efectivo para qué?

—Bueno —dijo el mayor, sonriendo—, no estoy seguro, pero sirvió para sacar algunas fotos geniales.

Respiré hondo.

—¿Chris Roper cree que esto es una buena idea?

—Por supuesto que no —respondió el mayor con una expresión indignada en la cara.

—Entonces el congresista Gordon…

—No creo. Pero sí que nos dijo al coronel y a mí lo decisivo que era el señor Goodwin como elector, y lo enfadado que estaba el señor Goodwin porque nadie parecía tomarse en serio su plan del béisbol.

—Y tú le dijiste que la gente del PRPi podría encargarse.

—Le dije que sería un honor para vosotros.

A Bob los uniformes le parecieron hilarantes. Unas veinte veces al día los miraba, esbozaba una sonrisa, y luego volvía a jugar al solitario en el ordenador. A Cindy no le hizo tanta gracia, y señaló cuidadosamente que, dado que eran uniformes para niño, no entraban en su ámbito de actuación como asesora de Women's Initiative. Además, andaba demasiado ocupada, porque su proyecto agrícola había despegado.

—¿En serio? —le pregunté.

—Sí. Por aquí no tienen conocimientos modernos de agricultura.

—¿Y tú sí?

—Bueno, sé que hacer que un imán ate un verso del Corán al rabo de una vaca no le va a curar el empaste a la pobre. Además, hay un reservista aquí en Taji que es granjero en la vida real. Me está ayudando.

Eso tenía sentido. Me negaba a creer que Cindy, tirando de Google, pudiera levantar una iniciativa agrícola ella sola, aunque era verdad que tenía un don para establecer contactos. Najdah, la asistente social de la clínica de mujeres, hablaba maravillas de ella.

—El número de miembros va en aumento —me dijo Cindy—. Han ido viniendo muchos maridos de las mujeres y contándoles a sus amigos que pueden conseguir buen asesoramiento y medicinas.

—Pero ¿no eran viudas?

Cindy se encogió de hombros y volvió a Google, y de vez en cuando dejaba caer comentarios divertidos como «No hay nada que hacer con los pollos hoy en día, no con el precio de esos congelados brasileños». Miré fijamente las cajas de uniformes hasta que fui incapaz de soportarlo más. Salí de la oficina cerrando de un golpe la puertucha y fui hasta las oficinas de la Compañía de Asuntos Civiles para hablar de nuevo con el mayor Zima, esta vez sobre la planta depuradora y la tubería para la comunidad sunita. Lo encontré en pleno traslado de diversos archivos hacia nuevas y aparentemente caprichosas ubicaciones.

—Esa tubería todavía está en construcción —me dijo Zima mientras apretujaba una pila demasiado grande de papeles en un archivador demasiado pequeño. Me explicó que antes de que él y yo hubiésemos llegado siquiera a Irak, un consejo provincial había convencido a la brigada anterior de la Compañía de Asuntos Civiles para que construyera la tubería. Él había heredado el proyecto, y pensaba que debía seguir adelante.

—La mayor parte del agua local es una mezcla de E. coli, metales pesados y ácido sulfúrico —me dijo—. No me gustaría cepillarme los dientes con eso.

Le expliqué los problemas entre sunitas y chiitas. Y luego intenté explicarle que las tuberías estaban hechas para la presión de agua equivocada.

—Incluso si la termináis y la planta queda operativa y el ministerio permite de algún modo que entre en funcionamiento, la tubería bombeará el agua a una presión tan alta que todos los váteres y los fregaderos y los grifos al este de la Ruta Dover reventarán simultáneamente.

—¿En serio? —preguntó, levantando la vista del problemático archivador.

—Eso es lo que estáis construyendo. O lo que está construyendo la compañía iraquí que tenéis contratada.

—Son jordanos. Solo hay un iraquí. —Se echó hacia atrás, levantó una pierna y le dio un puntapié al cajón del archivador. El trasto se cerró, pero con pedacitos de papel asomando por los lados. Satisfecho, levantó la vista y dijo—: Me encargaré del asunto.

Cuando le insistí para que me dijera qué solución tenía, sin embargo, se limitó a sonreír y me dijo que esperara.

Tener los uniformes en la oficina significaba que no podía evitar verlos constantemente. No es de extrañar que estallara.

—¿De verdad quieres que monte un maldito equipo de béisbol en Irak? —solté prácticamente gritando al teléfono.

Chris Roper no era la clase de hombre al que uno gritaba. Con él, acostumbraba a ser al contrario. Para tratarse de un diplomático de carrera, era increíblemente poco diplomático.

—¿De qué cojones estás hablando? —dijo. Tenía un levísimo toque de acento de Brooklyn.

Le conté lo que me había dicho el mayor Zima sobre los uniformes.

—Ah, eso. Eso da igual. Yo quiero hablar de la asociación de empresas de mujeres.

—La asociación de empresas de mujeres es un timo. Montar una liga de béisbol iraquí, sin embargo, es un chiste.

—¿No se está encargando de eso la Compañía de Asuntos Civiles? —preguntó Roper—. Yo no compré ningún número para que me tocara ninguna responsabilidad, eso seguro.

—¿No les dijiste que la «diplomacia deportiva» estaba haciendo furor en la embajada?

Hubo una larga pausa.

—Bueno —dijo arrastrando la palabra—, en cierto modo sí.

—Dios, Chris.

—Y no puedes recortar la asociación de empresas de mujeres.

—¿Por qué no? Lleva ya un año en marcha y aún tiene que crear una empresa. Para la última reunión alquilamos una «sala de conferencias y presentaciones» por quince mil dólares que resultó ser una sala vacía de una escuela abandonada que nosotros mismos habíamos reconstruido en 2005. —Hice una pausa y cogí aire–. De hecho, «abandonada» no es la palabra correcta, porque nadie la ha usado jamás.

–El programa de oportunidades para las mujeres es un objetivo importantísimo para la embajada.

–Eso es por lo que la clínica para mujeres…

–Oportunidades para las mujeres significa puestos de trabajo. Confía en mí si te digo que ha sido el punto clave a retener de las últimas diez reuniones en las que he estado. La clínica no proporciona trabajo.

–Proporciona a las mujeres de aquí lo que realmente necesitan y…

–¿Estamos metiendo, qué, sesenta mil en eso?

–No van a empezar a…

–Hay un vínculo directo –entonó Roper– entre la opresión de las mujeres y el extremismo.

Hubo un breve silencio.

–Y no es que no piense que es duro –continuó–. Todo esto es duro. Hacer cualquier cosa en Irak es duro.

–La clínica…

–No da trabajo. Tráeme a Rosie la Remachadora, no a Suzie la de la infección de hongos.

–Suzie la que se ha *curado* de la infección de hongos.

–Ahora mismo la asociación de empresas es lo único que tiene en marcha tu PRPi para las oportunidades de las mujeres –dijo–. Eso no está bien. Nada bien. ¿Y quieres cerrarla? No. Ni de coña. Sigue con ella. Úsala mejor. Crea algún puto puesto trabajo. ¿Tienes algo, lo que sea, siquiera planificado para las mujeres?

Lo oía respirar pesadamente al teléfono.

–Claro… –respondí, estrujándome los sesos–, tengo cosas.

–¿Como por ejemplo?

Hubo un silencio incómodo. Miré la oficina a mi alrededor, como si fuese a encontrar una respuesta colgando de la pared en alguna parte. Y entonces mis ojos se posaron en el escritorio de Bob.

–¿Qué sabes de apicultura? –le pregunté.

—¿Vas a poner a las mujeres de apicultoras?

—No simplemente mujeres: viudas.

Hubo otra pausa. Suspiró.

—Sí… —dijo. Su voz sonaba resignada—. Un montón de PRPi están con eso.

—Un momento… ¿Tú… tú sabes que esto es una gilipollez?

El email entró en cuanto colgué el teléfono. El asunto era: EL FUTURO DEPORTE NACIONAL DE IRAK. El remitente era GOODWIN, GENE GABRIEL. Pensé «¿Quién le ha dado mi dirección a este capullo?». Eso quedó respondido casi de inmediato.

Querido Marc (espero que no te importe que te llame Marc, el mayor Zima me ha dicho que eres un tipo muy accesible):

Me alegra encontrar a alguien dispuesto por fin a darle una oportunidad a esto. No creerías la cantidad de gilip******* por las que tienes que pasar para hacer algo con el ejército de Estados Unidos.

La idea es esta: el pueblo iraquí quiere democracia, pero la democracia no arraiga. ¿Por qué? Porque no tienen INSTITUCIONES que la sustenten. No sé puede construir cualquier cosa con unos cimientos podridos, y la cultura iraquí, estoy seguro, está más que podrida.

Sé que parece una locura, pero hay pocas instituciones mejores que la institución del BÉISBOL. Mira a los japoneses. Pasaron de ser fascistas adoraemperadores a fanáticos beisboleros de la democracia en menos de lo que se tarda en decir ¡Sayonara, Hirohito!

Lo que digo es que hay que cambiar la CULTURA primero. ¿Y qué hay más AMERICANO que el béisbol, en el que un hombre se planta frente al mundo, con un bate entre las manos, listo para hacer historia, cada momento una competición uno contra uno? El bateador contra el lanzador. El corredor contra el primera base. El corredor contra el segunda base. El tercera base.

Y si tiene suerte, contra el propio receptor. ¡Y aun así! ¡¡Y AUN ASÍ!! ¡Es un deporte de equipo! ¡¡¡No eres nada sin el equipo!!! Supongo que ahora por allí juegan al fútbol. Lógico. Es un deporte que enseña a los niños todas las malas lecciones. «¡Finge que te has hecho daño y el árbitro te echará una mano!» «¡Nunca lo conseguirás solo, pásale la pelota a tu amigo!» Y lo peor de todo, nunca marca nadie. Es en plan, «¡Adelante, chicos, pero no os hagáis muchas ilusiones! ¡Incluso si estáis cerca del gol, seguramente no lo conseguiréis!». Y no pueden usar las manos. ¿De qué narices va todo eso? Sé que es probable que te parezca una tontería, pero recuerda: las grandes ideas siempre parecen una tontería. La gente también me decía que mis Descuentos Grand Slam eran una tontería, pero fui y lo hice y ya nadie me llama tonto. Es como lo que decimos en el negocio de los colchones: ÉXITO = EMPUJE + DETERMINACIÓN + COLCHONES. Y aquí estoy, suministrando los materiales. Lo único que te pido es un pequeño esfuerzo para darles a estos chicos iraquís una oportunidad de futuro.

Atentamente,

GG GOODWIN

Leer aquel email era como que te clavaran un picahielos en el cerebro. Me quedé contemplando el ordenador con la mirada perdida, todas mis funciones mentales superiores cortocircuitadas, y contuve el impulso de darle un puñetazo a la pantalla. Esto, pensé, son gilipolleces. Compuse una escueta nota explicándole que, si bien apreciábamos su generosidad, el béisbol no tenía muchas probabilidades de calar en Irak, y que aunque los chicos sin duda harían uso de los uniformes, no podía prometerle que fueran a jugar al béisbol con ellos. Le di a «enviar».

Antes de una hora me encontré copiado en un email dirigido al mismísimo congresista Gordon. Iba también con copia a un sinfín de personal civil y militar. Chris Roper. Un general de brigada. El mayor Zima. Y el coronel al cargo de la Brigada de Combate a la que yo estaba vinculado. La visión de este solo nombre bastó para hacerme comprender que la había cagado hasta el fondo. Yo era nuevo en el juego del con-copia-a, un juego que manejaban con destreza los oficiales del estado mayor de todo el ejército, pero sabía lo suficiente para entender que cuantos más altos cargos pudieras poner tranquilamente en copia en tus emails, más tenía que tragar todo el mundo con fuera cual fuera la gilipollez de la que trataran estos.

El mensaje comenzaba «No deja de sorprenderme la falta de visión con la que me he encontrado…», y a partir de ahí se iba poniendo más feo. Menos de cinco minutos más tarde tenía un nuevo email en mi buzón, este del teniente coronel Roux, el oficial ejecutivo de la brigada. No iba dirigido a mí, sino al mayor Zima. Roux no iba en copia en el email inicial, pero revisando el documento vi que el coronel se lo había reenviado con el parco mensaje: «Jim. Encárgate de esto».

El teniente coronel Roux no era tan lacónico. Su mensaje decía: «¿Puede explicarme alguien por qué está copiado el coronel en cartas airadas dirigidas a miembros del congreso? Quiero esta cagada resuelta. Ya». Debajo iba su firma tipo: «Con todos mis respetos, TC James E. Roux».

Empecé a sudar la gota gorda para escribirle un email de respuesta al oficial ejecutivo. Parecía importante transmitir la misma imbecilidad pura de GG Goodwin, y no estaba seguro de tener la habilidad de comunicarla. Pero antes de que hubiera escrito siquiera el primer párrafo, el mayor Zima se me adelantó con la que era claramente la respuesta correcta: «Señor —decía—, me encargaré de ello inmediatamente».

Cinco minutos más tarde llegó otro email, también del mayor Zima. El teniente coronel Roux y yo mismo íbamos en copia, al igual que el congresista y el general de brigada, pero no el coronel.

«Señor —comenzaba—, ha habido un pequeño error de comunicación por nuestra parte. De hecho, acabo de hablar con un maestro de escuela que estaría encantado de quedarse con los uniformes y enseñar béisbol a los chicos.»

Aquello parecía altamente improbable, pero el mayor Zima pasaba a aportar un recuento bastante aturdidor de todos los problemas logísticos que estaba superando para poner el proyecto en la vía rápida.

El email continuaba: «Hablamos de que los niños le escribiesen cartas de agradecimiento, pero por desgracia la mayoría de niños en nuestra área de operaciones son analfabetos». Luego Zima pedía paciencia, usando como ejemplo la misma referencia de Gene Goodwin a Japón. Explicaba que el béisbol había sido introducido en 1872, y que hicieron falta unos quince años para que quedase firmemente consolidado en la cultura japonesa. Este trozo era sorprendentemente largo y técnico, lo cual tenía sentido, dado que resultó que Zima se había limitado a copiar y pegar la entrada de Wikipedia de «El béisbol en Japón» en mitad del texto, para que pareciera que estaba tan comprometido con ese deporte como el propio Gene.

Poco más tarde entró otro email, este solo de Zima para mí, sin nadie más en copia.

«Eh, Nathan —decía—. Quizás deberías dejarme a mí manejar a este tío. No hay ninguna necesidad de atizar el avispero.»

Unas dos semanas después me encontré con el mayor Zima, que estaba haciendo flexiones en uniforme de camuflaje. Me dijo entre gruñidos que si quería empezar a reunir dinero para las reformas de la planta depuradora, el ministerio no se movería de su posición para bloquearnos el camino, o nos robaría una cantidad de dólares de reconstrucción más alta que de costumbre.

—¿De cuántos dólares estamos hablando? —le pregunté—. ¿No hemos metido ya un millón y medio?

Se detuvo y sonrió alegremente.

—Sí.

—¿Adónde ha ido a parar ese dinero?

—No lo sé —respondió, bajando para hacer otra flexión—. Yo aún no estaba aquí por entonces.

Lo miré un momento. Su torso era tan orondo que incluso con los brazos totalmente extendidos la barriga le colgaba a dos dedos del suelo. Bajaba y usaba su tripa como cama elástica para volver a subir.

—¿Cómo harías que aceptaran?

—SETENTA Y NUEVE… AAAH… ¡OCHENTA!

Se desplomó en el suelo. Ni por asomo había hecho ochenta flexiones. Mi estimación estaba más cerca de las veinticinco. Levantó la vista.

—Les dije lo que tú me dijiste —respondió entre resoplidos, tendido boca abajo en el suelo y con una mejilla pegada a la tierra.

—¿Qué te dije?

—Que si abríamos el agua haría explotar todos los váteres de los sunitas. —Zima se dio la vuelta lentamente—. Aaah…

—¿Y con eso fue suficiente?

—No, pero hicieron comprobaciones y resulta que tienes razón. Esas tuberías están diseñadas siguiendo las de la bomba de drenaje de Nasiriya, así que sueltan veinte metros cúbicos por segundo. Eso es muchísimo. Hace falta una cosa para reducir la presión. No me acuerdo de cómo se llama.

—¿Un reductor de presión?

—Eso, un reductor de presión. Y no vamos a construirlo.

—¿Les has dicho que Estados Unidos destruiría intencionadamente todo el sistema de cañerías de una comunidad sunita para poner la planta de agua en marcha?

—Sí.

—¿Y te han creído?

—Les dije que a mí me ascienden por terminar proyectos, lo que en cierto modo es cierto, y que la planta no estaría operativa hasta mucho después de que me fuese de Irak, lo que es absolutamente cierto, y que no iba a tirar adelante con el mercado de novecientos mil dólares que se supone que va a construir para nosotros el primo de uno de los tíos del ministerio si siguen jodiendo la marrana con el agua.

Me quedé mirando al mayor asombrado. En un primer momento, había pensado que ese hombre era estúpido. Ahora no estaba seguro de si Zima era un genio o un loco.

—Pero… —dije— no podemos destruir un pueblo sunita…

—No pasa nada. Por ahora, seguimos avanzando. Los sunitas no van a dejar que agua sobrepresurizada destroce sus hogares. Sería muy tonto que pasara eso en el desierto. Estarán pendientes del tema, incluso si nosotros no.

La confianza de Zima no me tranquilizó.

—¿Saben lo de la presión? —le pregunté.

—No, pero he puesto un recordatorio en mi calendario de Outlook para la semana en que está previsto que la Brigada de Combate deje Irak. Dice: «Decirle al jeque Abu Bakr que las tuberías que construimos para él harán explotar su casa».

El jeque Abu Bakr, además de un punto importante en la lista de cosas pendientes de Zima, era una figura clave al este de la Ruta Dover. La primera vez que lo vi, el teniente al mando de mi convoy me dijo: «El jeque Abu Bakr es, literalmente, la Tina Turner de *Mad Max*». Bob decía también que el jeque era la persona con la que había que hablar de las viudas, así que poco después de mi conversación con Zima sobre el agua, fui hacia allí para intentar arrancar el proyecto de apicultura. Tenía que ver a Abu Bakr de todos modos, porque íbamos a trasladar el apoyo monetario al Qada, o consejo provincial. Hasta entonces, le habíamos dado los fondos directamente a él, y él pagaba a los iraquís para que guarnecieran los controles de seguridad en lugar de luchar en la insurgencia. Dado que Abu Bakr dirigía el Qada, trasladar los pagos al consejo era algo a medio camino entre un truco de trilero y un método para ayudar a los iraquís a desarrollar instituciones de gobierno capaces de manejar un presupuesto.

Mientras entrábamos en el pueblo, vi a un par de chicos con uniformes de béisbol rebuscando entre la basura a un lado de la carretera. Uno iba de gris, el otro de azul. El de azul había cortado las mallas para convertirlas en unos pantalones cortos improvisados.

—Detened el convoy —dije.

Pero nadie prestó ninguna atención, y no insistí.

Con toda esa miseria alrededor, siempre me chocaba llegar a casa de Abu Bakr. Era una finca enorme con cinco edificios independientes y con el único césped real que había visto en Irak fuera de la embajada estadounidense. La creación del césped de la embajada la ordenó el embajador en persona, y había precisado terrones importados de Kuwait, convoyes armados para traer el equipamiento, esfuerzos intensos para mantener a los pájaros alejados de la semilla y un despreocupado desdén por las leyes de la naturaleza. Las estimaciones de los costes oscilaban entre los dos y cinco millones de dólares de los contribuyentes. Del coste del de Abu Bakr, no tengo ni idea. Dada la mera cantidad de fregados en los que estaba metido, es probable que algunos dólares de los contribuyentes de Estados Unidos hubiesen ido a parar también a su césped.

Cuando llegamos a su casa, los soldados estadounidenses y la policía y el ejército iraquís establecieron un perímetro de defensa. Había ya allí un oficial uniformado de la policía iraquí limpiando concienzudamente el coche aparcado en el camino de entrada, un Lexus negro. Entramos y nos condujeron a través de salas llenas de muebles de caoba, jarrones de cristal y algún que otro televisor de pantalla plana conectado a una XBox. Nuestro guía nos llevó hasta un comedor en el que esperaba Abu Bakr. Intercambiamos cumplidos, nos sentamos y mandó a sus hombres que nos sirviesen, al Profesor, al comandante del convoy, al teniente de policía, a un par de tíos del ejército iraquí y a mí, cordero y arroz. Trajeron el cordero formando una pila grande y viscosa sobre un plato enorme, y lo colocaron al lado de un plato igualmente enorme de arroz. No había cubiertos. Uno de los tíos del ejército iraquí, creyendo que yo no sabía cómo comer, me dio un codazo, sonrió y agarró un puñado de cordero con la mano derecha, la grasa rezumándole entre los dedos. Luego lo aplastó en el arroz y lo amasó con la mano hasta que obtuvo una bolita de arroz y cordero, que cogió y dejó caer en mi plato.

–Gracias –le dije.

Se quedó mirándome, sonriente. Abu Bakr me miraba también. Parecía que aquello le divertía ligeramente. Al Profesor le divertía abiertamente. Lo cogí y me lo comí. Cuestiones higiénicas al margen, estaba delicioso.

Con eso, comenzó la verdadera discusión. Abu Bakr era un hombre gordo y jovial que aseguraba tener tres balas alojadas en el torso. Los médicos le habían dicho que era más peligroso sacarlas que dejárselas dentro, pero decía «Cada noche siento cómo se van deslizando más cerca de mi corazón».

El Profesor afirmaba que tres años atrás, un escuadrón de la muerte chiita había intentado secuestrar a Abu Bakr. Mientras lo empujaban dentro del vehículo, vio que uno de los pistoleros llevaba un arma en el cinturón. El jeque la cogió, mató a dos de sus captores y recibió dos disparos no mortales. El último de los pistoleros fue atrapado por sus hombres. Si alguien quiere ver qué le pasó al tío, al parecer puede comprar la cinta de la tortura en la mayoría de kioscos de la zona. Yo nunca tuve ningún interés.

La conversación derivó en una larga discusión sobre los nahias locales y los qadas provinciales. Abu Bakr afirmaba que sería mucho más sencillo darle el dinero a él. Yo sostenía que debían aprender a manejar ellos mismos el dinero. Después de casi una hora, empezamos a hablar de las viudas.

–Sí –dijo el Profesor–. Puede conseguirlas para usted. El jeque Umer se encargará del asunto.

El jeque Umer estaba considerablemente más abajo en la jerarquía local. Nada de Lexus en el camino de entrada. Era una pieza importante en una de las nahias.

–Las viudas aprenderán a criar abejas si vosotros proporcionáis las colmenas y la formación –dijo el Profesor–, pero tendréis que pagar también los taxis para llevarlas a las clases, ya que la zona es muy peligrosa.

–Los taxis no cuestan ni una décima parte de lo que pide. Dile que esto sería un favor muy personal.

El Profesor y Abu Bakr hablaron. Yo estaba seguro de que Abu Bakr hablaba inglés. Siempre parecía saber lo que yo estaba diciendo, y a veces cortaba al Profesor antes de que terminara de traducirlo todo. Pero en ningún momento se delató por completo.

Finalmente, el Profesor me miró y dijo:

–Hay otros costes que no puede prever, pero que podrían complicar el asunto –hizo una pausa y añadió–: Es como dicen: una alfombra nunca está del todo vendida.

–Dile que esta vez queremos viudas de verdad. En la última reunión de mujeres agricultoras, Cindy dijo que creía que eran todas mujeres casadas.

El Profesor asintió y habló con Abu Bakr.

–Eso no será problema –dijo–. Irak va escaso de muchas cosas, pero no de viudas.

Los bates y los guantes de béisbol llegaron poco después del encuentro con Abu Bakr.

–Me encargaré de esto también –dijo el mayor Zima.

–No vayas a tirar los bates como hiciste con los uniformes.

–¡Nunca haría eso! –respondió.

–Cada vez que salgo más allá de la alambrada, veo chicos distintos con los uniformes, pero aún estoy por ver un partido de béisbol.

–Pues claro, no tienen bates todavía.

–No quiero ver equipamiento suministrado por Estados Unidos en un vídeo de torturas.

–Demasiado tarde para eso –respondió el mayor Zima–. Además, si he aprendido algo trabajando en Asuntos Civiles en Irak, es que es difícil llegar y cambiar la cultura de la gente.

—¿Qué quieres decir?

—Ahora mismo, los chiitas están bastante asentados en su costumbre de matar a la gente con taladros. Y a los sunitas les gusta cortar cabezas. No creo que consigamos cambiar eso con bates de béisbol.

—Dios. No quiero formar parte de eso.

—Demasiado tarde —dijo, frunciendo el ceño—. Estás aquí.

El día siguiente visité la clínica de mujeres por lo que temía sería la última vez. No tenía ningunas ganas de decirle a Najdah, la asistente social, que le había fallado de nuevo. «Soy iraquí —me había dicho en mi anterior visita—. Estoy acostumbrada a promesas que son buenas pero no reales.»

Acercarme a la clínica de mujeres siempre era raro, ya que no tenía permitida la entrada. Me reunía con Najdah en un edificio al otro lado de la calle y ella me contaba cómo iba todo.

La clínica era, tal vez, la cosa de la que me sentía más orgulloso. Eso, y el programa de formación agrícola, aunque ese tema era mayormente trabajo de Cindy. Najdah parecía saber lo que la clínica significaba para mí, y siempre que me presentaba por allí me presionaba para que les diera más ayuda. También pensaba que yo estaba un poco loco.

—¿Empleos? —preguntó.

—Sí —respondí—. ¿Hay alguna manera de que podamos usar esto como una plataforma para montar empresas?

—¿Plataforma?

—O quizá podríamos poner una panadería vinculada a la clínica, y las mujeres podrían…

Parecía tan desconcertada que me detuve.

—Mi inglés no es tan bueno, creo…

—Olvídalo —le dije—. Es una mala idea, de todos modos.

—¿Seguirán dándonos fondos?

Miré hacia la clínica, al otro lado de la calle. El amor que sentía por ella era como un peso en mi pecho. Entraron dos mujeres, seguidas por un grupo de niños, uno de ellos con una camiseta de béisbol azul que le iba larga de mangas.

—Inshalá —dije.

Hice otra salida a la JSS Istalquaal con el intento de reunirme con Kazemi, pero tan pronto como llegué se canceló la misión. Kazemi, me dijeron, estaba muerto.

—Un terrorista suicida en motocicleta —me explicó el S2 por teléfono.

—Oh, dios mío... Lo único que quería era bombear agua.

—Si sirve de algo, no creo que él fuese el objetivo. Solo estaba en el lugar equivocado en el momento equivocado.

El S2 no sabía cuándo se haría el funeral, y sugirió contundentemente que sería insensato acudir en cualquier caso. No quedaba otra cosa que hacer que intentar subirme a un convoy de vuelta a Taji. Organicé el viaje sumido en una especie de aturdimiento. Cené Pop Tarts y madalenas. Esperé.

En cierto punto llamé a mi ex mujer por una línea de la MWR. No lo cogió, lo que seguramente estuvo bien, aunque en el momento no me lo pareció. Luego salí y me senté en el fumadero con un sargento de segunda. Su cuerpo, con el chaleco antibalas puesto, formaba un cubo casi perfecto. Me pregunté cuánto tiempo, como militar de carrera, había pasado allí ya.

—¿Puedo preguntarle algo? —le dije—. ¿Por qué está aquí, arriesgando su vida?

Me miró como si no hubiera entendido la pregunta.

—¿Por qué lo está usted?

—No lo sé.

—Es una lástima —respondió.

Tiró el cigarrillo, que estaba a medias, y lo pisó.

El mayor Zima estaba haciendo saltos de tijera cuando volví a Taji, la barriga le rebotaba en contrapunto al resto del cuerpo. Él bajaba y la barriga subía, y cuando los pies se levantaban del suelo, la panza se derrumbaba. Nunca había visto a un hombre entrenar tanto y conseguir tan poco.

—¿Cómo van las cosas? —me preguntó sin aliento.

—Me están rompiendo el corazón —le dije.

Y entonces, dado que a Bob no le importaba, y Cindy estaba fuera, y no había nadie más con quien hablar, le conté al mayor Zima lo que ocurría. Ya estaba enterado de lo de Kazemi. A estas alturas eran ya noticias pasadas. Pero no sabía lo de los fondos para la clínica. Me sonrió, asintiendo alentador, con una mirada de pura idiotez en la cara. Era como confesarle tus pecados al Pato Lucas.

—¿Cómo… —le dije al fin—, cómo lo haces para lidiar con esto? ¿Con todas estas gilipolleces?

El mayor Zima negó tristemente con la cabeza.

—No hay gilipolleces.

—¿Que no hay gilipolleces? ¿En Irak?

Esbocé la clase de sonrisa cínica que Bob estaba lanzando siempre en dirección a Cindy.

Zima seguía negando.

—Hay una razón para todo —dijo, con un tono casi espiritual—. Tal vez no podamos verlo. Pero si hubieses estado aquí hace dos años…

Tenía la mirada perdida.

—Si hubiese estado aquí hace dos años, ¿qué?

—Era la locura —respondió. Zima no me miraba. No estaba mirando nada—. Las cosas van mejorando. Esto a lo que te enfrentas tú, esto no es la locura.

Aparté la vista, y nos quedamos en silencio hasta que no pude posponer más la hora de ponerme a trabajar. Fui a la oficina del PRPi, él volvió a los saltos. Cuando llegué al ordenador me senté y lo miré fijamente, alterado. Era como si la máscara de Zima se hubiese resbalado y me hubiese mostrado un atisbo de una tristeza insondable, la tristeza que uno ve por todas partes cada vez que sale de la FOB. Este país tenía una historia que no se reseteó cuando llegó el turno de una nueva unidad. Esta vez, estos problemas eran una mejora.

Dos días más tarde, el mayor Zima entró paseándose en nuestra oficina, silbando. Llevaba una bolsa grande y verde en una mano y una hoja de papel en blanco en la otra. Puso el papel sobre mi escritorio, se acercó una silla y se sentó.

—No estoy realmente seguro de cómo ponéis por escrito estas cosas los chicos del Estado —dijo—, pero ahí va.

Entonces, con una floritura, sacó un bolígrafo, se encorvó sobre el papel y empezó a escribir, leyendo en voz alta:

—Nuestra asociación de empresas de mujeres ha resultado ser enormemente eficaz…

—No, no lo es —dije yo.

— …enormemente eficaz a la hora de estimular el espíritu emprendedor entre los sectores discriminados de nuestra AO.

Bob levantó la vista con una ceja arqueada. Zima continuó:

—De hecho —dijo, garabateando ilegiblemente a gran velocidad—, debido a su creciente número de miembros y al lugar cada vez más crucial que ha adquirido en las estructuras de poder de la comunidad, ha empezado, por propia iniciativa, a expandir sus operaciones para englobar… —Levantó la vista—. ¿Esa palabra es buena, verdad, «englobar»?

—Englobar es una gran palabra —respondí, intrigado.

—Para englobar un enfoque más holístico.

—¿Eso han hecho ahora? —dije, sonriendo a pesar de mí mismo.

—Varias empresas prometedoras han fracasado, pese a ofrecer oportunidades sustanciales de empleo femenino, debido a la carencia de instalaciones médicas y de una atención apropiada a la infancia. Proveer de estos servicios es un prerrequisito para un libre mercado próspero y representa por derecho propio una oportunidad de negocio.

–Oh –exclamé al pillarlo–. Muy bien.

Bob frunció el ceño.

–Aún estamos recopilando datos más amplios, pero dos de los proyectos han quedado frustrados por una deficiencia de atención médica. Una panadería llevada por mujeres cerró después de que dos trabajadoras, ambas viudas, dejarán de acudir por complicaciones surgidas a raíz de infecciones fúngicas sin tratar.

–Eso no es cierto de ninguna manera –le dije.

–Puede que alguien me informara mal –admitió el mayor–, pero no se me puede hacer responsable de eso. Nos informan mal constantemente.

–Yo… –dijo Bob, poniéndose en pie– voy fuera a fumar un cigarro.

–Si tú no fumas –le dije.

Me ignoró.

–Las estadísticas muestran –prosiguió Zima mientras Bob salía– que los países que mejoran su atención médica consiguen una mayor mejora en su economía que los países que se centran exclusivamente en el desarrollo empresarial.

–¿Eso es verdad?

El mayor Zima puso cara de estupefacción.

–Pues claro que es verdad. Yo solo manejo verdades. –Y un momento después añadió–: Lo vi en una TED Talk.

–Vale –respondí. Bajé la vista al papel–. ¿Puedes decirme el nombre del ponente? Veamos si podemos hacer esto.

–Bien. Me alegro de que podamos trabajar juntos. ¿Sabes?, creo que hasta podría convencer al coronel de meter fondos del CERP…

–Eso sería increíble.

–Ah, y me preguntaba… ¿Podrías ayudarme con una cosa?

–¿Con qué?

Sacó un casco de béisbol azul de la bolsa verde y lo puso encima de mi mesa.

–GG Goodwin quiere una foto de niños jugando al béisbol.

Las siguientes dos veces que salí de la base, lo hice con un casco de béisbol, guantes y bate. Pero ni rastro de uniformes.

—Sé lo que estás haciendo —me dijo Chris Roper al teléfono—, y ese embuste no se va a sostener.

—¿Qué?

—¿Quieres pasar dinero a la clínica a través de la asociación de mujeres? Ya sabes que el noventa por ciento, si no más, va a ir directo a los bolsillos de Abu Bakr.

—Querías que la mantuviera en marcha —le respondí—, aun sabiendo eso. Así que por qué no hacer que parte del dinero vaya a algo real.

—Ajá. Muy listo.

—Menos es nada. Y la financiación de la clínica se termina el mes que viene.

—Guau —dijo Roper—. Honestidad. Qué agradable novedad.

—La clínica es importante para la comunidad. Da igual que el jeque se convierta en el propietario.

—Es importante para las mujeres. ¿Has conocido a algún iraquí al que le importen una mierda las mujeres?

—Hay un vínculo directo —repliqué— entre la opresión de las mujeres y el extremismo.

—No me vengas con esa gilipollez.

—Esto es real. Y Abu Bakr la mantendrá en marcha. Si la cerrase perjudicaría su reputación.

—¿Alguna implicación por parte de los consejos locales?

—Dice en el…

—Ya sé lo que dice —me espetó—. ¿Alguna implicación real?

—Sí. Un mínimo apoyo económico. Mientras sigamos financiando algo, los iraquís no querrán venir y matar a la gallina de los huevos de oro, pero ese párrafo sobre la red de distribución…

—De acuerdo —dijo—. Voy a dejar esto parado y a pensármelo bien.

Era más de lo que yo tenía derecho a aspirar.

La semana siguiente, mientras me reunía con el jeque Umer por el proyecto de apicultura, vi a tres niños, dos de ellos con uniforme. Uno gris, otro azul. Perfecto.

—¡La hostia! Profesor, dígale que necesito sacar una fotografía de esos niños.

Muchas explicaciones después, junto con la avenencia de que ahora le debía un favor, tenía a un niño extremadamente confuso con un casco de béisbol puesto y a otro con un guante en la mano. Y tenía también un intérprete irritadísimo.

—Os odio más de lo que os había odiado nunca, ahora mismo —me dijo el Profesor, frotando sus gafas con tanta fuerza que pensé que se romperían.

—No sé ni por qué trabajas para nosotros.

—Cuarenta. Dólares. Al día.

—Tonterías. Estás arriesgando tu vida por nosotros.

Me evaluó durante un segundo.

—Había esperanza al principio —dijo. Su expresión se suavizó un poco—. Incluso sin esperanza, hay que intentarlo.

Sonreí. Al final, me devolvió la sonrisa.

Tras otra ronda de explicaciones más o menos pacientes, tuvimos a los niños bien colocados, uno flexionado como un lanzador y el otro erguido como si fuese a batear. Vi de reojo a una mujer corriendo hacia nosotros, pero el jeque Umer le cortó el paso y empezó a hablar con ella en árabe.

—Dile que haga un giro.

El niño giró como si estuviera usando el bate para golpear a alguien hasta la muerte, levantándolo por encima de su cabeza y dejándolo caer brutalmente. Habría querido enviarle esa foto a GG, pero le enseñé a girar de la forma correcta y volví a sacar fotos. Era difícil acertar el momento, pero después de unos veinte giros lo cogí perfecto: el bate borroso, la cara del bateador pura concentración, y una mirada preocupada en el receptor, como si el bateador acabara de darle a la bola. Le di la vuelta a la pantalla de la cámara y les mostré la foto al Profesor y a los chicos.

—Mirad eso —dije.

El Profesor asintió.

—Ahí lo tienes. El éxito.

EN VIETNAM TENÍAN PUTAS

Mi padre no me habló de Vietnam hasta que me disponía a ir a Irak. Me sentó en su despacho, sacó una botella de Jim Beam y algunas latas de cerveza y empezó a beber. Le daba tragos largos al whisky y pequeños sorbos a la cerveza, y entre uno y otro me contaba cosas. La humedad de sauna en verano, el pie de trinchera durante el monzón, la inutilidad de los M16 en cualquier estación. Y luego, cuando estuvo realmente borracho, me habló de las putas.

Supongo que al principio los mandos debían de organizar salidas mensuales a la ciudad, pero no duró mucho porque todo el mundo se desfasaba demasiado. Cuando estas salidas terminaron, los burdeles se trasladaron al lado de la base, y los marines cruzaban la alambrada por la noche o hacían venir a las chicas como «invitadas nacionales de la localidad» por el día. A esas chicas, decía, uno las trataba más como si fuesen novias, lo que mejoraba las cosas.

En su segundo servicio, contaba, el tema funcionaba ya como una máquina engrasada y había un amplio abanico de servicios, incluso burdeles distintos para los marines blancos y los negros. Si descubrían a una chica que trabajaba en un burdel para blancos prestando servicio a un hombre negro, se la cargaban, o como mínimo le daban una paliza que le impedía volver a trabajar nunca más. Él no lo veía bien, pero el caso es que pasaba, y decía que le alucinaba pensar que pudieran hacerle eso a alguien.

Luego me habló de un sitio donde había bailarinas y un escenario en el que las chicas hacían un número para sacar algo de dinero extra: los clientes colocaban un montón de monedas encima de la barra. Entonces las chicas se ponían en cuclillas sobre el montón, apoyaban la vagina en lo alto de la pila y recogían todas las monedas que podían. Era lo más en aquel bar.

En este punto, papá estaba bastante ido, pero no dejaba de darle, de pegar tragos de whisky y sorbitos de cerveza. Se lo veía tan viejo, con aquellas arrugas profundas recorriendo su cara y las manchas grises en las manos.

«Tenía un amigo», dijo, y un día ese amigo va al bar y se pone a beber, toda la noche, sin hablar con nadie. Y saca un montón de monedas y las pone sobre la barra, y luego se encorva encima, rodeándolas con los brazos para que nadie vea, y saca el mechero y le pasa la llama hasta que están como hierro de marcar al rojo. Entonces llama a una chica. «Una chica cualquiera –dijo mi padre–, a mi amigo no le importaba cuál.» Dio otro trago de whisky. «Olía como un filete chisporroteando», dijo.

Yo me puse en plan, Dios. Vale. Bueno, gracias, papá. Ha sido útil.

No seguimos bebiendo mucho rato después de eso. Papá estaba tan borracho que ni siquiera podía sentarse derecho. Antes de que lo llevara a la cama, farfulló algo sobre que tuviera cuidado y me dio una crucecita de metal, de esas para colgar de una cadena. Me dijo que lo había ayudado a salir vivo de Vietnam. Unas semanas después, yo estaba al otro lado del océano.

No llevábamos mucho tiempo en Irak cuando le conté al Viejo la historia de papá. En el equipo, era al Viejo al que ibas con cosas así. West, el líder del equipo, habría pensado mal de mí. Con West, o estabas al cien por cien o eras un mierda. El Viejo era distinto. Se había alistado en el Cuerpo siendo ya mayor, así que tenía edad y, creíamos nosotros, sabiduría. Cuando se lo conté, lo único que hizo fue reírse y decir: «Sí, en Vietnam tenían putas. Supongo que en eso nos llevaban ventaja».

Pensé en ello la primera vez que me hice una paja en mitad de una tormenta de arena. Con diecinueve años, y siete meses sin echar un polvo, haces todo tipo de locuras. Y pensé de nuevo en ello cuando murió West, y el Viejo dijo que por Dios que ojalá supiera dónde estaban las casas de putas iraquís, porque se pillaría una puta grande y gorda que le dejara llorar entre sus tetas.

Pero no sabíamos dónde estaban las putas, y eso me convenció de que no sabíamos nada de Haditha. En el adiestramiento, habíamos aprendido a observar nuestro entorno, a captar los ritmos de la vida urbana: un hombre que hace este camino todos los días evita de repente una calle determinada; una mujer de una altura inusual a la que no habías visto antes se pasea por el mercado cubierta con un velo y la gente se aparta de su camino; un grupo de niños que solía jugar a fútbol en un pedazo de tierra cercano a la carretera ya no juega ahí. Pasé tanto tiempo observando mujeres a través de miras… A veces cambiaba de ojo, cerraba uno y luego el otro. Miraba a las mujeres a ojo desnudo. Miraba a las mujeres a través de la mira. Humana, animal, humana, animal. Papá y yo solíamos ir de caza.

Pero nunca conseguí ver más allá. Nunca tuve la oportunidad de mirar a una mujer y pensar: ahí hay una puta.

El Primer Pelotón, sin embargo, de la Compañía Kilo, estábamos seguros de que había encontrado un sitio. Cogieron herpes, todos a la vez, y pensamos: ya está, hacen patrullas y van al burdel mientras se supone que tendrían que estar reuniéndose con jeques y bebiendo té.

¿Quién haría eso, en aquellos días, con lo violentas que estaban las cosas? Solo un loco. Pero la mitad de ellos estaba en la estación médica del batallón con la polla supurando. Tenían que estar follándose a alguien. Y lo único que quería saber todo el mundo era, ¿dónde está? ¿Dónde está? Me pondré condón, no me pasará nada. Pero ninguno dijo palabra. Se cabreaban, nos mandaban a la mierda. Arrinconé a uno de los chicos, un soldado de primera con pinta sospechosa. Le dije: todo el mundo sabe lo que estáis haciendo, solo queremos saber dónde. Me contestó que como no dejara de preguntar me iba a hacer comerme el Ka-Bar. Lo dejé en paz después de eso. Yo tampoco iba realmente en serio, de todas formas.

No habría hecho falta que nos molestásemos. Al día siguiente, el oficial al mando hizo venir a todos los afectados de herpes a la estación médica y el doctor dijo: «Vale, chicos, ¿dónde están las putas? De aquí no os vais hasta que sepamos de dónde ha salido esta maldita epidemia de las pollas».Todos miraron al suelo y se pusieron rojos, y después de un rato uno de ellos finalmente lo reconoció: «Doc, no hay putas. Hemos estado compartiendo un coño de goma».

«Dios —dijo el doctor—. Limpiad el puto cacharro, chicos», y mandó que ese pelotón distribuyera un palé de higienizante de manos como broma. Los demás tuvimos algo de que reírnos los dos días siguientes. Luego llegó el ataque de mortero, y los putos morteros no paraban, uno detrás de otro detrás de otro detrás de otro, y estábamos ahí acoquinados, preguntándonos: pero ¿es que nadie sabe de dónde salen estos cabrones? ¿Nadie los tiene en el punto de mira? West seguía vivo, entonces, y empezó a rezar, y nos ponía a todos de los nervios porque lo oías, «Oh, Señor, que estás en los cielos», Bum, «Perdónanos, Señor, a nosotros, pecadores», Bum, «Pecadores», Bum, «¡West! ¡Calla la puta boca!», Bum.

No hubo heridas, y después de eso tuve una erección que podría partir hormigón. La tenía tan dura que dolía. Subí a la azotea, y Flores estaba allí con el Viejo, y miraron a otro lado mientras me la pelaba en la azotea, mirando hacia Haditha, preguntándome: ¿hay algún francotirador ahí, ajustando la mira para dispararme, con la polla en la mano?

Al principio pensé en tetas, y que me estaba follando a alguien, a cualquiera, pero hacia el final tenía la mente en blanco, como si me estuviera rascando una picazón, y oí disparos de armas ligeras en otro sector de la ciudad y seguí pajeándome, más y más rápido, a punto de correrme mientras en mi cabeza flotaba la idea, como siempre que oía disparos, de que tal vez alguien que yo conocía estaba muriendo.

La primera mujer que vi después de aquello, primero la olí. Estábamos todos sentados a la mesa, en la cantina de Al Asad, y su olor cortocircuitó nuestro cerebro colectivo, la conversación se detuvo y nos volvimos hacia ella todos a la vez, y pasó justo por al lado, ni guapa ni fea, pero una mujer, y no la veíamos a través de una mira, estaba lo bastante cerca para alargar el brazo y tocarla. Lo bastante cerca para olerla.

Flores y yo nos pusimos a hablar de lo que nos gustaría hacerle. O sea, cosas que ni siquiera querríamos hacerle. Solo estábamos compitiendo a ver quién decía la cosa más guarra. Flores ganó cuando dijo:

—La dejaría mearme en la boca nada más que para olerle el chocho.

—¿Y quién no? —dijo el Viejo.

—Vosotros sois imbéciles —soltó West.

Luego, sin embargo, West se puso maternal y me habló de lo mucho que echaba de menos a su familia y me preguntó:

—¿Has dejado a alguna chica en casa a la que tienes ganas de ver?

—La verdad es que no.

—Ya sabes… A veces, chicas que en el instituto no te daban ni la hora cambian de idea cuando te conviertes en un héroe de guerra.

No me sentía un héroe de guerra cuando volví a Lejeune, especialmente después del funeral en recuerdo de West y de Kovite y de Zapata. Era mucho que digerir. Todo el mundo se emborrachó después. Flores no pudo con ello y se metió en el barracón para estar solo. Quería ir con él, pero me quedé con el Viejo. Había que cuidarlo. Y quería que fuésemos al Pink Pussycat, un club de striptease que hay en una casa prefabricada pintada de rosa. El Pussycat estaba prohibido para los marines, pero el Viejo dijo que era el mejor sitio para lo que queríamos, y el Viejo era el que sabía.

–Entonces ¿aquí hay putas? –le pregunté cuando entramos en el aparcamiento, que no era más que un campo de barro y hierba.

Creía saber la respuesta. Las putas eran todo el propósito del viaje.

–Ellas no se consideran putas –contestó–. Creen que son bailarinas que a veces se follan a los clientes.

Me reí, pero me interrumpió.

–Lo digo en serio. Si la jodes en eso te vas a quedar sin mojar. No se ven como putas de la calle.

–Pero... –señalé la casa prefabricada.

–Apuesto a que también hay chicas que follan en el Drift-wood –dijo riendo–. Hay chicas que follan en los clubs de striptease más elegantes del mundo. Y hay algunas chicas aquí que no lo hacen.

–De acuerdo. Entonces ¿a qué hemos venido?

Empezó a enumerar los motivos con los dedos.

–La mayoría de chicas de aquí follan. No es tan caro. Y te tratan mejor porque no están muy buenas y quieren que los clientes repitan. Tú y yo acabamos de volver de una campaña, así que ir a por tías buenas de verdad es un desperdicio. Además, no hay normas de vestuario. –Se señaló la entrepierna–. Llevo pantalones de chándal por algo.

El Viejo vio que me daba un escalofrío y volvió a reír. Si hubiese creído que tenía elección, me habría marchado. Había algo en aquel pequeño y triste aparcamiento, con un puñado de Buicks y de camiones hechos polvo aparcados frente a aquel bloque rosa, que se alejaba demasiado de lo que me había prometido. Una chica joven y guapa que lo hacía por dinero, de acuerdo, pero al menos una a la que yo también le gustase. El Viejo se encaminó a la puerta, y dado que él tenía las llaves del coche, lo seguí.

Entramos y ahí estaban. Mujeres desnudas. Era un local pequeño, olía a cerveza y a sudor, y sonaba rock de los setenta a todo volumen. Solo había siete u ocho clientes, de los que todos menos un par eran definitivamente civiles. Las sillas y los sofás parecía que los hubiesen recogido todos del arcén de una carretera. Nos quedamos junto a la entrada unos segundos y luego fuimos adelante y nos sentamos en un sofá de polipiel con estampado de cebra al lado del escenario, que era un pequeño recuadro a un palmo y medio del suelo situado en un extremo del local. El Viejo me pidió una cerveza y me la bebí deprisa, a sorbos pequeños pero rápidos, mientras miraba alrededor, a las chicas y los clientes, intentando imaginar cómo funcionaba todo aquello. Entonces la bailarina que estaba en el escenario se arrodilló frente a mí y miré directo hacia delante, a la fina tira de tela entre sus piernas. Era una mujer algo mayor, y no tenía el mejor cuerpo del mundo, pero tampoco tenía cicatrices, que yo viera, y daba la sensación de que seguramente de más joven había sido guapa. No respiré durante un momento. Cuando se levantó, le pregunté al Viejo cómo había que hacerlo para quedarnos a solas con las chicas.

Vio cómo estaba yo y sonrió. Se sacó dos billetes de veinte de la cartera y me los dio. Luego sacó otro, lo dobló, lo agitó delante de la bailarina y se lo metió por el tanga.

—Relájate —me dijo—. Te pago un baile. Y luego le pides a la chica que te lleve a la sala VIP.

Miré alrededor.

—Está en otro remolque —explicó—. Cuando lleguéis, ella te hará otro baile, y entonces le preguntas si hay algo más que pueda hacer. Le dices que te gusta mucho y que es genial y que acabas de volver y que si hay algo más. —Señaló los dos billetes de veinte que tenía en la mano—. No le des más que eso. Y no se lo des hasta después. Y no aceptes que te lo deje en un magreo.

Miré el dinero. Dos horas antes, me había gastado más en whisky en el Alexander's.

—Aquí se está bien —me dijo. Señaló a un rincón de la sala, donde había una mujer de aspecto cansado, esperando a subir al escenario—. Esa es mi chica. Somos como un viejo matrimonio, solo follamos una vez cada siete meses. —Hizo una pausa—. Es buena. Cuando acabo, se queda conmigo hasta que se termina el tiempo.

Asentí. Cuando la primera chica bajó del escenario, el Viejo me pagó un baile. Después hice lo que me había dicho.

La sala VIP era una casa prefabricada blanca a unos cuarenta y cinco metros de la principal. Pasamos de la música al aire fresco y yo me sentía excitado, caminaba un paso por delante de ella. Dentro había un pasillo y un puñado de cuartitos. Allí la música también estaba muy alta, así que la mayor parte del tiempo no se oía lo que pasaba en los cuartos de al lado.

La mujer era muy educada. Nos pusimos de acuerdo en cuarenta. Me sentía mal regateando por menos, y me bajó los pantalones. Yo no la tenía dura, pero se la metió en la boca de una forma muy profesional, y luego me puso un condón, nos acostamos y le pagué el dinero que me había dado el Viejo.

Cuando volví al local principal, ya no estaba ansioso. Ella había sido un poco seca, lo cual tenía lógica, pero me había sentido genial hasta el momento en que me corrí y el mundo se hizo bruscamente nítido de nuevo.

Dentro, al Viejo le estaban haciendo un baile, tenía la cara enterrada entre las tetas de la stripper. No era la que había dicho que era su chica. Era otra mujer. Esta se parecía un poco a mi madre, antes de morir. Cuando terminó, el Viejo le dijo algo al oído y se levantaron. Me saludó con la barbilla y se acercó.

—¿Qué tal con Nancy? —me preguntó.

—¿Nancy?

—Es su nombre real. Es buena, pero a veces se pone un poco cabrona.

—Estuvo bien —le dije.

Me dio una palmadita en el hombro.

–Tómate tu tiempo. Habla con las chicas –me dijo, y volvió a donde estaba sentado.

Le hizo un gesto a la que se parecía a mi madre, ella se le subió encima y yo aparté la vista.

Nancy volvió al local y empezó a atender la sala. Me sonrió al pasar por mi lado y luego se sentó en el regazo de un civil. Aparté la vista de eso también.

El Viejo llevaba las llaves en el bolsillo de sus pantalones de chándal, y no había manera fácil de hacerme con ellas, así que esperé en la parte de atrás mientras él se divertía. Me tomé un whisky, y luego otra cerveza. Estaba pasadísimo llegados a este punto, pero seguí bebiendo. Esperé y esperé y estuve mirando a las mujeres tristes del escenario. Algunas parecían idas. Iban puestas de algo, fijo. El Viejo se tomó su tiempo. Cuando fue hacia el remolque VIP con su chica, conté el dinero que llevaba en el bolsillo. Tenía más que suficiente. Si volvía a meterme en el tema, sería casi tan bueno como no estar allí.

PLEGARIA DESDE EL HORNO DE FUEGO ARDIENDO

Rodriguez no se me acercó porque quisiera hablar con un capellán. No creo ni que se diese cuenta de quién era yo hasta que me enderecé y vio la cruz en mi cuello. Al principio, solo quería un cigarrillo.

Tenía la cara embadurnada de sangre en vetas horizontales y diagonales. Llevaba las manos y las mangas manchadas, y no me miraba directamente, los ojos desquiciados y vacíos. Rápidas y violentas microexpresiones cruzaban como un relámpago por su cara periódicamente, contorsiones como las de los gruñidos de un perro enfadado.

Le di un cigarrillo y lo encendió con el mío. Pegó una calada, soltó el humo, echó un vistazo a su escuadrón y su expresión se volvió otra vez violenta.

Hace veinte años, mucho antes de que me convirtiera en sacerdote, solía boxear en peso semipesado. La rabia es buena para ponerse a tono antes de un combate, pero cuando la pelea empieza la cosa cambia. Aparece una especie de placer en ello. Una rendición. No es un sentimiento particularmente cristiano, pero sí un sentimiento poderoso. La agresión física tiene una lógica y una emoción propias. Eso era lo que veía en la cara de Rodriguez. El espacio en el que termina la rabia y comienza la violencia.

Ni siquiera sabía su nombre por entonces. Llevábamos cuatro meses desplegados y estábamos de pie frente a la unidad médica de la Compañía Charlie, donde los cirujanos acababan de certificar la hora de defunción del duodécimo KIA de nuestro batallón, Denton Tsakhia Fujita. Había sabido el nombre de Fujita ese mismo día.

Rodriguez estaba delgado como un palillo, el cuerpo tirante y electrizado. Yo estaba encogido de espaldas al viento, aferrado al cigarrillo como si este pudiera calmarme los nervios. Desde mis tiempos en el hospicio, trabajando con niños, tengo problemas con los hospitales —la visión de agujas hace que me ponga pálido y débil, como si todos mis miembros a la vez se vaciasen lentamente de sangre—, y había una amputación de pierna en marcha. Otro de los amigos de Rodriguez, John Garrett, había sido herido al mismo tiempo que Fujita. También acababa de saber el nombre de Garrett ese mismo día.

Rodriguez sonrió. No había ninguna calidez en esa sonrisa.

—Cap —dijo. Volvió la vista a su escuadrón, estaban todos esperando que les dijesen algo sobre el estado de su amigo. Estaban a unos metros de distancia, fuera del alcance del oído. Durante un segundo, Rodriguez dio la impresión de estar nervioso—. Quiero hablar con usted.

Después de un ataque, a veces los marines quieren hablar con el capellán, o ir a Estrés de Combate. Están rabiosos, o sumidos en el dolor, u oscilando entre una cosa y otra. Pero yo nunca había visto a un marine como ese, y la verdad era que no me apetecía quedarme a solas con él.

—Les diré que voy a confesarme —dijo.

Tenía los ojos como puntas de alfiler. Se me ocurrió que tal vez iba drogado. Alcohol, maría, heroína…, eran fáciles de conseguir si uno conocía al iraquí adecuado.

Rodriguez sonrió de nuevo, tensando las comisuras de los labios.

—Era un parador en corto bastante bueno —me dijo. En un primer momento, no entendí de quién estaba hablando—. No increíble, pero sí bastante bueno.

—Debería entrar, a ver cómo les va a los médicos.

—De acuerdo, señor. Le busco luego.

Después de la amputación, sin embargo, Rodriguez había desaparecido.

En el funeral de Fujita leí un pasaje de la Segunda a Timoteo: «He librado la buena batalla. He terminado la carrera. He mantenido la fe». En los funerales intento, lo mejor que puedo, marcar un tono apropiado.

El capitán Boden, comandante de la Compañía Charlie, habló después de mí y les dijo a los marines congregados que harían «que esos hijos de puta nos las paguen por Fujita». Los hombres escuchaban con hosca aceptación. No se esperaba mucho más de Boden. Era un hombre que declaraba, con gesto impasible, que su idea de liderazgo era «llevar a mis marines al terreno y darles de hostias». Es un estilo de liderazgo que funciona bien con chicos de diecinueve años, antes de que estén realmente en la guerra. Cuando sus vidas están en juego, los marines aprenden a buscar algo más que la agresividad pura e irreflexiva. La agresividad irreflexiva puede hacer que mueran marines. En esta campaña ya había matado a unos cuantos.

Rodriguez habló a continuación, en calidad de mejor amigo. Estaba más calmado que la última vez que lo había visto, y contó que a Fujita le caían bien los iraquís. Que era el único tío del escuadrón que no pensaba que el país fuera a estar mejor si soltásemos bombas nucleares hasta dejar el desierto convertido en una superficie plana y acristalada. Entonces dejó ver una sonrisa amarga, miró hacia la concurrencia y dijo, «los chicos se metían con él, decían que Fuji había estado por ahí follándose moros, y que podían olerlo». Daba la sensación de que estaba reprendiendo al público. Los marines de su escuadrón se miraron los unos a los otros, incómodos. Durante un momento, me pregunté si tendría que intervenir, pero Rodriguez continuó, y el resto de sus comentarios siguió una línea más tradicional y hagiográfica.

El resto del funeral fue normal, en tanto que fue desgarrador. Cuando el sargento primero pasó lista, algunos marines se llevaron las manos a la cara y otros lloraron abiertamente. Cuando el escuadrón de Fujita se acercó a la cruz del soldado, se arrodillaron muy juntos, los brazos sobre los hombros del de al lado, apoyados unos contra otros hasta que fueron un solo bloque silencioso, sollozante. Equipados, los marines son unos guerreros aterradores. En el dolor, parecen niños. Después, uno por uno se fueron poniendo en pie, tocaron el casco y se dirigieron hacia el capitán Boden, de pie al fondo con una determinación sombría, estúpida, plantada en su cara gruesa y cuadrada.

Después del funeral, el sargento de segunda Haupert hizo corrillo en el fumadero que había detrás de la capilla. Haupert era el comandante en funciones del segundo pelotón. El comandante original, el lugarteniente Ford, había muerto en la explosión de un IED durante el primer mes de campaña.

Desde el fumadero no se veía la ciudad, pero le di la espalda a Haupert y miré hacia allá de todos modos. Los hombres de la Compañía Charlie pasaban todos los días en Ramadi. Yo también salía regularmente, pero siempre a algún puesto de avanzada. Nunca en misión de combate. Yo era un religioso. Siempre ocupado, siempre sobrecargado de trabajo, pero aun así la mayoría de los días me despertaba en mi cama, en la base, rezaba con relativa seguridad y solo oía la violencia de lejos. San Agustín, sermoneando desde la seguridad sobre el saqueo de su Roma adorada, se limitaba a repetir lo que no podía saber con certeza: «Horrible fue lo que nos contaron; la matanza, el fuego, el pillaje, la tortura. Es cierto, muchas cosas hemos oído, todas plagadas de alaridos, de llantos, difícilmente podíamos consolarnos, y tampoco puedo negar, no, no puedo negar que hemos oído que muchas, muchas maldades se cometieron en esa ciudad». Yo tenía el mismo problema.

Me volví hacia Haupert, en mitad de su propio sermón, un sermón sencillo pero apoyado en la experiencia de las patrullas diarias. «¿Qué es lo que hacemos? —estaba diciendo Haupert a la disgregada reunión de miembros del segundo pelotón—. Venimos aquí y decimos: os daremos electricidad. Si colaboráis con nosotros. Repararemos vuestro alcantarillado. Si colaboráis con nosotros. Os proporcionaremos seguridad. Si colaboráis con nosotros. Pero no hay mejor amigo ni peor enemigo que nosotros. Como nos deis por culo, viviréis en la mierda. Y ellos: vale, pues viviremos en la mierda. –Señaló en dirección a la ciudad y luego dio un manotazo, como matando a un insecto–. Que les jodan.»

Me retiré de nuevo a la capilla, que es donde me encontró Rodriguez. Estaba ordenando todas nuestras golosinas en la alacena que había a un lado, pilas de golosinas y de tiras de carne seca y de peluches Beanie Babies enviadas para las tropas por estadounidenses agradecidos, paquetes de provisiones que a menudo acababa repartiendo entre los pelotones. Los capellanes recibimos tantos paquetes de provisiones dirigidos a «cualquier marine» que no sabemos ni qué hacer con ellos, pero el exceso puede resultar útil, ya que venir a por dulces es una manera disimulada de que los marines puedan hablar con el capellán sin anunciar a toda su unidad que tienen un problema.

Rodriguez entró en silencio en el pequeño espacio. No traía el mismo nivel de intensidad que la primera vez que hablamos, aunque seguía ahí, en sus ojos y sus manos, en su incapacidad para quedarse quieto. No podía dejar de moverse. Dicen que de patrulla en Ramadi uno no camina, uno corre.

–¿Sabe lo que estábamos haciendo cuando dispararon a Fuji?

–No.

–Nadie lo sabe –dijo. Miró alrededor con desconfianza, como si alguien pudiera pillarnos–. Nadie cree que deba hablar con usted. ¿Qué va a decir un puto capellán? ¿Qué va a decir cualquiera? Ya sabe que nadie respeta a los capellanes, ¿verdad?

–Pues se equivocan.

–Yo respeto a los sacerdotes –dijo–. A la mayoría. A los que se follan a niños, no. Usted no se folla a niños, ¿verdad?

Rodriguez me estaba poniendo a prueba.

–¿Por qué? ¿Tú sí?

Me crucé de brazos y lo examiné de arriba abajo con toda la intención, echándole una mirada que daba a entender que no estaba impresionado. Un día normal sería más agresivo, puede incluso que tirara de rango, pero después de un funeral no podía.

Rodriguez levantó la mano.

—Yo respeto a los sacerdotes —dijo de nuevo—. No a los maricones y a los que se follan niños, sino, ya sabe, a los sacerdotes. —Miró alrededor y cogió aire—. Ya sabe que nos dan todos los putos días.

—Sé que os ha tocado una zona violenta de la ciudad.

—Todos los días. Joder, en el Centro de Gobierno nos atacaban tres veces por semana. Atentados suicidas. Una locura. Acabábamos con bombardeos aéreos en el Gris Acorazado o en el Queso Suizo.* En las putas Salas de Espera de Alá.** Matando hijoputas. Y si sales a la calle, te espera un asalto. Te quedas quieto un minuto de más y ya te están disparando.

Su rostro se retorció en uno de esos fugaces gruñidos de rabia que había visto la primera vez.

—¿Se acuerda de Wayne? —me preguntó—. Wayne Bailey. ¿Se acuerda de él?

—Sí —respondí con voz queda.

Me había propuesto recordar los nombres completos de todos los muertos. Y Bailey era uno de los caídos con los que había interactuado realmente antes de que muriera. Eso lo hacía más fácil.

—Estábamos inspeccionando una puta escuela. Y nos hicieron quedarnos. Estamos diciéndoles por radio que tenemos que irnos y ellos en plan: no, quedaos ahí. Y nosotros: si nos quedamos aquí demasiado rato, va a pasar algo. Pero los iraquís llegan tarde y tenemos que seguir órdenes. Y hay un grupo de niños, y la primera RPG aterriza justo en medio.

Recordaba las fotos del ComCam. Había visto niños enfermos y moribundos antes, pero aquello me había dejado

* Motes con los que los soldados estadounidenses conocían a dos de los edificios de Ramadi en los que se concentró el combate. *(N. de la T.)*

** En la jerga de las fuerzas armadas estadounidenses, cualquier lugar convertido en una trampa mortal para el enemigo. *(N. de la T.)*

conmocionado. Es extraño que la mano de un niño sea tan fácil de identificar como la mano de un niño, aun sin un marco de referencia que indique el tamaño o sin ir unida a un cuerpo reconocible.

–Entonces le dan a Wayne. Doc le golpeaba el pecho y yo le cogía la nariz y le hacía el boca a boca.

Wayne, decía todo el mundo, era un hombre popular en el pelotón.

–En mi última campaña –dijo Rodriguez–: IED, IED, IED. Aquí todavía quedan IED, pero todas las semanas hay ataques suicidas. Todas las semanas nos disparan. Hay más tiroteos que en ninguna otra unidad de la que haya oído hablar. Y el capitán Boden cuelga una tabla con una lista de todos los escuadrones. El Marcador de Contacto.

Se llevó el puño apretado a la cara y miró al suelo, enseñando los dientes.

–El Marcador de Contacto –dijo de nuevo–. Te ponen un palito por cada tiroteo. Los IED no cuentan. Incluso si muere alguien. Solo los tiroteos. Y es como que, a los que tengan más contactos, se los respeta. Porque son los que han pasado por más mierda. Eso no se puede discutir.

–Supongo que no. –El sufrimiento, pensé, tenía siempre su propia mística.

–Al cabo de cuatro meses, paran los ataques suicida. Los moros se vuelven listos. Nos los estamos puliendo. Y ahora solo hay IED. Y el segundo escuadrón, mi escuadrón –dice, dándose una palmada en el pecho–, éramos los líderes. No solo del pelotón, sino de la puta compañía entera. Lo que significa líderes del batallón, también. Seguramente, de todo el puto Cuerpo de Marines. Estábamos arriba de todo. Los que teníamos más putos contactos. Les dábamos mil vueltas a todos.

»Y entonces… –dijo, y se detuvo un segundo, como para reunir coraje–, los ataques caen. Y las estadísticas de nuestro escuadrón caen también. El sargento de segunda nos suelta mierda. –Rodriguez frunció el ceño, y luego, imitando la voz ronca y segura de Haupert, dijo–: Antes encontrabais al enemigo, nenazas. —Escupió al suelo—. En fin. A tomar por culo. A tomar por culo los tiroteos. Los tiroteos son un puto horror. A mí no me pone esa mierda.

Yo asentí, intentando sostenerle la mirada, pero la apartó.

—¿Qué estabais haciendo cuando dispararon a Fujita? —le pregunté.

Rodriguez echó un vistazo alrededor, a los paquetes apilados por todas partes. Nuestra alacena estaba abarrotada de estantes de madera llenos de M&M's, barritas de Snickers, brownies envueltos en raciones individuales, pasteles de Entenmann's y demás dulces. Rodriguez enterró la mano en una bolsa de bombones rellenos de mantequilla de cacahuete Reese's y sacó uno, que inspeccionó en la mano.

—¿Sabe que esta es la primera campaña del sargento Ditoro? —No —respondí.

Supuse que se refería al líder de su escuadrón, pero no estaba seguro y no quería detener su corriente de palabras preguntando.

—Servicio de embajada. —Negó con la cabeza y tiró el bombón en la bolsa. Luego se secó rápidamente la cara. Tardé un segundo en darme cuenta de que lo que estaba enjugando eran lágrimas. A qué se debían, no estaba seguro—. ¿Sabe?, si no me hubiesen arrestado por DUI, seguramente yo sería el líder de este escuadrón.

—¿Qué pasó cuando dispararon a Fujita? —pregunté de nuevo.

—Hace como un mes, el cabo Acosta llevaba un colocón de Ambien. Esa mierda te deja doblado, y es como ir un poco borracho. A lo mejor había tomado también algo más.

—¿Saca el Ambien del equipo de Estrés de Combate?

Rodriguez rió.

—¿A usted qué le parece? —Se sacó del bolsillo de la pernera una bolsa de bocadillo llena de pildoritas rosas y la sostuvo a la altura de los ojos—. ¿Cómo cree que dormimos?

Asentí.

—Montamos un puesto de observación y nos lo cargamos nosotros mismos. A ver, a los insurgentes les gusta destrozar cualquier lugar que usemos como PO de todos modos, así que da igual que nos volvamos locos. Y a Ditoro no le tenemos ningún respeto. Acosta, sin embargo, está listo para la acción.

—¿Incluso drogado?

Rodriguez siguió hablando.

—En la última campaña, vi lo que hizo. Explotó una bomba suicida y Acosta andaba ayudando a los heridos, y el hijoputa estaba en llamas. Ni siquiera se dio cuenta. Se estaba quemando y corría de aquí para allá ayudando a niños heridos y toda la pesca. El tío podría haber cogido la baja médica, una incapacidad del cien por cien, pero cuando salió de la unidad de quemados se quedó para hacer otra campaña. El tío se ha ganado un puto respeto.

—Claro. Sin duda.

—Así que Ditoro no le dice ni pío a Acosta. Y Acosta va colocado. No estamos mirando siquiera, y él se queda en ropa interior y casco y sale a la azotea así, con la polla colgando por fuera, y empieza a pegar saltos de tijera gritando todos los insultos en árabe que conoce.

No era la cosa más loca que me había llegado de un marine.

Rodriguez sonrió, tenía los ojos vacíos.

—Empezaron a dispararnos a los cinco minutos.

—¿Quiénes?

—¿Qué?

—Que quiénes os dispararon.

—Insurgentes, supongo —respondió encogiéndose de hombros—. No lo sé. Sinceramente, cap, me da lo mismo. Todos son iguales, para mí. Todos son el enemigo. —Volvió a encogerse de hombros—. Abrimos fuego contra esos hijoputas. Y volvemos y tenemos, ya sabe, otro palito. En el Marcador de Contacto. Salimos y vamos a buscar al enemigo, en lugar de esperar a que nos ponga un IED. Y nuestras estadísticas empiezan a subir.

—Ajá… Así que lo volvisteis a hacer.

—El sargento Ditoro cogía a los marines novatos y los hacía jugar a piedra, papel, tijera para ver quién iba.

Aquello empezaba a tener sentido.

—Fujita era un marine novato…

—Cuando llegó, Ditoro le hacía cantar: Soy el chico nuevo, y soy un puto gay… —Rodriguez rió—. Era la hostia de divertido. Fuji se lo tomaba bien. Le seguía el juego. Por eso nos cayó bien. Pero no le gustaba que montásemos cebos para provocar el contacto. Decía que era muy retorcido. Que si fuera su vecindario, le pegaría un tiro al capullo que se subiera a la azotea. Pero lo hacía igualmente.

»Fuji seguía el juego —repitió después de una pausa—. ¿Sabe que estamos otra vez arriba del marcador?

—Y el día que Fujita murió…

—Había un francotirador. No llegó a haber tiroteo. Hubo un solo disparo. Ayudé a Ditoro a subirle los pantalones a Fuji mientras Acosta intentaba parar la hemorragia.

—Y entonces Garrett…

—Nos pusieron un IED mientras traíamos a Fuji de vuelta.

Rodriguez agachó la cabeza y clavó la vista en el suelo, apretando y soltando los puños. Hizo una mueca y luego me miró directo a los ojos, desafiante.

—Si matas a alguien, eso significa que vas al infierno…

Otros marines me habían preguntado eso antes, así que creía tener una respuesta.

—Matar es algo muy serio, no cabe duda. Y…

—Me refiero… —Rodriguez apartó la vista hacia los dulces— a alguien a quien no debías.

Eso me cortó en seco. En un primer momento no había entendido de qué estaba hablando, aunque supongo que debía de ser evidente.

—Tú no eres responsable de la muerte de Fujita…

—No hablo de eso —me soltó, los ojos clavados en mí de nuevo, enfadado—. Me refiero, no a marines, sino ahí, en la ciudad. —Cogió aire—. Y si lo hacen otros también, estando tú ahí, y no los paras, ¿también vas al infierno?

Hubo un momento de silencio.

—¿Qué es lo que me estás diciendo, cabo segundo?

Lo dije con tono de oficial, no con tono clerical. De inmediato supe que había sido un error.

–No estoy diciendo nada –respondió, reculando–. Solo preguntaba.

–Dios ofrece siempre perdón a aquellos que están verdaderamente arrepentidos –dije, suavizando mi tono–. Pero el arrepentimiento no es un sentimiento, ¿comprendes? Es un acto. Una determinación de enmendar las cosas.

Rodriguez seguía mirando al suelo. Yo me maldecía a mí mismo por haber echado a perder la conversación.

–Un cabo segundo no tiene poder para enmendar nada.

Intenté explicarle que no se trataba de los resultados, que uno no puede controlar, sino de la seriedad del empeño. Rodriguez me cortó:

–Si esto es una confesión, eso significa que no le puede contar a nadie lo que he dicho, ¿verdad?

–Así es.

–Entonces no es una confesión. No estoy confesando una mierda. No me arrepiento de una mierda. Se lo puede contar a quien quiera.

Me pasé la noche dándole vueltas a lo que me había dicho Rodriguez, desmenuzando las palabras hasta que ya no estaba seguro de que hubiese dicho algo en absoluto. No dejaba de pensar: solo disparaban cuando les disparaban. Eso parecía ser lo que había dicho. A lo mejor se refería a un control de carreteras en el que habían matado a una familia que no había frenado a tiempo. Ese tipo de cosas dejaban a los marines destrozados.

«No tengas pesar por esto –había dicho David sobre la muerte de Urías–, pues la espada devora tanto al uno como al otro.» Imaginé una situación en la que Rodriguez se refería a una decisión personal errónea, no a una auténtica violación de las Reglas de Enfrentamiento. Esa historia me pasó por la cabeza tantas veces que comprendí que estaba esquivando el problema. Al día siguiente, durante las oraciones matutinas, hallé mi resolución. Un cobarde, pensé, se diría que todo estaba bien. Así que tenía que hablar con alguien, o ser un cobarde. Menos que un sacerdote. Menos que un hombre.

Pero ¿con quién hablar? La elección obvia era acudir al comandante de la compañía, que tendría autoridad para intervenir. Pero el comandante de la compañía de Rodriguez era el capitán Boden, y Boden era un lunático. Y si los rumores que me había contado mi especialista de Programa Religioso eran ciertos, era también un alcohólico. Posiblemente se automedicaba por el TEPT. Boden había estado en Ramadi en 2004, y su unidad ostentaba el récord de bajas de la división. Hablando con él, lo primero que notabas era un contacto visual anormal: la mirada fija, agresiva, y luego vistazos rápidos y paranoicos a su alrededor. Su estado anímico también estaba tocado, y alternaba entre periodos tranquilos de profunda tristeza y una rabia apenas contenida. Y tenía la cara cruzada de cicatrices brutales, unas cicatrices de guerra que le granjeaban la credibilidad inmediata de sus marines. El hombre sabía lo que era el combate.

Yo no era el único que creía que Boden no estaba del todo bien. Había perturbado seriamente a los preparadores de Mojave Viper, el entrenamiento predespliegue de un mes en el desierto de California con el que el Cuerpo de Marines prepara a sus unidades para la guerra. «Son gente que no entiende la bondad —le había dicho a su compañía durante una sesión sobre la cultura iraquí–. Ven la bondad como una debilidad. Y se aprovecharán de ello. Y morirán marines.» La Compañía Charlie se tomó su recomendación muy a pecho, y les pegaron una paliza a varios figurantes durante el adiestramiento. Eran iraquí-estadounidenses que se vestían al efecto y se paseaban por pueblos de pega haciendo de civiles o de insurgentes. Si seguías a los Charlie durante una práctica de Cordón y Búsqueda, oías a los marines gritando «¡Pon a esa zorra en la silla!» o «¡Cállale la boca a ese hijoputa!». Cuando uno de los civiles le soltó un sermón a los Charlie y les dijo que no veía muy probable que ese estilo de contrainsurgencia se ganara los corazones y las mentes, a los Charlie esas quejas les parecieron divertidas. Y aún más divertido fue el preparador de Asuntos Civiles, que le dijo al batallón al completo: «Me tiene muy preocupado que esté batallón esté excesivamente centrado en matar gente».

Podías ver sonrisitas de suficiencia por todas partes. «Supongo que ese chupatintas cree que se ha alistado en el puto Cuerpo de Paz», oí que le decía Boden a su sargento primero en un susurro teatral, lo bastante alto para que los marines que había a su alrededor lo oyeran. «¡Oh, no! —añadió con voz chillona y burlona—, a lo mejor unos hombres de verdad van y se cargan a algunos de Al Qaeda. Pero yo solo quiero que seamos amigos.»

Esta era su actitud antes de que a su compañía la soltaran en el sector más violento de la ciudad más violenta de Irak. Yo no podía acudir al capitán Boden. Le daría igual, y no querría que yo —un capellán, nada menos— me entrometiese.

¿Quién más? El comandante del batallón no era mucho mejor. El coronel Fehr era detestado unánimemente por los oficiales del estado mayor y no hacia caso a ninguno de ellos. Antes de la campaña, antes incluso de conocerlo, nuestro oficial de operaciones, el mayor Eklund, había sentido la necesidad de prevenirme.

—Le hará su apretón de manos —me dijo el mayor—. Se llama el apretón dominador. Se lo hace a todo el mundo.

Eklund era católico converso y tenía cierta tendencia a contarme más de lo que debía, tanto en el confesionario como fuera de él.

—El apretón dominador —repetí, divertido.

—Así es como lo llama él. Te coge la mano, aprieta bien fuerte y luego gira la muñeca hasta poner su mano encima de la tuya. Esa es la posición dominadora. Y luego, en lugar de sacudirla arriba y abajo, tira de ti hacia él, te da una palmada en el hombro y te palpa el bíceps con la mano libre. Es su manera de mearse en tu cara.

—¿Crees que a mí me lo hará? Soy capellán.

—Se lo hace a todo el mundo. No creo que pueda evitarlo. Se lo hizo a mi hijo de nueve años en la fiesta de huevos de Pascua del batallón.

Luego conocí al coronel, me llevé el apretón dominador y recibí unos ambiguos cumplidos de presentación que me dieron a entender que era un comandante que veía a los capellanes como esos tíos que rezaban en las ceremonias, no como consejeros de confianza. Fehr era infinitamente más tranquilo que Boden, pero tampoco parecían importarle demasiado las Reglas de Enfrentamiento. Dos meses después de conocernos vi cómo interrumpía a un preparador de Mojave Viper que estaba repasando los procedimientos de Escalada de la Fuerza.

—Si un vehículo va hacia vosotros a gran velocidad —les estaba diciendo el preparador a los marines—, podría ser un terrorista suicida, pero también podría ser un iraquí frustrado y distraído que intenta llegar a tiempo al trabajo. Si los dos primeros pasos de la Escalada de Fuerza no funcionan, podéis lanzar unos disparos delante del coche, sin intención de herir…

Aquí es cuando el coronel saltó y detuvo la clase:

—Cuando disparamos, disparamos a matar —gritó. Los marines rugieron en respuesta—. No voy a dejar que ninguno de mis marines muera por haber dudado. Los marines no lanzan disparos de advertencia.

El preparador, un capitán, estaba atónito. No se puede contradecir a un O5, en particular delante de sus hombres, así que no dijo nada, pero la unidad acababa de aprender a ignorar las reglas de las Fuerzas Expedicionarias. Los marines pillaron el mensaje. Matar.

Al final fui a hablar con el mayor Eklund. Supuse que al menos me escucharía.

—Estoy preocupado por la Compañía Charlie.

—Sí, todos estamos preocupados por la Compañía Charlie.

Los dirige un idiota. Qué se le va a hacer.

Le ofrecí una versión resumida y anónima del relato de Rodriguez sobre lo de saltar desnudos para atraer disparos.

El mayor Eklund se rió.

—Parece una solución de cabo segundo.

—Cree que esto es divertido.

—Se lo comentaré al capitán Boden.

Eso no me dejaba ni mucho menos satisfecho.

—No parece que los marines vean mucha diferencia entre civiles y combatientes. Algunos han dado muestras de usar tácticas más que estúpidas —dije. Eklund suspiró—. Tal vez se podrían investigar un poco más algunos de sus tiroteos. Asegurarnos de que estamos apuntando al enemigo real.

Eklund se puso visiblemente rígido.

—¿Una investigación? —dijo, negando con la cabeza—. ¿Sobre qué?

—Hay algunos puntos cuestionables que…

—Solo el comandante puede recomendar una investigación. —Negó de nuevo—. Y, Cap, con todos los respetos, pero esto queda la hostia de lejos de su ámbito. —Hizo una pausa—. Perdón por el lenguaje.

—Los marines hablan conmigo, y…

—Eso no es nada —me cortó—. El mes pasado, la Compañía de Armas mató a dos moros con los que sé que no siguieron las Reglas de Enfrentamiento. Y el coronel Fehr no creyó que valiera la pena abrir una investigación. ¿Sabe lo que me dijo? «No quiero que mis marines piensen que no les cubro las espaldas. Y no quiero que duden en disparar cuando sea necesario.» Fin de la historia, Cap.

Ni siquiera se había parado a considerar lo que yo estaba sugiriendo.

—Quiere decir que esto es más endeble que eso.

—Endeble, sólido, no importa —respondió—. ¿Cree usted que el teniente coronel Fehr se convertirá algún día en el coronel Fehr si dice bien alto: «Eh, parece que hemos cometido algunos crímenes de guerra»?

No era una pregunta que quisiera responder. Al final, mirándome a los pies, sintiéndome infantil, dije:

—Supongo que no.

—Y es él quien decide si hay algo que merezca la pena investigar. Mire, ya sabe lo que pienso de ese hombre, pero está llevando la Compañía Charlie más o menos igual de bien de lo que podría llevarla cualquiera. Vinieron a Irak a matar gente, así que él les dio el AO de matar gente. Y va reduciendo su AO a medida que los Bravo se hacen con un mayor control de la suya.

No caí realmente en la cuenta de lo que me estaba diciendo.

—¿Los Bravo? —pregunté.

—Van dándoles más responsabilidad a medida que se la quitan a los Charlie. Y cuando termine la campaña, al capitán Boden le caerá un informe de aptitud que garantizará que no le ofrezcan nunca más un puesto de mando. ¿Contento?

Era evidente que no.

—Mire, padre —dijo Eklund—. En una guerra como esta, no hay respuestas fáciles. Los vecinos se llevan una paliza, alguna vez. Y alguna vez, por accidente, hay bajas civiles. No es culpa nuestra.

Aquello era demasiado.

—¿No? ¿Nunca es culpa nuestra?

Se inclinó hacia mí y me apuntó con el dedo.

—Mire, Cap, no tiene ni idea de las cosas a las que se enfrentan estos chicos. En mi última campaña vi a un par de insurgentes escondiéndose literalmente detrás de un grupo de niños iraquís y disparándonos. ¿Sabe lo difícil que es que a uno le disparen y no responder? Pues eso es lo que hicieron mis marines. Dejaron que les dispararan porque no querían arriesgarse a herir a unos niños.

—Eso no es lo que está pasando aquí.

—La mayoría de marines son buenos chicos. Muy buenos chicos. Pero es lo que dicen, este es un campo de batalla que daña la moral. En mi primera campaña, algunos de esos mismos marines dispararon contra un vehículo que se acercó demasiado rápido a un control de tráfico. Mataron a una familia, pero habían seguido la Escalada de Fuerza a rajatabla. El conductor estaba loco, o borracho, o lo que fuera, y siguió avanzando, incluso después de los disparos de advertencia. Dispararon contra el coche para salvar las vidas de sus compañeros marines, lo cual es noble, aun si uno descubre que no ha matado a un tipo de Al Qaeda, sino a una niña de nueve años y a sus padres.

—Bueno —dije—, si los Bravo lo están haciendo bien y los Charlie…

—Los Bravo tienen buenos mandos y un AO más tranquila. Entrenan bien a sus marines. El capitán Seiris es bueno. El sargento primero Nolan es una estrella de rock. El ametrallador es un retrasado, pero todos los tenientes están más que preparados. Excepto uno, tal vez, y tiene un sargento de pelotón estelar. Pero no todo el mundo puede ser competente. Es demasiado tarde para que la Compañía Charlie sea otra cosa que lo que es. Es nuestra compañía de matar. Pero esto es una guerra. Una compañía de matar no es lo peor que podríamos tener.

Al cabo de unos días le expresé mi preocupación, con un lenguaje algo más enérgico, al auditor general. Obtuve la misma respuesta. Lo que Rodriguez me había contado no justificaba nada más que una charla con el comandante de la compañía, que manejaría el asunto como considerara apropiado. No pasaría nada. Sentí que estaba fallando a Rodriguez, pero no tenía poder alguno. Y la guerra se eternizaba.

Tres semanas después tuvimos nuestra decimotercera baja. Gerald Martin Vorencamp. IED. Y dos semanas más tarde, la decimocuarta. Jean-Paul Sepion. Ni uno ni otro eran de la Compañía Charlie, aunque sus miembros sufrieron unas cuantas heridas más, serias pero no mortales, durante el mismo periodo.

Al poco tiempo de la muerte de Sepion, una de las oraciones matutinas del Oficio Divino fue el Salmo 144. «Bendito sea el Señor, mi roca, que adiestra mis manos para la batalla, y mis dedos para la guerra.» Me arrodillé apoyándome en la litera de mi pequeña caravana, titubeante. Regresé a la oración anterior, de Daniel. «No hay ya príncipe, ni profeta, ni caudillo, ni holocausto, ni sacrificio. No hay ofrendas, ni incienso, ni se te ofrecen los primeros frutos. No hay forma alguna de obtener tu misericordia.»

Dejé de leer y traté de rezar con mis propias palabras. Le pedí a Dios que protegiera al batallón de más daños. Sabía que no lo haría. Le pedí que sacara los abusos a la luz. Sabía que no lo haría. Le pedí, por último, su gracia.

Cuando volví al Oficio Divino, leí las palabras con vacía desvinculación.

Esa tarde conocí a otro marine del pelotón de Rodriguez, un cabo segundo. No hizo mucho por calmar mi inquietud.

—Esto no tiene puto sentido —me dijo.

Aquel cabo segundo no era católico, ni buscaba consejo religioso. Acudió a mí cuando en Estrés de Combate se negaron a darle lo que necesitaba: un billete de salida de Irak. Yo tampoco podía dárselo, pero lo intenté.

—¿Qué es lo que no tiene sentido?

—Toda esta mierda. ¿Qué estamos haciendo? Bajamos por una calle y nos explota un IED. Al día siguiendo bajamos por la misma calle y nos han puesto otro IED. Es como: seguid pasando hasta que muráis todos.

Me miró fijamente, sin romper el contacto visual. Pensé en el capitán Boden.

Cuando le pregunté por qué se sentía así, me hizo una larga lista. Desde la muerte de dos de sus amigos seis semanas atrás había estado teniendo cambios de humor, estallidos de rabia. Había acabado soltando puñetazos a las paredes, pues le resultaba imposible dormir a no ser que cuadruplicara la dosis máxima recomendada de somníferos, y cuando dormía tenía pesadillas con las muertes de sus amigos, con su propia muerte, con violencia. Era una lista de síntomas de TEPT bastante completa: ansiedad intensa, tristeza, falta de aire, ritmo cardiaco acelerado y, de un modo tremendamente poderoso, un sentimiento apabullante de absoluta impotencia.

—Sé que no saldré vivo del combate —dijo—. Cada día, no tengo elección. Me envían a que me maten. No tiene puto sentido.

Intenté hacerlo hablar de cosas positivas, cosas que le gustaran, para determinar si había algo a lo que se estuviese aferrando. Algo que lo retuviera en el lado bueno de la cordura.

—Lo único que quiero hacer es matar iraquís. Ya está. Todo lo demás es solo como anestésialo hasta que puedas hacer algo. Y matar moros es lo único con lo que tienes la sensación de estar haciendo algo, y no solo perdiendo el tiempo.

—Insurgentes, quieres decir.

—Todos son insurgentes —respondió. Se dio cuenta de que aquello no me gustaba y se alteró bastante—. ¿Quiere… —me dijo lleno de odio—, quiere ver una cosa?

Sacó una cámara y empezó a pasar fotos. Cuando llegó a la que buscaba, le dio la vuelta para enseñármela.

Me preparé para algo terrible, pero la imagen solo mostraba un niñito iraquí inclinado sobre una caja.

—Ese niño está poniendo un IED —me dijo—. Lo pillamos con las putas manos en la masa. Lo volamos ahí mismo cuando el niño se fue, porque ni siquiera el sargento de segunda Haupert quería acorralar a un niño.

—Este niño no podía tener más de cinco o seis años. Es imposible que supiera lo que estaba haciendo.

—¿Y para mí hay alguna diferencia? —respondió—. Yo nunca sé lo que estoy haciendo. Por qué salimos. Qué sentido tiene esto. Esta foto, fue muy al principio cuando la hice. Si fuese ahora, habría disparado a ese puto niño. Me cabrea no haberlo hecho. Si lo pillara hoy día, lo colgaría de unos putos cables de teléfono enfrente de la casa de sus padres y haría prácticas de tiro hasta que no quedara nada de él.

Yo no sabía qué decir.

—Además, algunos de los muchachos… —Hizo una pausa—. Hay muchos motivos por los que alguien puede ser de Al Qaeda. Conduce demasiado despacio. Conduce demasiado rápido. No me gusta la pinta que tiene ese hijoputa.

Después del encuentro, decidí que haría algo. No pasaría como con Rodriguez. Insistiría.

Primero hablé con el comandante de su pelotón, el sargento de segunda Haupert. Este me informó de que Estrés de Combate le había diagnosticado al cabo segundo una Reacción de Estrés Operacional y de Combate, que era habitual y no un estado reconocido como enfermedad o como razón para retirar a un marine de la zona de combate. Es más, dijo: aunque el cabo segundo soltase esas bravuconadas, cumplía bien con su deber y no debía preocuparme.

Cuando hablé con Boden y con el sargento primero, obtuve la misma respuesta. Cuando hablé con el coronel Fehr, me preguntó si acaso yo era psicólogo titulado. Cuando hablé con Estrés de Combate, me dijeron que si enviaran a casa a cada marine con REOC no quedaría nadie para combatir en la guerra. «Es una reacción normal frente a sucesos anormales —dijeron—. Ramadi está lleno de sucesos anormales.»

Finalmente hablé con el capellán del regimiento, un pastor presbiteriano con la cabeza muy bien puesta. Me dijo que si de verdad quería cabrear a la gente, tendría que exponer mis motivos de preocupación en un email y enviarlos a las partes implicadas de modo que quedara clara constancia en caso de que algo fuese mal.

«Es más probable que se pongan a jugar a Salvar El Culo si es por email.»

Envié un email al coronel, a Boden, a Haupert, e incluso a los médicos de Estrés de Combate. Nadie respondió.

Visto en retrospectiva, tenía lógica. La crisis del cabo segundo —su falta de empatía, su rabia, su impotencia— era una reacción natural. Era un caso extremo, pero podía verlo a mi alrededor en cantidad de marines. Me acordé de Rodriguez: «Todos son iguales, para mí. Todos son el enemigo».

En el seminario, y después, había leído mucho a santo Tomás de Aquino. «El apetito, si bien obedece a la razón, puede en ciertos casos resistirse y desear lo que la razón prohíbe.» Por supuesto que ocurría. Por supuesto que era una banalidad, y por supuesto que a veteranos de combate como Eklund y Boden les daba igual. Es una reacción comprensible, humana, y por tanto no un problema. Si los hombres actúan inevitablemente de este modo sometidos a estrés, ¿es siquiera pecado?

No encontré respuestas aquella noche en las Oraciones Vespertinas, así que hojeé los libros que había llevado a Irak para buscar algo de ayuda. «¿Cómo perseveras, ¡oh vida!, no viviendo donde vives, y haciendo porque mueras las flechas que recibes, de lo que del Amado en ti concibes?»

Los santos siempre están ahí para mostrarnos el camino. San Juan de la Cruz, encarcelado en una pequeña celda apenas más grande que su cuerpo, azotado públicamente cada semana, y había escrito el *Cántico espiritual*. Pero nadie espera santidad, y es una ofensa exigirla.

Una entrada de diario de aquella época:

Había pensado que al menos habría nobleza en la guerra. Sé que existe. Circulan muchísimas historias, y algunas tienen que ser ciertas. Pero lo que veo, en su mayor parte son hombres normales intentando hacer el bien, derrotados por el horror, por la incapacidad para sofocar su propia rabia, por su pose de masculinidad y su supuesta «rudeza», por el deseo de ser más duros, y por tanto más crueles, que sus circunstancias.

Y aun así, tengo la sensación de que este lugar es más sagrado que allá en casa. Un país voraz, gordo, hipersexualizado, hiperconsumista, materialista, en el que somos demasiado perezosos para ver nuestros propios defectos. Al menos aquí Rodriguez tiene la decencia de preocuparse por el infierno.

La luna es indeciblemente hermosa esta noche. Ramadi no. Es extraño que la gente viva en un lugar semejante.

Rodriguez vino a hablar conmigo de nuevo unas tres semanas después. Para entonces, la AO de la Compañía Charlie había quedado reducida a menos de la mitad de su extensión original. Seguía siendo peligrosa, pero tenían menos informes de incidentes que antes. Rodriguez parecía más calmado, aunque también desconectado de un modo extraño. Pensé en la bolsita de Ambien.

—Yo ya no creo en esta guerra —me dijo—. Todo el mundo intentando matarte, todo el mundo rabioso, todo el mundo loco a tu alrededor, rompiéndole la cara a la gente. —Hizo una pausa, cabizbajo—. No sé qué es lo que hace que alguien acabe muerto y qué lo mantiene con vida. A veces la jodes y no pasa nada. Otras haces lo correcto y sale gente herida.

—Crees que puedes controlar lo que pasa —le respondí—. No puedes. Solo puedes controlar tus propias acciones.

—No. Ni siquiera puedes controlar eso siempre. He estado intentando hacer lo que creo que Fuji hubiese querido.

—Eso está bien —le dije, tratando de animarlo.

—Esta ciudad es malvada. —Se encogió de hombros—. Hago cosas malvadas. Hay cosas malvadas rodeándome por todas partes.

—¿Como qué? ¿Qué cosas malvadas?

—Acosta ya no está. Acosta ya no es Acosta. Está desquiciado. —Negó con la cabeza—. ¿Cómo puede decir que este lugar no es malvado? ¿Ha salido de aquí? —Me lanzó una sonrisa cruel—. No, no ha salido.

—He estado fuera. El vehículo en el que iba pisó un IED, una vez. Pero yo no soy de la infantería.

Rodriguez se encogió de hombros.

—Si lo fuese, lo sabría.

Escogí las palabras cuidadosamente.

—Esta vida la escogiste tú. Nadie te obligó a meterte en el ejército, y ciertamente nadie te obligó a meterte en la infantería de marines. ¿Qué pensabas encontrar aquí?

Rodriguez no parecía haberme oído.

—Cuando Acosta dice: voy a hacer tal cosa... Acosta se hace respetar. Ditoro, no. Ditoro no puede decir una mierda, porque es una nenaza y lo sabe todo el mundo. Pero a mí, a mí me respetan. Yo puedo pararle los pies a Acosta. —Se rió—. Antes pensaba que podría ayudarme —me dijo. Su expresión se volvió despiadada—. Pero es usted un cura, ¿qué va a hacer? No puede ensuciarse las manos.

Me puse tenso. Era como si me hubiese golpeado.

—Nadie tiene las manos limpias excepto Jesucristo —le dije—. Y no sé qué podemos hacer nosotros salvo rogarle que nos dé la fuerza necesaria para hacer lo que debemos.

Sonrió al oír eso. Yo no estaba seguro de creer las palabras que le estaba diciendo, ni si creía en palabra alguna. ¿Qué importaban las palabras en Ramadi?

—Ya nunca pienso en Dios. Pienso en Fuji.

—Es como la gracia. La gracia de Dios, que te permite aferrarte a Fujita.

Rodriguez suspiró.

—Mire mis manos. —Las puso delante de mí, con las palmas callosas hacia arriba, y luego las giró y alargó los dedos—. Se me ve tranquilo, ¿verdad?

—Sí.

—Ya no duermo. Casi nunca. Pero mire mis manos, míreme a mí. Mírelas. Es como si estuviese tranquilo.

Aquella conversación siguió flotando en mi mente mucho después de que Rodriguez se hubiese ido. «Es usted un cura —me había dicho—, ¿qué va a hacer?» No lo sabía.

Cuando era joven, un padre me gritó una vez. Yo estaba trabajando en un hospital. Él acababa de perder a su hijo. Pensaba que el alzacuello me otorgaba el derecho a hablar, así que justo después de que los médicos registrasen la hora de la muerte, le aseguré que su hijo estaba en el Paraíso. Qué estupidez. Yo, precisamente, tendría que haber sabido verlo. A los catorce perdí a mi madre a causa de una extraña forma de cáncer similar a la que había atacado a aquel niño, y todas las condolencias vacuas que recibí tras la muerte de mi madre solo sirvieron para intensificar mi rabioso dolor de adolescente. Pero los tópicos más atractivos suelen ser los menos apropiados.

Aquel padre había visto cómo su hijo sano se consumía hasta quedar en nada. Debía de haber sido para volverse loco. Los meses de visitas imprevistas a urgencias. Las breves mejorías y las inevitables recaídas. El curso inexorable de la enfermedad. La última noche, su esposa se desplomó en el suelo del hospital por el terror y el dolor, gritando «mi niño» una y otra vez. Los médicos le pidieron al padre que autorizara en varias ocasiones un último intento por mantener al niño respirando. Como es natural, aceptó. Procedieron por tanto a atravesar al niño con agujas y a realizarle una operación de urgencia. A torturar a su hijo delante de él y a petición suya en un esfuerzo desesperado por mantener su vida, pequeña y condenada, unos minutos más. Al final, los dejaron allí con un cadáver diminuto y terriblemente magullado.

Y entonces aparecí yo, después de la quimioterapia, después de las facturas ruinosas y del deterioro de su carrera y de la de su esposa, después de meses de esperanza y desesperación, después de que todas las profanaciones médicas posibles hubieran privado a su hijo hasta de la dignidad en la muerte, ¿y me atrevía a sugerir que había salido algo bueno de todo aquello? Era insoportable. Era repugnante. Era vil.

No creo que la esperanza de la otra vida le proporcionara ningún consuelo a Rodriguez, tampoco. Mucha gente joven no cree verdaderamente en el Cielo, no de una forma seria. Si Dios es real, debe de haber alguna consolación también en la tierra. Alguna gracia. Alguna evidencia de misericordia.

Aquel padre había perdido la esperanza, pero al menos miraba a la vida de frente, desprovisto de la ilusión de que la fe, o la oración, o la bondad, o la decencia, o el orden divino del cosmos, permitirían que pasara de él ese cáliz. Ese es un prerrequisito, en mi opinión, para cualquier consideración seria de la religión. ¿Qué podemos decir, como san Agustín, después de que Roma haya sido saqueada? La respuesta de san Agustín, la *Ciudad de Dios,* es un consuelo pensado para después de la tragedia. Pero Rodriguez, ese cabo segundo, la Compañía Charlie, el batallón al completo, eran otra cosa. ¿Cómo asistir espiritualmente a hombres que siguen estando bajo asalto?

Al carecer yo mismo de respuestas, recurrí a un antiguo mentor, el padre Connelly, un anciano jesuita que me había enseñado latín en el instituto y con el que había conversado largamente mientras consideraba mi vocación. No tenía email, así que tardé semanas en recibir su respuesta, escrita a máquina:

Querido Jeffery:
Como siempre, es maravilloso saber de ti, aunque por supuesto me entristece enterarme de tus dificultades. Cuando vuelvas a Estados Unidos tienes que visitarme. Hasta podrías venir a una clase. Tengo a los chicos leyendo a César y a Virgilio, claro, y a lo mejor podrías contarles algo de la guerra. Ven en primavera. Las flores del patio están más bonitas de lo que recuerdo haberlas visto nunca, y podemos hablar de todo esto más a fondo. Pero hasta entonces, he pensado en lo que me escribiste y tengo algunos comentarios.
En primer lugar, sin embargo, debes perdonar a este viejo sacerdote que ha pasado toda su vida en una relativa comodidad por señalar que tu problema no es nada nuevo. No veo por qué

habría que calificar de «crisis de fe» el que hombres que antes eran buenos experimenten bajo presión una crisis de virtud y estén resentidos, enfadados y menos inclinados hacia Dios. El sufrimiento puede sin duda empujarlo a uno al pecado, pero también se lo puede convertir en algo bueno (pensemos en Isaac Jogues, o en cualquier mártir, o en cualquier místico, o en el propio Jesucristo).

Tus esfuerzos por llevar las transgresiones a la atención de los mandos son saludables. Pero en lo que respecta a tus deberes religiosos, recuerda que estas supuestas transgresiones, si son reales, no son sino brotes del pecado. No el pecado en sí. Nunca olvides eso, no vaya a ser que pierdas la compasión por la debilidad humana. El pecado es un asunto solitario, un gusano que envuelve el alma y la aísla del amor, de la alegría, de la comunión con el prójimo y con Dios. La sensación de que estoy solo, de que nadie me oye, de que nadie entiende y nadie responde a mis llantos, es una enfermedad por la que, tomando prestadas las palabras de Bernanos, «la inmensa marea del amor divino, el mar de llamas vivas y rugientes que fecundaron el caos, pasa y vuelve a pasar en vano». Tu tarea, al parecer, sería la de encontrar un resquicio por el que pueda producirse algún tipo de comunicación, de un alma a otra.

Llevé la carta conmigo durante el resto de la campaña, siempre en el bolsillo del pecho de mi uniforme, siempre envuelta en plástico para protegerla del sudor. Aquel papel tenía calidez humana. Iba firmado: «Tu hermano en el camino de Cristo».

—¿Quién de aquí piensa —le pregunté al pequeño grupo de marines que se había reunido para la misa de domingo— que cuando vuelva a Estados Unidos ningún civil será capaz de comprender por lo que ha pasado?

Se levantaron unas pocas manos. Continué:

—Tuve un feligrés cuyo hijo de seis meses desarrolló un

tumor cerebral. Vio a su hijo atravesar un intenso sufrimiento, quimioterapia y, finalmente, una muerte brutal e indigna. ¿Quién preferiría pasar por eso en lugar de estar en Ramadi?

Vi la confusión en el rostro de los marines. Eso era bueno. No era mi intención que esta fuera una homilía normal.

—Hablé con un iraquí el otro día —les dije—. Un civil que vive ahí fuera, en esa ciudad que he oído decir a algunos marines que habría que arrasar. Quemarla, y que todo el mundo que vive en ella pereciera en las llamas.

Tenía su atención.

—La hija pequeña de este hombre estaba herida. Un accidente en la cocina. El aceite caliente se derramó y cayó todo encima de la niña. ¿Y qué hizo este hombre? Correr, con ella en brazos, en busca de ayuda. Y se encontró con un escuadrón de marines. Al principio pensaron que llevaba una bomba. Desafió los rifles que apuntaban a su cabeza y entregó su hija, gravemente herida, una niña pequeña, a un cabo muy sorprendido y muy corpulento. Y ese cabo la llevó a la unidad médica de la Compañía Charlie, en la que los doctores le salvaron la vida.

»Ahí es donde conocí a este iraquí. A este hombre de Ramadi. A este padre. Hablé con él y le pregunté si se sentía agradecido a los estadounidenses por lo que habían hecho. ¿Sabéis qué me dijo?

Dejé la pregunta en el aire un momento.

—«No.» Eso es lo que dijo. «No.» Había acudido a los americanos porque tenían los mejores médicos, los únicos médicos fiables, no porque le cayésemos bien. Ya había perdido un hijo, me contó, en la violencia que siguió a la invasión. Nos culpaba por ello. Nos culpa por el hecho de no poder caminar por la calle sin miedo a que lo maten sin motivo. Nos culpa por sus parientes de Bagdad, que fueron torturados hasta la muerte. Y, en particular, nos culpa por aquella vez que estaba viendo la televisión con su mujer y un grupo de estadounidenses derribó la puerta, sacó a su mujer tirándole del pelo y a él le pegó una paliza en su propio salón. Le clavaron los fusiles en la cara. Le pegaron patadas en el costado. Le gritaron en un idioma que no comprendía. Y lo golpeaban cuando no era capaz de responder a sus preguntas. Bien, esta es la pregunta que tengo para vosotros, marines: ¿quién cambiaría su campaña de siete meses en Ramadi por la vida de este hombre, viviendo aquí?

Nadie levantó la mano. Algunos marines parecían incómodos. Algunos parecían enfadados. Algunos parecían furiosos.

—En fin, no me sorprendería que este hombre prestase apoyo a la insurgencia. El intérprete dijo que era un mal tipo. Un Alí Babá.* Pero es evidente que ha sufrido. Y si este hombre, este padre, apoya en efecto la insurgencia, es porque cree que su sufrimiento justifica haceros sufrir a vosotros. Y si esa historia de la paliza es cierta, significa que los marines que lo golpearon pensaban que su sufrimiento justificaba hacerlo sufrir a él. Pero como nos recuerda Pablo, «No hay justo, ni aun uno». *Todos* sufrimos. Podemos sentirnos aislados, y solos, y arremeter contra los demás, o podemos comprender que formamos parte de una comunidad. Una iglesia. Aquel padre de mi parroquia sentía que nadie podía entenderlo y que no valía la pena esforzarse en hacer que lo intentaran. Quizás no creéis que valga la pena intentar comprender el sufrimiento de ese padre iraquí. Pero ser cristiano significa que no podemos mirar nunca a otro ser humano y decir: «No es mi hermano».

»No sé si alguno de vosotros conoce a Wilfred Owen. Era un soldado que murió en la Primera Guerra Mundial, una guerra que mató a cientos de miles de soldados. Owen era un tipo extraño. Poeta. Combatiente. Homosexual. Y un hombre tan duro como cualquier marine que haya conocido nunca. En la Primera Guerra Mundial, Owen fue gaseado. Voló por los aires a causa de un mortero y sobrevivió. Pasó días en un puesto, bajo los disparos, junto a los restos desperdigados de un oficial com-

* En la jerga de los soldados estadounidenses, un insurgente o un ladrón. *(N. de la T.)*

pañero suyo. Recibió la Cruz Militar por matar a soldados enemigos con una ametralladora enemiga capturada y por mantener unida a su compañía tras la muerte de su comandante. Y esto es lo que escribió sobre la preparación de los soldados para las trincheras. Y habla, por cierto, de soldados novatos. Todavía no habían visto la guerra. No como la había visto él.

»Escribe Owen: "Durante catorce horas, estuve ayer trabajando: enseñándole a Cristo a levantar su cruz como es debido, y cómo ajustarse la corona, y a no imaginar que tiene sed hasta después de la última parada. Asistí a su Cena para asegurarme de que no hubiese quejas, y luego inspeccioné que sus pies fueran dignos de los clavos. Yo me encargo de que sea tonto, y de que se ponga firme ante sus acusadores. Con una moneda de plata lo compro cada día, y con mapas lo hago familiarizarse con la topografía del Gólgota"».

Levanté la vista de mi sermón y observé detenidamente a la concurrencia, que me observaba detenidamente a mí.

—Formamos parte de una larga tradición de sufrimiento. Podemos dejar que nos aísle si queremos, pero debemos comprender que el aislamiento es una mentira. Pensemos en Owen. Pensemos en ese padre iraquí y en ese padre estadounidense. Pensemos en sus hijos. No sufráis solos. Ofrecedle ese sufrimiento a Dios, respetad a vuestro prójimo, y quizás el horror puro de este lugar se vuelva algo más tolerable.

Me sentía eufórico, triunfante, pero mi sermón no había ido bien. Varios marines no subieron a comulgar. Después, mientras recogía las sobras de la Eucaristía, mi PR se volvió hacia mí y me dijo: «Bua, Cap. La cosa se ha puesto un poco seria».

Nuestra decimoquinta baja fue de la Compañía Charlie. Nikolai Levin. Los marines estaban rabiosos, no solo por su muerte, sino porque el sargento mayor les había dicho que había sido culpa de Levin.

«Yo no estoy aquí para hacer amigos, yo estoy aquí para que no mueran marines —dijo el sargento mayor, arengando a los hombres apenas unos días después–, y la cuestión es que si un marine no llevaba el equipo de protección cuando le dispararon, porque hacía calor y no quiso ponérselo mientras estaba en el puesto de observación, soy yo quien tiene que decir lo que nadie quiere decir.

A Levin le habían dado en el cuello. La protección no habría servido de nada. Pero supongo que el sargento mayor, como la mayoría de la gente, necesitaba que la muerte tuviese lógica. Una razón para cada baja. Había visto la misma endeble teodicea en funerales civiles. Si era una enfermedad pulmonar, el fallecido debía ser fumador. Si una enfermedad cardiaca, un amante de la carne roja. Alguna clase de causalidad, por débil que fuese, que la hiciera más aséptica. Como si la mortalidad fuera un juego con reglas en un universo racional y el Dios que nos vigila nos moviera como a piezas de ajedrez y controlara por completo los bandos del mundo.

Hacia el final de la campaña teníamos bastante más de un centenar de hombres heridos. Dieciséis muertos en total. George Dagal fue el primero. Después, Roger Francis Ford. Johnny Ainsworth. Wayne Wallace Bailey. Edgardo Ramos. William James Hewitt. Hayward Toombs. Edward Victor Waits. Freddie Barca. Samuel Willis Sturdy. Sherman Dean Reynolds. Denton Tsakhia Fujita. Gerald Martin Vorencamp. Jean-Paul Sepion. Nikolai Levin. Y luego el que pensamos que sería el último. Jeffrey Steven Lopinto.

Repasé sus nombres una y otra vez en el vuelo de vuelta, como una especie de oración por los muertos. Aterrizamos, desfilamos en procesión y contemplé cómo los marines abrazaban a sus padres, besaban a su esposa o novia y cogían en brazos a sus hijos. Me pregunté qué les contarían. Cuánto sería contado y cuánto jamás podría contarse.

Mi mayor deber una vez allí era organizar los funerales para los dieciséis. Bregué por escribir algo satisfactorio que decir. ¿Cómo podía expresar lo que esas muertes significaban? Ni yo mismo lo sabía. Al final, rindiéndome al agotamiento, escribí una inofensiva nadería, llena de tópicos. El discurso perfecto para la ocasión, de hecho. La ceremonia no giraba en torno a mí. Era mejor que hiciera mi función y pasara desapercibido.

Jason Peters sucumbió a las heridas dos meses después de la campaña, aumentando la lista de muertos a diecisiete. Los que habían ido a visitar a Peters en general coincidían en que era mejor así. Le faltaban las dos manos y una pierna. El IED le había quemado los párpados, así que llevaba unas gafas protectoras que le humedecían los ojos cada pocos segundos. Tenía el cuerpo destrozado, los riñones le habían fallado, no podía respirar por sí solo y sufría fiebres constantes. No había muchos indicios de que Peters fuese demasiado consciente de dónde estaba, y los que lo habían visto no podían hablar de ello sin montar en cólera. Su familia le había retirado el soporte vital, habían hecho que los médicos le pusieran un gotero IV y lo habían dejado morir con cierta dosis de dignidad.

En los meses y años siguientes hubo otras muertes. Un accidente de coche. Un marine se metió en una pelea estando de permiso y lo mataron a puñaladas.

Hubo crímenes y consumo de drogas, también. James Carter y Stanley Philips, de la Compañía Alpha, asesinaron a la mujer de Carter y luego mutilaron su cuerpo para tratar de meterlo en el hoyo, demasiado pequeño, que habían cavado. Otro marine, colocado de cocaína, disparó un AR-15 en un nightclub e hirió gravemente a una mujer. La cocaína hace que te sientas invulnerable, lo que supongo que debe de gustar a los veteranos de guerra hiperalerta. No les gusta lo que viene después, sin embargo, cuando el Cuerpo les da la patada y les niega la atención médica del Departamento de Veteranos para su TEPT. Algo parecido les pasó a cinco o seis marines del batallón, así que los hombres comenzaron a pasarse a otras sustancias que no se detectaran fácilmente en un análisis de orina.

Aiden Russo fue el primero de los suicidas. Lo hizo durante un permiso, con su pistola de uso personal. Tras la muerte de Russo, el capellán entrante, el reverendo Brooks, dio un discurso de prevención del suicidio al batallón. En él afirmó que la tasa de suicidios en Estados Unidos era resultado del caso Roe contra Wade. Al parecer, el aborto estaba degradando el respeto de nuestra sociedad por el carácter sagrado de la vida. Brooks formaba parte de la horda de capellanes renacidos proveniente, no de iglesias establecidas, sino de la laxa organización de Iglesias Bautistas Independientes. Mi PR me contó que, después de su charla, los marines dijeron, bromeando, que pensaban que yo lo iba a dejar tumbado de un puñetazo en mitad del discurso.

Cinco meses más tarde, Albert Beilin se mató con pastillas. Tanto él como Russo eran de la Compañía Charlie.

Al cabo de un año, Jose Ray, de nuevo en Irak, por tercera vez, se pegó un tiro en la cabeza.

Dos años después, Alexander Newberry, en su día de la Compañía Charlie, apareció en un acto llamado «Soldado de Invierno» y organizado por el grupo de protesta Veteranos de Irak Contra la Guerra. Se suponía que el acto iba a probar la ilegalidad de la guerra, y dado que participaba un marine de mi antiguo batallón, lo vi casi entero en YouTube. El panel de veteranos tenía una calidad dispar. Muchos eran ambiguos y poco convincentes, y las cosas de las que se quejaban parecían mostrar el horror habitual de la guerra, más que ninguna pauta concreta de malas prácticas. Newberry, sin embargo, había llevado una cámara a Irak y acompañó su testimonio de fotos y vídeos. Afirmó haber maltratado a iraquís y haber disparado a alguno solo por descargar agresividad. Aseguró que el capitán Boden felicitaba a todo marine por su primer muerto, y que les había dicho que si un marine lo mataba a puñaladas, tendría un permiso de 96 horas a la vuelta. Sonaba creíble.

Newberry tenía una serie de imágenes que iba pasando, proyectadas detrás de él, y mostró dos fotos de dos personas que había matado y que, afirmaba, eran ambas inocentes. Proyectó un vídeo de unos marines disparando contra mezquitas, y habló de cómo llevaban a cabo «reconocimientos por fuego», en los que, contó, cosían a balazos un vecindario para desencadenar un tiroteo.

Los comentarios al pie del vídeo eran un batiburrillo de pacifistas y pro derechos humanos bien felicitando a Newberry, bien llamándolo escoria. Algunos post parecían ser de marines, e incluso de marines del batallón. «Yo estaba ahí. Alex no está contando toda la historia.» «Este tío era el penco de mierda más grande que he visto nunca.» «buuuua, tuvieron que matar gente. que pensaba que iba a pasar cuando se hizo AMETRALLADOR DE LA INFANTERIA DE MARINES» «Es culpa de los mandos no te sientas mal Alex» «Nadie le dijo que matara a gente inocente lo hizo el y le echa la culpa al Cuerpo por haber cometido crimenes de guerra que loco y no es verdad que esto pase a menudo yo lo se soy marine»

Por entonces, yo seguía sirviendo como capellán en Camp Lejeune. Cumplí un tiempo en la base y luego me acabaron transfiriendo a un nuevo batallón. Estando allí me encontré alguna que otra vez con el sargento de segunda Haupert, que había sido transferido a la misma unidad y que claramente seguía teniendo muy presentes sus días en Ramadi. Se había tatuado en el brazo derecho los nombres de todos los marines de su compañía que habían muerto. Las muertes en combate y los suicidios. Todo el mundo lo respetaba en la unidad.

La única vez que comentamos lo del Soldado de Invierno, Haupert habló de Newberry con un odio profundo. «La cuestión no es si pasó o no pasó. Es que no se habla de algunas mierdas que pasaron. Vivíamos en un lugar completamente distinto a cualquier cosa que esos hippies del público puedan llegar a comprender. Todos esos gilipollas que se creen muy buenos porque no han tenido que salir nunca a una calle de

Ramadi y poner en una balanza tu vida y las vidas de la gente que hay en el edificio desde el que te están disparando. No se le puede describir esto a alguien que no estuviera allí, ni tú mismo recuerdas cómo era porque no tiene casi sentido. Y hacer como que puedes vivir y combatir durante meses en esa mierda y no volverte loco, vaya, eso sí que es de locos. Y luego Alex va y se hace el gran héroe, contándole a todo el mundo lo malos que éramos. No éramos malos. Yo quería disparar a todos los iraquís que veía, todos los días. No lo hice nunca. Que le jodan.»

El siguiente suicida fue el mando del antiguo escuadrón de Rodriguez, el sargento Ditoro. Lo hizo por la época en que ascendieron al teniente coronel Fehr y lo nombraron comandante de regimiento. No mucho después, Rodriguez se presentó en la capilla de la base. Al principio no lo reconocí. Iba arriba y abajo del camino de entrada de la capilla, y cuando salí a hablar con él levantó la vista, sobresaltado, con aspecto perdido e infantil. Tan distinto al de antes.

Haupert ya me había contado algo de lo de Ditoro. El último mes de campaña, un IED le había arrancado un brazo. Aunque su intención había sido la de convertirse en un marine de carrera, después de un año en el Regimiento de Guerreros Heridos había dejado el Cuerpo y había vivido varios años en Nueva Jersey. Y luego se había pegado un tiro, con la izquierda, en la cabeza.

Lo que yo no sabía era que le había mandado por email una carta de suicidio a Rodriguez justo antes de hacerlo. Aquella noche, en el camino frente a la capilla, Rodriguez la llevaba entre las manos, una copia impresa perfectamente doblada de las últimas palabras registradas de Ditoro. Al acercarme me la tendió sin más explicaciones, y en un primer momento ni siquiera la leí.

—Ramiro, ¿verdad? Ramiro Rodriguez. Hacía mucho que no te veía.

Se encogió de hombros. Tenía una expresión más suave, más resignada de lo que le había visto nunca. Me llegaba el olor a alcohol.

–No sé si hice bien o no –me dijo. Se frotó la cara con la palma de las manos–. Dicen que ahora Ramadi está tranquilo. Que puedes andar por la calle sin problemas.

Asentí.

–La violencia en esa ciudad se redujo como un noventa por ciento –le dije–. Ahí es donde comenzó el Despertar.

–¿Cree que nosotros contribuimos a eso? ¿Cree que lo que hicimos contó?

–Puede. Yo no sé de tácticas, soy capellán.

–Matamos a un montón de moros.

–Sí.

Nos quedamos un momento en silencio. Miró el email, en mis manos, y yo le eché un vistazo rápidamente.

no dejo de recordar donde estaba cuando perdi el brazo. queria morir muy deprisa porque estaba en ramadi y ramadi era el lugar más miserable del mundo y me dolia mucho. viste a alex diciendo que mataban a civiles? su peloton estaba igual de jodido que el nuestro pero seamos honestos aquel sitio era todo guerra. te acuerdas de aquel niño poniendo un ied. no me siento mal por haber disparado contra mezquitas ni lo haré nunca eran putos agujeros de insurgentes cada una de ellas. le di una paliza bastante fuerte a sammie y se fue y me podría haber mandado a la carcel si hubiese querido. me siento mal por eso pero sobre todo me siento mal por fuji que tu dijiste que fue culpa mia y tenias razon. yo era el lider de su escuadron y lo mande ahi arriba no creo que nada de lo que haga pueda compensar eso ni siquiera si me mataran rescatando a alguien y ademas esta lo que dijiste del hombre de la bicicleta. te acuerdas de el. te acuerdas de lo que hizo acosta despues de lo de levin. yo creo en dios creo en el infierno. me gustaria decirle a la familia de fuji que al tio que hizo que mataran a su hijo lo van a juzgar y que esta asustado pero feliz. el juicio ya no pende encima de su cabeza y ahora en el infierno va a recibir su merecido y puede que hasta misericordia. a lo mejor se lo puedes decir tu. eras bueno con la saw y lo hiciste bien. me alegro de que estuvieras en mi escuadron.

Cuando terminé miré a Rodriguez. Me temblaban las manos. A él no.

—¿Te culpas a ti mismo? —le pregunté.

Se volvió hacia la capilla de San Francisco Javier, un pequeño edificio rodeado de árboles.

—Un poco —respondió, mirándome de reojo—. Y también lo culpo un poco a usted. Por no hacer nada. Pero me culpo más a mí.

Se frotó los ojos.

—No quisiste perdón cuando estábamos allí. ¿Lo quieres ahora?

—¿De usted?

No pude evitar sonreír.

—No. Que yo no sirvo para nada está claro. Pero el perdón de Dios podría ser diferente.

Frunció el ceño. Creo que quería que confesara por mi bien tanto como por el suyo. No me importaba realmente si Rodriguez pensaba que ya no creía. La fe puede llegar siguiendo un proceso.

Me agarré la cruz que llevaba al cuello.

—Sabes que esto era un instrumento de tortura, ¿verdad?

Se rió. No me importaba. Sabía que Rodriguez no había venido a verme solo para reírse de mí.

—Veinte siglos de cristianismo —le dije—. Uno esperaría que hubiésemos aprendido algo. —Acaricié la cruz—. En este mundo, lo único que Él nos concede es que no suframos solos.

Rodriguez se volvió y escupió sobre la hierba.

—Genial.

OPERACIONES PSICOLÓGICAS

*He aprendido palabras de las lenguas del mundo
con las que seducir a mujeres extranjeras por la
noche y capturar lágrimas.*

AHMED ABDEL MU'TI HIJAZI

Todo en Zara Davies te obligaba a posicionarte. Su actitud, sus ideas, hasta su aspecto. No era exactamente guapa, pero solo porque esa no es la palabra apropiada. Había mucha gente joven y guapa en Amherst. Hacían juego con el paisaje. Zara insistía en ser ella misma. Era agresiva, combativa y adorable.

La vi por primera vez en «Castigo, política y cultura» en la Clark House. La descripción del curso rezaba. «Aparte de la guerra, el castigo es la manifestación más dramática del poder del estado», y dado que trece meses en Irak me habían dejado bastante familiarizado con la guerra, pensé que iría a aprender algo sobre el castigo. Todo el mundo en la clase era blanco, excepto Zara y yo.

El primer día se sentó justo enfrente del profesor, con unos vaqueros ajustados y un cinturón de hebilla ancha de metal, una camiseta fina de color amarillo y botas de ante marrón. Tenía la piel caramelo oscuro y llevaba el pelo al natural, con trencitas por delante y un moño afro por detrás. Aunque era una alumna de primero, entró al debate desde el primer día, marcando así el tono del semestre. Podía ser brusca y hasta un poco cortante cuando sus compañeros de clase —los chicos con pantalón caqui y polo, las chicas bien con sudadera, bien con ropa cara y elegante pero aburrida– decían algo que ella considerara estúpido.

Por aquel entonces, yo solía ir de veterano de vuelta de todo, que sabe ya algo de la vida y que solo podía mirar el idealismo de sus compañeros de estudios con la nostálgica tristeza de un padre cuyo hijo se está haciendo demasiado mayor como para seguir creyendo en Papá Noel. Es sorprendente lo bien que funciona la mística del veterano, incluso en una facultad como Amherst, donde había pensado que los chicos serían más listos que eso. Hay un chiste viejo que dice: «¿Cuántos veteranos de Vietnam hacen falta para enroscar una bombilla? No puedes saberlo, no estabas ahí». Y en eso consiste el juego. Todo el mundo daba por supuesto que yo había tenido un encuentro imborrable con Lo Real: con el mundo-tal-y-como-de-verdad-es, duro, sin adornos, más allá de la burbuja de Estados Unidos y el mundo académico, un viaje al Corazón de las Tinieblas que o te destruía, o te volvía más triste y más sabio.

Gilipolleces, por supuesto. Allí aprendí que, sí, hasta los tipos duros se mean encima si la cosa se pone lo bastante aterradora, y que, no, no es agradable recibir un disparo, gracias, pero aparte de eso, lo único en lo que sentía verdaderamente que tenía ventaja respecto a estos chicos era en el conocimiento de cuán viles y despreciables son los humanos. Una dosis de sabiduría nada desdeñable, quizá, pero no me daba una perspicacia añadida a la hora de, pongamos, aplicar la interpelación althusseriana a la crítica de las estructuras ideológicas formulada por Gramsci. Hasta el profesor cedía autoridad cuando los debates entraban en los efectos sociales de la violencia y la criminalidad galopantes, como los que les decía haber visto «allí». Zara era la única que me tenía calado.

Ella estaba jugando a su propio juego. Al ser una chica negra de Baltimore, contaba con una merecida cuota de reputación. Que fuera hija de una profesora de física de la John's Hopkins y de un abogado inmobiliario y, por tanto, un millón de veces más privilegiada que el noventa por ciento de los tíos blancos con los que yo había servido en el ejército no importaba especialmente. Baltimore, y cualquiera que haya visto un episodio de *The Wire* lo sabe, era una ciudad dura.

Mi actitud hacia ella era que merecía la autoridad con la que actuaba. Las cosas que mereces realmente nadie te las da, así que coge lo que puedas. Y me gustaba tener una sparring.

Una vez me pegó un corte de muerte. Yo estaba en mitad de un sermón agradablemente santurrón dirigido a un estudiante que había hecho un comentario a la ligera sobre que Estados Unidos había invadido Irak por el petróleo.

—Yo fui uno de esos que invadieron Irak, y me importaba una mierda el petróleo. Ni tampoco le importaba a un solo soldado que yo conociera. Y, francamente, es un poco...

—Bah, venga ya —soltó Zara—. ¿A quién le importa lo que crean los soldados? Da igual lo que piensen los peones sobre cómo y por qué los mueven sobre el tablero.

—¿Peones? —dije, indignado—. ¿Crees que yo era un peón?

—Oh, perdona. —Zara sonrió—. Estoy segura de que eras una torre, como mínimo. Para el caso es lo mismo.

No le daba miedo ofender, y eso me gustaba.

Cuando terminó la clase, sin embargo, terminó también mi trato con ella. Nuestros círculos sociales nunca se cruzaban, y solo de vez en cuando nos veíamos por el campus. Pero meses después de aquella clase, vino a buscarme.

Yo estaba comiendo solo en el Val cuando se sentó delante de mí. Al principio no la reconocí. Para entonces, aquella camiseta amarilla que me encantaba y que envolvía su torso y se pegaba a sus pechos de un modo tan expresivo, había desaparecido hacía mucho. Nada de faldas cortas, nada de vaqueros ajustados en torno a sus muslos musculados. Iba con un vestido largo y marrón que le caía a lo largo de las piernas hasta llegar a un par de bailarinas bastante decepcionantes. Llevaba el pelo recogido en un pañuelo. Era todo recato, y aun así, tal vez porque estábamos en una universidad a finales de primavera y el resto de chicas iban por ahí enseñando media teta, Zara destacaba entre la multitud todavía más que antes. Al menos, para mí.

Ahora era musulmana, supongo. Cuando la conocí, estaba desilusionada. Luego, buscando. Y finalmente, de algún modo, el islam. Nunca se me ocurrió que fuera de esa gente a la que le tira una religión de sumisión, aun si esa sumisión es a Dios.

Me explicó que desde su reciente conversión había estado pensando más y más en Irak. En concreto, en el imperialismo estadounidense, en el destino de la umma y en la cantidad increíble de iraquís que estaban muriendo, cifras demasiado grandes para conceptualizarlas y que no parecían importarle a nadie. Me había buscado para que le diese información de primera mano. La auténtica exclusiva sobre lo que estaba pasando. O sobre lo que pasaba años atrás, cuando estuve allí.

—Sé sincero conmigo —me pidió.

Aquello solo podía acabar mal. Hay una perversidad en mí que hace que, si hablo con conservadores, quiera dejar por los suelos la guerra, y si hablo con progresistas, defenderla. Había visto cómo el gobierno de Bush la cagaba a una escala colosal, pero también había podido echarle un buen vistazo al tipo de estado que quería instaurar Al Zarqaui, y cuando hablaba con alguien que creía tener una visión clara de Irak me entraban ganas de restregarle mierda por los ojos.

Además, Zara no entraba de puntillas en los asuntos delicados. «¿Cómo pudiste matar a tu propio pueblo?», creo que fue lo que me dijo.

—¿Cómo? —pregunté, casi a punto de echarme a reír.

—¿Cómo pudiste matar a tu propio pueblo?

—No es mi pueblo.

—Todos somos un único pueblo.

Supongo que se refería a algún rollo tipo Malcom-X-en-La-Meca: «Nosotros los musulmanes somos todos un único pueblo». Yo sabía que no era así. La guerra entre sunitas y chiitas había ilustrado de un modo bastante evidente que la umma no era una familia feliz. Solté un resoplido, hice una pausa y, mientras miraba sus zapatos planos, sentí cómo me subía aquella vieja y familiar rabia del veterano frente al civil.

—Yo no soy musulmán —le dije.

Zara parecía más preocupada que sorprendida, como si me estuviera viendo perder el juicio. Tenía los labios fruncidos, unos labios perfectamente formados, bonitos, como el resto de su cara. No sabía decir si llevaba maquillaje o no.

—Soy copto —le dije, y puesto que eso nunca suscita ninguna reacción, añadí—: De la Iglesia Ortodoxa Copta. Los cristianos egipcios.

—Ah. Como Butros Butros-Ghali.

Ahora parecía interesada, la cabeza ladeada, el rostro oval mirándome directo a los ojos.

—Los musulmanes nos odian. A veces hay revueltas. Como los pogromos en Rusia contra los judíos.

Eso es lo que decía siempre mi padre. El día en que vio morir a su primo en una de esas revueltas era un mito fundacional de mi familia. O lo era para él. Ser copto no representaba una parte importante de mi vida. No si podía evitarlo.

—Entonces, tú no rezas, porque…

Me reí.

—Rezo, pero no a Alá.

Ella frunció un poco el ceño y me echó una mirada con la que comprendí que nunca me iba a acostar con ella.

—Como ves, puedo matar tantos musulmanes como quiera —dije, sonriendo—. Joder, en mi religión, así es como ayudas a un ángel a conseguir sus alas.

Lo consideré un comentario suave. En el ejército no habría levantado una sola ceja. Y aunque Zara se había puesto rígida y liquidado la conversación algo bruscamente, no pensé que le hubiese molestado especialmente. Pero dos días después me encontraba sentado frente a frente con el asistente especial del presidente por la diversidad y la Inclusión, un hombrecillo orondo con una cabeza de patata encajada sobre unos hombros gordos y mullidos. Ya lo conocía. Como veterano y copto, yo era la cosa más diversa que había en Amherst.

Ni siquiera sabía aún qué era lo que había hecho. El email decía que era posible que hubiese infringido las disposiciones del Código de Honor Estudiantil de Amherst relacionadas con el «respeto por los derechos, la dignidad y la integridad de los demás», en particular en lo tocante al acoso por motivos «que incluyen, con carácter enunciativo pero no limitativo, la raza, el color, la religión, la nacionalidad, la identificación étnica, la edad, la afiliación política o religiosa, la orientación sexual, el género, el nivel económico o la discapacidad física o mental». Eso no me ayudaba a restringir el asunto.

El email me ordenaba presentarme en el despacho del asistente especial a la mañana siguiente, lo que me proporcionaba todo el tiempo necesario para enfervorizarme. Estaba en la universidad gracias a una combinación de la G.I. Bill, el programa Yellow Ribbon y diversos fondos de becas. Si me expulsaban o me suspendían, no sabía qué clase de peligro corría ese dinero. Todo dependía de que yo me mantuviese en «buenos términos con la escuela». Intenté llamar al Departamento de Veteranos, pero me tuvieron tanto rato en espera que acabé estampando el teléfono en la pared. Mientras recogía las piezas, vi la cara de mi padre, sus ojos cansados y su espeso bigote, la mezcla de decepción y de, peor, la aceptación resignada de que aquel era mi destino: convertir toda oportunidad en una deshonra.

Al día siguiente, entré en el despacho del asistente especial. Estaba sentado al escritorio, la cara rolliza plácidamente asentada sobre los hombros, las manos enlazadas, los pósters de las recogidas de juguetes del Ejército de Salvación y las reproducciones de Ansel Adams enmarcadas en la pared a su espalda. Todo esto era previsible. Incluso un punto gracioso. Pero enfrente de él, inclinada hacia delante e ignorando estudiadamente mi entrada, vi a Zara. Eso dolió. No era amiga mía, pero pensaba que nos teníamos un cierto respeto. Y nunca la había tomado por una de esas niñas bonitas y susceptibles que van por el campus como Humpty Dumpty, caminando en la cuerda floja, y a las que una palabra escandalosa les hace perder el equilibrio y les rompe en pedazos su preciadísima identidad. Aún peor: sabía lo que le había dicho, y la impresión que daría.

El asistente especial explicó que aquello no era una «mediación formal», puesto que Zara no había interpuesto una «queja formal». Hablaba en el tono tranquilizador que una madre emplearía para calmar a un niño asustado, pero lo estropeó al añadir que, aunque no había ningún castigo sobre la mesa, si nuestra disputa «tenía que ser llevada hasta el decano de Conducta Estudiantil», las consecuencias podían ser «graves». Frunció teatralmente el ceño para hacerme saber que lo decía en serio.

Ocupé mi asiento, enfrente del asistente especial, al lado de Zara. Si a ella la suspendiesen alguna vez, pensé, no pasaría nada. Volvería con Mamá Profesora y con Papá Letrado durante un semestre, pensaría en lo que había hecho, y luego volvería a la facultad que le estaban pagando. Si me suspendían a mí, mi padre me echaría de casa. Otra vez.

—Bien, Waguih —dijo el asistente especial—. ¿Lo he pronunciado correctamente? ¿Wa-gu? ¿Wa-güi?

—Está bien —le respondí.

El asistente especial me contó cuán en serio se tomaba Amherst los comentarios amenazantes. En particular contra un colectivo que había hecho frente a tanta discriminación en los últimos años.

—¿Se refiere a los musulmanes? —le pregunté.

—Sí.

—Ella es musulmana desde hace como tres días. Yo llevo años enfrentándome a esa mierda.

Me miró con rostro preocupado y luego me hizo un gesto con la mano para que continuara. Me sentí como si estuviese en terapia.

—Soy árabe y viví en Carolina del Norte cuatro años. Al menos ella puede decidir si quiere ser terrorista.

—Los musulmanes no son terroristas —dijo Zara.

Me volví hacia ella, con rabia auténtica.

—Eso no es lo que estoy diciendo. *Escucha* lo que digo.

—Estamos escuchando —intervino el asistente especial—, pero no te estás ayudando demasiado.

Bajé la vista a mis manos y cogí aire. En el ejército yo era un 37F, un Especialista de Operaciones Psicológicas. Si no era capaz de encontrar una OpPsi que me sacara de esta, es que no valía para nada.

Consideré mis opciones: agachar la cabeza o contraatacar. Mi preferencia ha sido siempre la segunda. En Irak, una vez habíamos emitido el mensaje: «Terroristas valientes, estoy aquí esperando a terroristas valientes. Venid y matadnos». Esas cosas te hacen sentir mejor que tumbarte y enseñar la barriga.

—En el ejército teníamos un dicho: la percepción es la realidad. En la guerra, a veces lo que importa no es lo que está pasando realmente, sino lo que la gente cree que está pasando. Los del Sur creen que Grant va a ganar Shiloh, así que cuando este carga, se disgregan y huyen, y Grant, en efecto, gana. Lo que seas no siempre importa. Después del 11-S, todos en mi familia fueron tratados como posibles terroristas. Te tratan en función de cómo te ven. La percepción es la realidad.

—Mi percepción es que me amenazaste —dijo Zara—. Y hablé con algunos amigos míos de Noor y tuvieron la misma impresión.

—Pues claro que se sienten amenazados —le dije al asistente especial—. Soy un veterano loco, ¿no? Pero la única mención a la violencia salió de ella. Cuando me acusó de asesinar musulmanes. —Los ojos del asistente especial giraron hacia Zara. Ella me miró. En cierto modo, yo mentía. En ningún momento había usado la palabra «asesinar». No quería darle tiempo a responder—. A mí me dispararon. Como que mucho. Y vi a gente, sí, tiroteada. Volando por los aires. Pedazos de hombres. Mujeres. Niños. —Estaba cargando las tintas—. Ayudé como pude. Hice lo correcto. Lo correcto según Estados Unidos, en cualquier caso. Pero no son recuerdos agradables. Y que venga alguien a tocarte las narices…

Dejé la frase en el aire y alcé la vista al techo con una mirada de angustia.

—Yo no… —empezó a decir Zara.

—¿No me acusaste de asesinato?

—Te hice una pregunta razonable. Hay cientos de miles de muertos, y…

El asistente especial trató de calmarnos. Le lancé una sonrisa tensa.

—Entiendo por qué lo dijo. Pero… a veces no puedo dormir por la noche. —Eso no era cierto. La mayor parte de noches dormía como un bebé borracho. Percibí una ligera expresión de pánico en la cara del Asistente Especial y seguí por ahí, decidido a escapar de la esquina en la que me habían arrinconado—. Veo a los muertos —dije, dejando que me temblase la voz—. Oigo las explosiones.

—Nadie está siendo irrespetuoso con lo que has pasado —dijo el asistente especial, ahora ya sumido definitivamente en el pánico—. Estoy seguro de que Zara no tenía ninguna intención de faltarte al respeto.

Zara, que un momento antes tenía una furia intensa en la cara, parecía sorprendida y, creo, triste. En un primer momento, pensé que era porque la había decepcionado, verme jugando a eso. No se me ocurrió que tal vez solo estaba sintiendo compasión por mí. Si lo hubiese sabido, me habría molestado.

—Y yo no tenía ninguna intención de amenazarla —dije, sintiéndome muy listo—. Pero el daño estaba hecho.

El Asistente Especial me miró con detenimiento. Parecía estar determinando exactamente cómo de mentiroso era yo antes de decidirse por un camino que lo comprometiera el mínimo posible.

—De acuerdo —dijo, frotándose las manos con un gesto a lo Poncio Pilato—. Bien, un observador racional concluiría que ambas partes tenían amplios motivos para sentirse ofendidas.

—Supongo que eso es justo —respondí, mostrándome más calmado. Estábamos en el terreno de las demandas y reconvenciones. Sentí que pisaba suelo más firme.

Entonces Zara explicó sus inquietudes con una voz ligeramente acobardada. Las «justificadas preocupaciones» de sus hermanos musulmanes y hasta qué punto sentían que debían hacer un frente común y «reaccionar agresivamente contra la intolerancia». Se explicó no como si estuviera presentando su alegato, sino como disculpándose por su reacción desmesurada. Me sorprendió lo que habían hecho mis supuestas noches en vela con su sentimiento de agravio. La chispa que tenía siempre en los debates de clase había desaparecido. Cuando terminó, acepté gentilmente su exposición de razones para sentirse amenazada y le dije que moderaría mis comentarios en adelante si ella hacía lo mismo. El asistente especial se deshacía en gestos de aprobación. «Vosotros dos tenéis mucho en común», nos dijo, y tuvimos que soportar una charla sobre la oportunidad de aprendizaje que nos ofrecía ese momento y sobre cómo, si dejábamos atrás nuestra ira, podíamos aprender mucho el uno del otro. Accedimos a aprender mucho el uno del otro. Y luego me recomendó, encarecidamente, que echara un vistazo a los servicios médicos que podía ofrecer la facultad en relación con mis noches en vela. Le dije que lo haría, y terminamos. Me había librado.

Dejamos el despacho y el Converse Hall juntos, y salimos a la luz del sol. Zara tenía una expresión aturdida. A nuestro alrededor, los estudiantes se dirigían a clase o a desayunar. Dado que aquello era Amherst, había incluso unos cuantos capullos jugando al frisbee o, como decían ellos, «lanzando el disco». La mañana tenía un aire saludable y vibrante que creaba un extraño contraste con lo que había pasado.

Nos quedamos ahí parados un momento hasta que Zara rompió el silencio.

—No lo sabía.

—¿El qué?

—Por lo que habías pasado. Lo siento.

Y sin decir nada más, se alejó, meneando las piernas bajo el vestido y disolviéndose en la luz del sol que llegaba a raudales desde el este.

A medida que se desvanecía, lo hizo también mi alivio por haber evadido el castigo y me quedé a solas con mis actos. Ella me había hecho, tal vez con poca habilidad, una pregunta sincera. Yo no le había respondido más que con mentiras. Y ahora cargaba con toda la culpabilidad que yo le hubiese echado encima. Dejarla con eso, pensé, era cobardía.

Corrí hacia ella, atajando por el césped y apartando a otros estudiantes de en medio, y me planté justo delante.

—¿Qué cojones ha sido eso? —le pregunté.

Claramente, no era algo que se esperara. Toda la mañana, quizás, había sido así. Perturbadora.

—¿Qué? —Negó con la cabeza—. ¿Qué ha sido qué?

—¿Por qué me has pedido disculpas?

Pude notar la rabia en mi voz, y ella me devolvió una mirada de asombro, y quizás algo de miedo. Pero no dijo nada.

—Crees que esa guerra grande y mala me destrozó y me convirtió en un capullo. Por eso crees que dije esas cosas. Pero ¿y si soy un capullo y nada más?

Aun respiraba rápido, consecuencia de la carrera, y estaba cargado de energía. Tenía los puños apretados. Quería caminar arriba y abajo. Pero ella estaba quieta, examinándome, más fría a cada segundo. Y entonces habló.

—Llamarte asesino estuvo fuera de lugar, incluso si eres un capullo.

Sonreí.

—Sabes dónde darme. Está bien. Si no serías aburrida.

—¿Y eso me importa? ¿Si tú crees que soy aburrida o no?

—¿Te has creído esa historia, ahí dentro? —le pregunté—. ¿Pobrecito de mí, en esa guerra tan dura?

Me miró inexpresiva.

—Supongo —respondió—. No lo sé. No me importa. Te pasara lo que te pasara, no me importa.

—Claro que te importa. Me preguntaste.

—Ahora no te estoy preguntando nada.

Nos quedamos mirándonos fijamente el uno al otro, los dos quietos.

—¿Y si quiero contártelo? —le dije.

Se encogió de hombros.

—¿Por qué?

Cogí aire.

—Porque me caes bien. Porque nunca me has tenido ningún puto respeto. Y porque quiero ser sincero contigo. —Señalé hacia el despacho del cabeza-patata en el Converse Hall—. Pero sin esas gilipolleces.

—Así no se le habla a la gente —me dijo—. ¿Por qué le hablas así a la gente?

—Ya sé cómo hay que hablarle a la gente. Me puedo inventar algunas chorradas si quieres. Se me da bien. Pero no quiero mentir. Al menos, no a ti.

—No soy amiga tuya.

Levanté la mano para cortarla.

—Nunca he matado a nadie —le dije. Dejé flotar las palabras un momento, hasta que asintió—. Pero vi morir a alguien. Lentamente. —Se quedó inmóvil—. Me gustaría contártelo.

No estaba manipulándola con OpPsi, así que no sabía cómo iba a reaccionar. Y si lo estaba haciendo, porque uno siempre ejerce algún tipo de presión, hasta cuando se expone tal cual es, entonces era la maniobra menos consciente de que era capaz.

Hubo un largo silencio.

—¿Por qué crees que querría que me lo contaras?

—No lo sé —respondí.

Pero dejé ver, en mi cara, que era importante para mí. Las OpPsi funcionan mejor cuando van en serio.

Hubo otro largo silencio.

—Está bien —dijo, haciendo un gesto con las manos—. ¿Qué pasó?

Miré alrededor, a la luz del sol y los estudiantes. Pantalones caquis y polos. Shorts y sandalias.

—Aquí no. Esta es una conversación para tenerla sentados. Yo no voy y le cuento estas cosas a cualquiera.

—He de desayunar. Y luego tengo clase.

Pensé un momento.

—¿Has fumado shisha alguna vez? Ya sabes, cachimba. A los musulmanes les encanta esa mierda, ¿no?

Puso los ojos en blanco y soltó una risita.

—No —respondió, y supe que vendría.

Después de las clases, volví a mi apartamento y saqué la cachimba al porche. Me senté en el sofá desastrado, contemplé la calle y esperé.

Cuando llegó, diez minutos tarde, yo ya tenía el carbón calentando. Zara había tenido todo el día para darle vueltas, y se la veía intranquila y un poco recelosa mientras se acomodaba en la silla, con la postura rígida de alguien que no tiene intención de quedarse mucho rato.

Le pregunté si quería tabaco con sabor a rosa o a manzana, y cuando respondió «rosa», le dije que el de manzana era mejor, y ella puso los ojos en blanco y elegimos ese. Le expliqué las reglas de la cachimba —no apuntar a nadie con la boquilla, no usar la mano izquierda—, y mientras sacaba el tabaco me dijo:

—Bueno. Querías contarme una historia.

—Sí, y tú quieres oírla.

Sonrió.

—La posesión de una cachimba va en contra del Código de Honor Estudiantil —me dijo—. Se considera «parafernalia relacionada con las drogas».

—Es evidente —respondí— que no sigo el Código de Honor Estudiantil.

La cachimba estaba lista. Le di un par de caladas y retuve el humo en los pulmones antes de soltarlo. Tenía un sabor dulce y pasaba suave, me relajó.

—¿Sabes? Técnicamente, ni siquiera lo vi morir. Pero eso fue lo que sentí.

Zara no dijo nada. Solo me miró, así que le pasé la pipa y dio una calada.

—Es dulce —dijo, soltando el humo con sus palabras.

Dio otra calada y dejó que una voluta ondulara lentamente sobre sus labios. Luego colgó de nuevo la manguera, apuntando la boquilla lejos de nosotros.

No sabía cómo empezar, lo cual no era habitual. Había contado esa historia antes. En bares, la mayoría de las veces, y entonces todo giraba en torno a la escena apoteósica, a la muerte. Pero era una muerte entre cientos de miles. No significaba nada para nadie, salvo unas pocas personas. Yo. La familia de aquel niño. Tal vez, creía, Zara.

Necesitaba una base. Comencé, como se hace en el ejército, con la orientación geográfica. Le hablé de Manhattan Este, que era un sector de Faluya al norte de la carretera 10. Unas semanas antes, los marines del 3/4 habían hecho un barrido en el vecindario, saltando de azotea en azotea y despejando las casas mientras miles de civiles huían de la ciudad y la desorganizada resistencia intentaba dar con algún tipo de plan. Gran parte del combate tuvo lugar el domingo de Pascua, lo que a todo el mundo le pareció significativo, incluso a mí. 2004 fue la tercera vez en mi vida que recuerde en que la Pascua estadounidense cayó el mismo día que la Pascua copta, y me pasé el día viendo cómo explotaba una ciudad.

Pero entonces el combate se suspendió y los del 3/4 acabaron apostados en casas convertidas en posiciones defensivas, disparando a insurgentes. Cada cuatro casas había un equipo de francotiradores. Al comienzo del sitio, mataban una docena al día.

Intenté transmitirle a Zara el sentir de la ciudad: no solo el polvo y el calor y el terror, sino también la excitación. Todo el mundo sabía que el hacha iba a caer, la única cuestión era cuándo y cuántos morirían.

—Cada noche, las mezquitas lanzaban a todo volumen los mismos mensajes por los altavoces del adán. «América está trayendo a los judíos de Israel para robar la riqueza y el petróleo de Irak. Ayudad a los guerreros santos. No temáis la muerte. Proteged el islam.»

Como OpPsi, le conté, parte de nuestro trabajo era contrarrestar esos mensajes. O, como mínimo, tocarles las narices a los insurgentes y asustarlos. Explicarles que el islam era una religión pacífica no tenía muchas posibilidades de funcionar, pero decirles: si nos das por saco está claro que te matamos, quizá convenciera a algunos para calmarse.

Le conté que acostumbrábamos a salir en un Humvee forrado de altavoces para escupir nuestra propia propaganda. Repartíamos amenazas, promesas y un número de teléfono para que la gente de allí llamara y nos informara de actividades insurgentes. Nos disparaban siempre. No le expliqué cómo te sientes escondido en un vehículo con nada más que tu voz mientras te disparan, indefenso y enfadado; tu seguridad en manos de machacas de infantería. Solo le dije que odiaba aquellas misiones.

La mañana en que vi a alguien morir, teníamos intención de salir de nuevo con los altavoces, así que hicimos una parada detrás de un edificio controlado por el 3/4. Cuando llegamos allí, nos dimos cuenta de que los altavoces no funcionaban. Mi sargento, el sargento Hernandez, estuvo trasteando con ellos lo mejor que pudo.

Cuando sonaron los disparos, la intensa ráfaga de la 240G de una sección de ametralladoras de los marines, yo estaba en el edificio, de pie en el umbral. El ruido me hizo volver la cabeza, y al otro lado del pasillo vi a los marines que habían disparado. Estaban desplegados por la habitación que había enfrente de mí, escondidos entre las sombras en la parte de atrás y cubriendo sus campos de tiro a través de las ventanas rotas en la parte de delante. Parecían muy tranquilos. Quien fuera que hubiese muerto seguramente ni siquiera llegó a saber que los marines estaban ahí. No oí que llegara ningún disparo de AK.

—Los disparos de las ametralladoras eran parte del día a día —empecé a decir, pero sonaba muy a tipo duro. Quería ser honesto, así que dije—: La verdad es que me ponía de los nervios, oírlos tan cerca y no poder ver nada, solo a los marines.

Recuerdo que oí una voz que venía de una puerta al otro lado de la habitación, diciendo: «Listo», y luego la respuesta de un marine negro y delgado con galones de cabo y un trozo tan grande de tabaco de mascar en la boca que parecía que fuese deforme. «Sí —dijo—, se va a borrar seguro.»

El de la ametralladora era un marine bajito y robusto, y no dejaba de decir «Le he dado, le he dado», como si no pudiera creérselo. El marine negro y delgado escupió y dijo «Dile a Gomez que ahora nuestra sección está al cien por cien». Eso significaba que todos los hombres de su sección habían matado a alguien. Lo que a su vez significaba que aquel marine bajito y robusto acababa de hacerlo por primera vez.

—Y los marines creen que eso es algo bueno —dijo Zara.

—Por supuesto —respondí, aunque me di cuenta de que estaba simplificando.

El cabo no le había dado mucha importancia, y dio incluso la impresión de que le parecía desagradable, pero también había un marine larguirucho en la esquina más alejada del cuarto que estuvo asintiendo con la cabeza y sonriendo al marine bajito con aprobación.

Miré al cielo desde el porche. La luz del día se había atenuado. Estábamos en esa última hora de sol en la que todo el mundo se ve como la mejor versión de sí mismo.

—Y entonces, el marine bajito me vio, con mi uniforme del ejército. Y gritó: «¡Eh! ¡OpPsi!». El chico estaba hasta arriba de adrenalina. Se notaba. Tenía la cara roja. Me llamaba. Y yo no pintaba nada ahí, viendo de pasada a aquellos marines y su… no sé… momento privado.

—¿Momento privado? —preguntó Zara con curiosidad.

—Su último hombre haciéndolo al fin.

—Haciéndolo al fin —dijo, imitando mi voz—. ¿Qué? ¿Quieres decir que era un asesino virgen?

—Ni siquiera tú crees que eso sea asesinato. Eres más lista que eso.

Suspiró sin replicar nada, así que seguí contándole que el marine bajito y robusto tenía los ojos abiertos como platos, su cara en algún punto entre el terror y la excitación, y hacía gestos hacia el visor como diciendo, echa un vistazo. Algo a medias entre un ofrecimiento y un ruego.

El escuadrón estaba usando miras térmicas porque con las marcas de calor era más fácil diferenciar las leves sombras de los perros del blanco brillante de los humanos. Le conté a Zara que entré en aquel cuarto, que no era mi sitio. Le conté que el cabo me miraba fijamente, como si no me quisiera ahí, y que lo ignoré y eché un vistazo a través de las ventanas rotas. El cielo de la madrugada estaba negro. Uno o dos toques de violeta cruzaban el paisaje, pero por lo demás Faluya era una masa oscura e indiferenciada.

Me arrodillé al lado del marine bajito y miré por el objetivo, y entonces el skyline cuadriculado de Faluya se desplegó ante mí con las gradaciones grises y negras del calor. Algunos edificios tenían arriba una cisterna de agua, o un tanque de combustible, y se veía cuánto líquido había dentro porque la línea de frío del agua al otro lado del metal estaba inscrita con una fina franja de gris. Pocos días antes, los marines que habían despejado las casas dieron con piedra en un edificio lleno de muyahidines que tenía una cisterna de combustible, justo como aquella. Dispararon para agujerearla, esperaron hasta que el combustible se hubo escurrido por toda la casa y le prendieron fuego con todos los muyais dentro. Me pregunté cómo debió de ser, visto a través de esa mira. Un montón de blanco, supongo.

Más cerca, justo enfrente de mí, había un tramo abierto de carretera y de campo y un revoltijo brillante de brazos y piernas tendido a seis metros del edificio más cercano. Había una franja negra a lo largo que debía de ser el fusil, y vi que, claramente, el pobre desgraciado no había disparado un solo tiro. Un fogonazo habría calentado el cañón, pero no se veía más que negro frío junto al calor blanco del cuerpo.

—¿Cómo es que miraste? —me preguntó Zara.

—¿Quién no miraría?

—Querías ver. —Su voz era dura, acusadora—. ¿Cómo es que miraste?

—¿Por qué estás tú aquí, escuchando esta historia?

—Me pediste que viniera. Querías contármela.

Era complicado explicarle que quería y al mismo tiempo no quería ver, y lo claro que estaba que el marine bajito no quería. Fue una mezcla de voyerismo y de amabilidad lo que me llevó a ceder y a mirar por el visor. Y una vez puse el ojo en la mira, el cabo negro y delgado me dijo que vigilara cómo moría la marca de calor, cómo aquel punto de calor se disolvía en la temperatura ambiente. Me dijo: «Entonces es cuando registramos oficialmente la muerte».

Unos chicos en monopatín pasaron por la calle, delante de Zara y de mí. Parecían jóvenes. Chicos de instituto, seguramente. Y de allí, sin duda. Uno se olvida de que no todo el mundo en Amherst es universitario. No tenía ni idea de adónde podrían estar yendo aquellos chicos, y esperamos hasta que pasaron y el sonido de las ruedas desapareció. Entonces continué:

—Va lento. Miraba durante un segundo, y luego otra vez, para intentar pillar algún cambio. El cabo seguía atento a las puertas, como si le preocupara que un marine de mayor rango me viese ahí y nos echase una bronca a todos. El marine bajito no dejaba de decir: «Está muerto. Se va a borrar seguro», pero yo no sabía distinguirlo, así que extendí los dedos y los puse delante de la lente. Creaban una mancha ardiente, resplandecían de blanco contra los grises del fondo. En la mira térmica no hay colores, pero no es como una película en blanco y negro. Rastrea el calor, no la luz, así que todo, los matices, los contrastes, queda fuera de un modo extrañísimo. No hay sombras. Todo está claramente definido, pero equivocado. Y pasaba esos dedos de un blanco brillante por la mira, y eran mis dedos, pero extraños y desconectados. Los pasaba por delante del cuerpo y trataba de comparar.

—¿Y…? —preguntó Zara.

—Me pareció ver que se retorcía. Di un salto atrás y eso puso a todos los marines alerta, y al cabo gritándome para que le dijera qué estaba viendo. Cuando les dije que el cuerpo se retorcía, no me creyeron. El marine bajito se puso de nuevo al visor, diciendo «No se mueve. No se mueve», repitiéndolo una y otra vez, y el larguirucho preguntó si tenía que salir a tratarle las heridas al moro. Pero el cabo dijo que el cuerpo seguramente solo se estaba asentando. Soltando gases o algo. —Bajé la vista a mis manos—. El marine bajito estaba enfadado, todos lo estaban, y conmigo.

—¿Estaba vivo? —preguntó Zara.

—¿El cuerpo? Si lo estaba, no fue por mucho tiempo. El marine bajito me volvió a poner al visor y se veía más oscuro. Eso fue lo que les dije. Y el cabo le dijo al marine bajito que había hecho bien, mientras yo miraba por el visor y trataba de ver cómo la vida escapaba de él. O el calor, supongo. Pasa tan despacio… Le pregunté varias veces al marine bajito si quería mirar él, pero no quiso. Era un marine atípico. La adrenalina se estaba yendo, se había quedado solo con sus actos y no quería mirar.

Contemplamos un momento el atardecer.

—Así que ahora lo llevas tú —dijo Zara.

—¿Qué quieres decir?

—Tú lo viste morir.

—Solo la marca de calor.

—Ahora lo llevas tú —repitió—. Se lo quitaste a él para que no tuviese que mirar.

No dije nada. No habíamos usado la cachimba en un rato, así que cogí la manguera y empecé a aspirar humo en los pulmones.

—Y ahora me lo cuentas a mí. ¿Por qué me estás contando esto?

Solté el humo.

—Tú me preguntaste que cómo podía matar a mi pueblo.

—¿Y qué?

Dejé la manguera y ella la cogió. No tenía una verdadera respuesta que darle, y ahora que ya le había contado esa historia, no sentía que le hubiese contado nada en absoluto. Creo que ella también lo sabía, que la historia no había sido suficiente, que faltaba algo y que ni ella ni yo sabíamos cómo encontrarlo.

—¿Quién crees que era? —preguntó.

—¿A qué te refieres?

—El tipo al que disparó el marine.

—Un chico —respondí, encogiéndome de hombros—. Una muerte estúpida. Para prevenir esas cosas era para lo que estábamos allí.

Soltó el humo de un modo lento y sensual, pero tenía una expresión preocupada.

—¿A qué te refieres, «prevenir»?

—Yo era un OpPsi —le expliqué—. Operaciones Psicológicas. Debía decirles a los iraquís cómo evitar que los matasen. Y hablaba el idioma, así que era yo el que se oía por los altavoces, no un intérprete.

—Claro. Te criaste en árabe.

Negué con la cabeza.

—Árabe egipcio. Los culebrones y las películas hacen que muchos no egipcios lo entiendan, pero aun así, es distinto.

Zara asintió.

—Ya lo sabía.

—El ejército no. Mi unidad pensó que le había tocado el gordo. Ni siquiera hacía falta enviarme a la academia de idiomas… Intenté explicarles que deberían, pero entonces el sargento Cortez volvió de Monterrey hablando árabe moderno y me di cuenta de que en el Ejército de Estados Unidos el retraso mental era un problema generalizado.

—¿Y qué, aprendiste iraquí por tu cuenta?

—Sí, con algunos libros que me prestó un amigo de oficina de mi padre. Y salía ahí y les decía a los iraquís cómo eran las cosas. Los imanes estaban allí alborotando a la gente, diciéndoles que lucharan contra nosotros. Y los adolescentes se tragaban esa mierda. Tenías un montón de chicos sin entrenamiento militar que habían visto demasiadas películas de acción americanas y que intentaban ir de Rambo. Era una locura. ¿Un chico sin entrenamiento contra un escuadrón de marines apostados en posiciones camufladas y con campos de tiro delimitados?

—Pero eso va a pasar seguro si mandas a un ejército sobre una ciudad.

—Intentábamos limitar los daños. Los generales tuvieron unas cuantas reuniones con los imanes y los jeques para decirles: «Dejad de enviar a vuestros putos niños idiotas contra nosotros, los vamos a matar», pero no cambiaba nada.

—A sus ojos, el problema no eran los niños.

—Las cosas eran una locura en aquel entonces. Y estábamos cargándonos la ciudad.

—He leído que murieron cientos, tal vez miles de civiles.

—Hubo propaganda en los dos bandos. Pero yo estaba intentando ayudar a la gente para que no la mataran. Y no todos eran chicos.

—Pero muchos lo eran.

—Algunos. El que yo vi borrarse era un cuerpo pequeño. Cuesta saberlo. Pero siempre pienso: era uno de los que yo debía salvar.

—¿Salvar? —dijo Zara—. ¿Convenciéndole de que no se enfrentara a los soldados que estaban invadiendo su hogar?

—Sí —respondí, riendo—. Era una gilipollez. Los marines se sentaban ahí a esperar, a ver si algún muyai tonto montaba un ataque suicida. Nadie quiere ser ese tío del escuadrón que no ha matado a nadie, y nadie se alista en el Cuerpo de Marines para no apretar el gatillo.

Zara asintió.

—Yo no me alisté en el ejército por eso —le dije.

—Entonces ¿por qué te alistaste?

Me reí.

—¿«Sé todo lo que puedes ser»? No lo sé. Ese era el eslogan cuando yo era pequeño. Y luego fue «Un ejército de uno», que nunca comprendí, y luego «Ejército fuerte», que es tan buen eslogan como pueda serlo «Fuego caliente» o «Snickers deliciosos» o «Herpes malo». Sería mejor eslogan «No puedes permitirte la universidad sin nosotros».

Zara parecía estar evaluándome, decidiendo qué quedarse de lo que le había contado. Me incorporé y fumé y no dije nada. Finalmente, se recostó en la silla y me lanzó el tipo de mirada directa que utilizaba en clase antes de despedazar a alguien.

—Pues esta es tu historia —dijo—. La historia que querías contarme. ¿Y ahora qué?

Me encogí de hombros.

—¿Les cuentas esta historia a otras chicas?

—Estoy siendo sincero —le dije—. No soy sincero con otras chicas. Me quita puntos.

Negó con la cabeza.

—¿Dices que te alistaste por la universidad? No te creo. —Y luego, imitando mi voz—: Nadie se alista en el ejército para no apretar el gatillo.

—No tienes ni idea de por qué la gente se alista en el ejército —le dije, y las palabras sonaron más rabiosas de lo que quería—. Ni puta idea.

Sonrió y se inclinó adelante, disfrutando de mi enfado. Era ella, la antigua Zara.

—Sé lo que piensas —le dije—. Me conozco a los de tu clase.

—¿Mi clase? ¿Quieres decir los musulmanes?

—¿Por qué todo tiene que ir sobre los musulmanes, contigo?

—Sé que no te gustamos.

—Eso no es verdad.

—Decimos las cosas por un motivo —dijo, negando con la cabeza.

Suspiré.

—A mí me han odiado como si fuera musulmán. La última vez que mi padre me pegó fue después de que un niño del colegio me llamara «moro negrata».

—¿Qué? ¿Que tu padre te pegó a ti?

—Por cómo respondí. La pelea… —Me detuve un momento, intentando encontrar la manera de explicárselo—. Mira, yo fui a un bonito instituto del norte de Virginia, en una ciudad demasiado cara para nosotros. Mi padre nos llevó allí cuando terminé la primaria. Quería que tuviera la mejor educación. Lo cual era genial, supongo, aunque nunca encajé de verdad.

»Se acabó montando mucho lío en torno a la pelea, porque un profesor había oído al niño llamándome «la palabra que empieza por n». Eso fue después del 11-S, y no era ese tipo de ciudad, ¿sabes? No se veían así. Se convirtió en un gran incidente, y fui objeto de una gran compasión, porque era árabe, y por el 11-S, y por lo que me había dicho. Sentí rabia. No me gusta dar pena.

—¿Qué le hiciste a aquel niño?

—Le grité algunos insultos.

—No es mucha cosa, ¿no?

—A mí padre no se lo pareció. Por eso me pegó. Porque no me peleé con el niño que me había insultado, a mí, y por extensión, a toda nuestra familia. O a lo mejor solo estaba cabreado porque el director del instituto parecía creer que éramos musulmanes.

Zara bajó la vista y jugueteó con el pañuelo de la cabeza.

—Mi padre cree que el islam es la religión de los negros pobres. Dice que la gente pensará que la adopté en la cárcel.

—¿Por eso te convertiste? ¿Para cabrear a tu padre?

Ella suspiró y negó con la cabeza.

—Entonces ¿por qué? —pregunté.

—Estoy aprendiendo el por qué —respondió—. La práctica me enseña.

—¿Y la ropa? Todo el… —Hice un gesto con las manos hacia ella.

Se tocó el pañuelo.

—Forma parte del compromiso —dijo, con voz queda—. ¿Qué fue lo que le dijiste al asistente especial? ¿La percepción es la realidad?

—Sí.

—Llevando esto, la gente me trata como si hubiera hecho un cambio en mi vida. Que lo he hecho. —Sonrió—. Y eso cuenta.

—En el ejército, eso es parte del motivo de que te den un uniforme.

Ella asintió y nos quedamos en silencio de nuevo. Podía sentir cómo se alejaba. Cómo su mente, tal vez, vagaba hacia otros temas. Sabía que no había logrado comunicar. Desde luego que no. No sabía qué quería decirle, solo que le diría cualquier cosa con tal de que siguiera escuchando.

El silencio se volvió incómodo, luego agonizante. Me miró, el cuerpo estaba relajado pero tenía los ojos clavados en los míos. Palabras, pensé, cualquier palabra servirá. Si estuviese seduciéndola sabría qué decir.

Ella rompió el silencio.

—Le dijiste al asistente especial que las cosas se pusieron feas, para ti y para tu familia, con el 11-S. ¿Es verdad eso?

—Sí —le respondí, aliviado de que estuviésemos hablando—. Si vieras a mi madre pensarías que es blanca, pero mi padre es diferente. Tiene la piel más oscura que yo, y lleva ese rollo del bigote a lo dictador árabe… Es clavado a Sadam Husein.

—¿Clavado? ¿En plan, que podría ser su doble? —Se inclinó hacia mí. Ese sencillo movimiento, la expresión física de interés, me excitó—. Es decir, ¿pensarías eso si tu familia siguiera viviendo en Egipto?

Me reí.

—Se parecen mucho, especialmente con bigote. Y no tiene intención de afeitárselo. Es una cosa de hombres.

—Y eso generó problemas.

—Algunos. Es muy tozudo. Y se convirtió en míster Überamérica. Tenía banderas ondeando en casa, y pegó imanes de «Apoya a nuestros soldados» por todo el parachoques del coche. Aunque tampoco es que eso cambiara en nada la pinta que tenía. O la pinta que teníamos todos, con nuestros nombres árabes, cuando pasábamos por el control de seguridad del aeropuerto.

—Me lo puedo imaginar.

—No, no puedes. Porque cuando se lo llevaban aparte para cachearlo manualmente, él les decía, en voz alta, para que lo oyese todo el mundo: «Ya sé que os dan mucha caña, chicos, pero quiero que sepáis que apoyo lo que estáis haciendo. Estáis protegiendo nuestras libertades americanas». −Zara negó tristemente con la cabeza−. Y mi madre…, Dios. Ella venía de un universo totalmente distinto del de mi padre. Copta, sí, pero no el tipo de copta que tiene familia en Ciudad Basura.* Creció rodeada de amigos musulmanes, incluso uno judío; niños ricos que leían a Fanon y discutían de política radical antes de dejarse de tonterías y casarse entre ellos. Pero mi madre era más radical que todos. Más radical que mi abuela, incluso, que era una comunista declarada antes de la Guerra de los Seis Días. Se casó con mi padre. ¿Y luego él va y monta ese numerito de las Libertades Americanas? Pensé que mi madre lo mataba, la primera vez que lo hizo. Esa mierda casi rompe su matrimonio.

−¿Cómo es que no fue así?

−Ella es religiosa.

Zara sonrió.

−¿Qué te pensabas?

−Yo tenía diecisiete años −le dije−. Tienes que entenderlo… Mi padre estaba ahí cuando murió su primo. A él mismo le dieron una buena paliza. Y, entonces, esa gente que mi padre llevaba toda la vida diciéndome que era mala cabreó en serio a mi país. Y las historias que me había contado dejaron de ser gilipolleces. Mi padre, a ver, el hombre nunca había dado una mierda por mí. No es un tío muy cariñoso.

−¿Lo del ejército fue una manera de hacer que se sintiera orgulloso?

Hice una mueca. No sonaba tan bien, viniendo de su boca.

−Para sentirme orgulloso yo. Pero parte de ello estaría en sus ojos.

−Imagino que el tema árabe se puso peor en el ejército.

* Barrio de El Cairo, de mayoría copta, que funciona como vertedero y en el que la población se dedica casi en exclusiva al tratamiento de los residuos que llenan hasta el último rincón de las calles. *(N. de la T.)*

—No, para nada. Pero sí que era más directo. —Me reí—. Un instructor de adiestramiento, durante la inspección, me preguntó qué haría yo si mi hermano se uniera a Al Qaeda. ¿Le pegaría un tiro en la cara? ¿A mi propio hermano?

—Es terrible.

—Soy hijo único. Pero le dije que sí. El entrenamiento básico no es lugar para sutilezas.

—¿Y los demás reclutas?

—Había uno, Travis. Tenía un tío que trabajaba en la construcción, y cuando Travis se alistó en el ejército, el tío comenzó a negarse a trabajar con una familia de electricistas musulmanes. En honor a Travis.

—He oído historias de esas —dijo Zara—. De hecho, he oído historias mucho peores.

—Travis me lo contó y luego se puso como: «¿Qué vas a hacer al respecto, marica?».

—¿Qué hiciste?

—Le dije que yo no era musulmán. Ni gay. Está bien tener esa carta en la manga cuando te encuentras con estos rollos.

—No sé si podría combatir para una organización que me tratara así.

—Lo estás mirando de la forma equivocada —le dije—. Esa mierda son solo personas. No era alienante. Esto —hice un gesto con la mano hacia la universidad— sí es alienante. Todos esos niños especiales con sus futuros brillantes. Mira, si Travis era la clase de tío que muere por sus compañeros, y puede que lo fuera, creo que lo habría hecho por mí igual que por cualquier otro que llevara el uniforme del Ejército. Que me odiara, y que yo odiara a ese tocahuevos ignorante, bueno, hay circunstancias que están por encima de los sentimientos personales.

—Las circunstancias eran una guerra. En la que el Ejército iba a matar a toda esa gente con la que te confundían a ti. Y tú podrías mirar.

Puse los ojos en blanco, aunque estaba más enfadado de lo que dejé ver. Así que cogí la cachimba y fumé un rato en silencio. La ventaja de la cachimba es que esos momentos sirven de algo. Puedes hacer aros de humo. Puedes actuar, y no decir nada. Puedes pensar.

Zara ni parecía darse cuenta de que aquella conversación no era como en clase, donde soltábamos chorradas sobre teoría política. Esto importaba. Y cada vez que me contradecía con sus suposiciones resabidas sobre quién era yo y por qué hice lo que hice, me ponía de los nervios. Me entraban ganas de cerrar la boca y odiarla. Odiarla por su ignorancia cuando estaba equivocada, y odiarla por su arrogancia cuando tenía razón. Pero si quieres que te entiendan, tienes que seguir hablando. Y esa era la misión. Hacer que me comprendiera.

—Cuando terminé el adiestramiento básico —continué—, mi padre estaba más orgulloso que nunca de mí. Llegados a ese punto, se pasaba todo el día escuchando a Limbaugh, a O'Reilly y a Hannity, y mi madre había impuesto la norma inamovible de que no le estaba permitido hablar de política en casa. Afganistán, por entonces, parecía haber sido un completo éxito, y Bush estaba presentando argumentos para ir a Irak.

—Lo recuerdo —dijo Zara. Dejé la pipa y ella la cogió.

—Yo había estado en Fort Benning, pasándolas putas. Hacía calor, era terrible, me habían gritado y hecho entrenar hasta quedar medio muerto. No había visto a mi padre en meses. Pero había imágenes de Sadam por todas partes. En la tele. En los periódicos. —Cogí aire—. Y ahí estaba. La misma cara. La misma constitución. Hasta tenía los mismos putos andares de gallito. Y luego, el bigote.

—Entonces lo viste.

—Y vi a Sadam. O sea, también vi a mi padre. Pero todo el mundo, mi pelotón, los instructores, todos sabían qué parecía.

Zara soltó el humo.

—Lo viste a través de los ojos de ellos.

—A través de los míos.

—Pero tal y como lo veían ellos… Y, tal vez, ¿tal y como te veían también a ti, en parte?

–Me pregunto si él lo sabía –le dije–. No hablamos mucho, pero, me lo pregunto. Es decir, el tío es un capullo. Lo es y punto. Pero me pregunto si en el fondo, más allá de la política, si ese bigote era un que-os-jodan gigantesco. Tal vez no a Estados Unidos, pero sí a los estadounidenses, ¿entiendes? A todos esos capullos temerosos de Dios que van hablando de Jesús pero no saben que el verdadero cristianismo es el de la Iglesia copta.

–Mi padre es diácono –dijo Zara–. Pero no es muy buen hombre. Tardé mucho tiempo en darme cuenta…

–Y yo… Yo estaba ahí por él. Cuando me abrazó y me dijo lo orgulloso que estaba de mí, algo que no había hecho ni cuando me gradué en el instituto, me lo tragué. Licenciarse del básico es todo un acontecimiento. Con toda la pompa. Uniformes y banderas y todo el mundo diciéndole a todo el mundo una y otra vez lo valientes que éramos, qué patrióticos, y qué estupendos estadounidenses. Es imposible resistirse a cientos de personas que se sienten orgullosas de ti. Imposible. Y entonces mi padre, como si no fuera más que un comentario de pasada, me pregunta «Bueno, y cuando te alistaste, ¿por qué no escogiste infantería?», y el sentimiento estalló como una burbuja.

–¿Qué hiciste?

–Nada. Ahora estaba en el Ejército. Comencé el entrenamiento. Me llegaban paquetes de provisiones de mi madre, emails patrióticos de mi padre. Me enviaba powerpoints con fotos de soldados, o chistes y discursos sobre soldados en los que hablaban de ellos como si cagaran oro. Yo tenía dieciocho años. Me lo tragaba todo. Pero también estaba aprendiendo cómo hacer propaganda en las clases, y era raro de cojones.

»Teníamos un instructor que se pasó una clase contándonos toda la publicidad que se había utilizado para que nos alistásemos en el ejército y lo tontos que éramos por haber caído. Decía: «Amo el ejército, pero menuda gilipollez de anuncios». Estaba obsesionado con hacernos reconocer la propaganda que hay en la vida civil para que pudiéramos usar las mismas técnicas en la guerra. Decía: «La vida real no encaja en una pegatina para el coche, así que recordad: si decís demasiado la verdad, nadie os creerá».

–No creo que esa sea la manera de verlo.

–Ya, bueno, tenía razón. En Irak, les contamos un montón de verdades y un montón de gilipolleces a los iraquís. Algunas de las gilipolleces funcionaron realmente bien.

–Es extraño que alguien se gane la vida con eso –dijo Zara–. Oyes la palabra «propaganda» y piensas en aquellos carteles de la Segunda Guerra Mundial. O en la Rusia estalinista. Algo de otra época, antes de que nos volviéramos sofisticados.

–La propaganda es sofisticada. No consiste solo en panfletos y carteles. Como especialista OpPsi, como cualquier cosa en el ejército, formas parte de un sistema armamentístico. El lenguaje es una tecnología. Me enseñaron a usarlo para incrementar la letalidad de mi unidad. Al fin y al cabo, el ejército es una organización construida en torno a matar gente. Pero yo no era como un soldado de infantería. No podía ver al enemigo como si no fuera más que un enemigo. Un moro. Un chinarro. Un tipo malo que anda buscando un tiro. Tenía que meterme dentro de su cabeza.

La noche se había impuesto mientras hablábamos, y la luna llena colgaba baja en el cielo. Las calles estaban tranquilas. Me sentía más cerca de ella porque me había escuchado, y se lo había contado todo tal cual, en general, con el mínimo artificio. Eso hizo que quisiera ir más lejos, pero iba a requerir una cuidadosa presentación.

–¿Sabes? Antes te mentí. Un poco.

–¿En qué?

–Sí que maté a gente.

Zara se quedó inmóvil.

–No le disparé a nadie, pero desde luego fui el responsable.

Dejamos que las palabras flotasen un momento en el aire.

–La última persona a la que le conté esto fue a mi padre. Fue lo que hizo que me echara de casa.

Zara se miró las manos, enlazadas frente a ella, y luego levantó la vista hacia mí. Sonrió un poco.

—Bueno, yo no podría hacer que te echasen de aquí aunque lo intentara.

—Y lo has intentado.

—No era una queja formal —dijo, negando con la cabeza—. Mis amigos querían que presentara una queja formal, pero lo único que quería yo era obligarte a escuchar. No se te da demasiado bien eso.

—Lo siento. De verdad.

Se encogió de hombros.

—Cuenta.

—Estaba en la batalla de Faluya. Hicimos un montón de locuras, allí. Poníamos tralla solo para joder a los muyais. Eminem a todo volumen, y AC/DC y Metallica. Especialmente cuando intentaban coordinarse a través de sus propios altavoces. Poníamos tralla para ahogar sus emisiones, para perjudicar su mando y control. A veces, íbamos hasta una posición y poníamos la risa de Depredador. ¿Has visto esa peli alguna vez?

—No.

—Es una risa profunda, escalofriante, maligna. Ni a los marines les gustaba. Siempre estábamos con algo. Y los muyais también ponían cosas. Oraciones y canciones. Hubo una con la que me partí la caja. Era como: «Luchamos bajo el lema "Allahu Akbar". Tenemos una cita con la muerte y nos van a cortar la cabeza».

—Muy poético.

—Era horrible. Había tiros y explosiones y las mezquitas emitiendo mensajes y música árabe a todo volumen y nosotros con Drowning Pool y Eminem. Los marines empezaron a llamarlo Lalafaluya. Un festival de música traído del infierno.

—En una ciudad llena de gente.

—Pero no era solo la música. Los marines competían a ver a cuál se le ocurría el insulto más fuerte. Y luego íbamos y los gritábamos por los altavoces, y nos metíamos con los insurgentes escondidos hasta que salían corriendo de las mezquitas, cabreadísimos, y los masacrábamos.

—¿De las mezquitas?

—Estás ahí, en esa ciudad de locos, hay muerte por todas partes, y ves que un teniente va a sus hombres y, como si fuera la cosa más seria del mundo, les pregunta: «¿Probamos con el "Les chupáis la polla a vuestras madres" o mejor "Os folláis perros y coméis mierda de niño"?».

—¿En serio? ¿Salían de las mezquitas? —preguntó de nuevo.

—Claro. ¿Qué? ¿Estás de coña?

Zara negó con la cabeza.

—Bueno, ¿y cómo mataste a gente?

—Los insultos… —respondí—. De todo lo que hicimos, eso fue lo que dio mejores resultados. O sea, los muyais cargaban y nosotros oíamos cómo los marines los acribillaban. El sargento Hernandez lo llamaba «ese rollo de la trampa mental jedi».

—Vale.

—Es brillante.

—A no ser que el típico matón de patio de colegio sea brillante, no, no lo es. Pero entiendo por qué funcionaba.

—Funcionaba casi demasiado bien. Nos pasamos los dos meses siguientes intentando que los mismos tocahuevos a los que habíamos mosqueado dejaran de cargar, porque muchos de ellos no eran más que adolescentes. A los marines no les gusta matar niños. Les jode la cabeza.

—¿Y a ti?

—Yo me siento bien con lo que hice.

—No. O, si no, ¿por qué cuentas estas historias?

—¿Quién eres tú? ¿Mi terapeuta?

—A lo mejor. Esa es la sensación que da.

—Joder a los insurgentes salvó vidas en Faluya. Y seguramente salvé vidas después, contando la verdad sobre lo que pasaría si nos tocaban las narices.

—Entonces ¿eso es por lo que te echaron de casa? ¿Por salvar vidas?

—No. No por salvar vidas. —Me detuve, y luego comencé de nuevo—. Fue por Laith al-Tahweed. Si maté a alguien, fue a ese tío.

Zara no dijo nada. Cogí la cachimba, di una calada y no salió nada. Los carbones se habían apagado. Estaba nervioso, a pesar de que se había portado bien conmigo. Con paciencia. Pero si seguía hablando y se lo contaba, no sabía si lo entendería. O, mejor dicho, no sabía si lo entendería como yo, que era lo que yo buscaba realmente. No compartir algo, sino quitármelo de encima.

—Cuando volví, no hubo grandes ceremonias. Si no formas parte de un batallón, regresas a casa en un avión con otra gente de aquí y allá, soldados de diferentes especialidades. Hice todos los trámites de la reasignación, y me fui para casa.

Me miré las manos, y luego de nuevo a Zara. No sabía cómo decirle lo que suponía volver a casa. Lo raro de ser un veterano, al menos para mí, es que te sientes mejor que la mayoría de la gente. Has arriesgado tu vida por algo más grande que tú. ¿Cuánta gente puede decir eso? Elegiste servir. Puede que no entendieras la política exterior de Estados Unidos, o por qué estábamos en guerra. Puede que nunca lo entiendas. Pero eso no importa. Levantaste la mano y dijiste: estoy dispuesto a morir por estos civiles insignificantes.

Al mismo tiempo, sin embargo, te sientes menos, de algún modo. Lo que pasó, eso de lo que formé parte, tal vez fuese lo correcto. Estábamos luchando contra gente muy mala. Pero fue feo.

—Cuando me fui para entrar en el Ejército, en el salón había solo tres cuadros en la pared: dos iconos y una reproducción de Matisse, un pez en una pecera. Eran de mi madre. Ahora, al lado, hay una bandera estadounidense enmarcada y uno de esos medallones del 11-S que, en teoría, llevaban acero del World Trade Center y que luego resultaron ser una estafa. Era mi casa, pero…

—¿Ya no encajabas?

–Quizás no. No lo sé. Mi padre estaba ahí de pie, en traje. Mi madre llevaba una pequeña cruz al cuello. Se volvió más religiosa cuando me fui. Rezaba todos los días. Y me dijo que si quería que me preparara kosheri, un plato de lentejas y tomate que me encanta. Y me puso la mano en la espalda y empezó a frotarme los hombros, y sentí que si no hacía algo me pondría a llorar.

Seguí mirándome las manos mientras le contaba a Zara la historia. Mirarla a ella habría sido demasiado, aunque tal vez podría haberle dejado ver cómo me sentía. Tal vez se habría compadecido de mí. No habría sido del todo manipulador. Me sentía triste y perdido. En cierto modo, me sentía igual que aquel día en casa de mis padres, con mi madre frotándome los hombros y yo pensando en todo por lo que había pasado y que no le contaría porque solo conseguiría romperle el corazón.

–Pero mi padre no podía tolerarlo. «El chico acaba de volver de la guerra», le dijo a mi madre. «Tendríamos que sacarlo a comer auténtica comida americana. ¡A Outback Steakhouse!» Pensó que aquello hacía mucha gracia. Yo no sabía cómo tomármelo. Se supone que los coptos serios comen vegetariano unos doscientos días al año, nada de comida con alma, y se acercaba la Navidad. Pero mi madre no replicó, así que fuimos. Mi padre pidió un bistec para hacerme ver que no pasaba nada. Mi madre y yo comimos ensalada.

»Pasamos la cena hablando de cosas sin importancia, pero cuando llegamos a casa mi madre se fue a trabajar, es enfermera, y eso nos dejó a mi padre y a mí solos. Me hizo sentarme en el salón y me dijo que iba a hacer café. Luego me dio unas hojas de papel cogidas con una goma elástica. Me dijo: "Les envié un email a los chicos de la oficina, y todos quisieron darte las gracias". Se lo veía tan feliz y orgulloso. No era como en el básico. Yo ya no era una decepción. Había estado en la guerra. Y lo había echado de menos.

Miré a Zara y sus ojos se encontraron con los míos. La oscuridad le daba una expresión más suave de la que tenía durante el día.

—Los papeles eran copias impresas de los emails de sus amigos de trabajo musulmanes.

—¿Tenía amigos musulmanes? —preguntó.

—Colegas. Algún amigo. Algo así. Decía que les estaba echando un ojo. Ese era el chiste. Trabaja para una empresa de servicios de traducción, principalmente para ONG y agencias gubernamentales, y está en el departamento de árabe. Así que hay un montón de musulmanes. Y me habían escrito cartas. La mayoría, emails cortos en plan: «buen trabajo, gracias por tu servicio», o «tanto si la guerra está bien o mal, has hecho algo honroso», pero algunos se implicaban más. Uno decía que la guerra era terrible, pero que esperaba que tener allí a «un joven sensible» como yo haría menor el sufrimiento.

—¿Un joven sensible? —dijo Zara. Vi un asomo de sonrisa.

—He cambiado —respondí—. Otro era de un tío que había estado en la guerra civil del Yemen. Me decía: «Sea lo que sea lo que hayas pasado, es responsabilidad de los que te enviaron allí». Y del resto, un montón eran realmente proguerra.

—Supongo que había mucha rabia hacia Sadam entre los musulmanes estadounidenses.

—Bueno, uno era tan proguerra que ni mi padre lo podría haber escrito. El tío me decía que yo iba a escribir un nuevo capítulo en la historia. Mi padre subrayó la frase.

—¿Y qué pensaste, cuando viste eso?

—Me enfadó.

Mi voz era suave, hablando con Zara. Era como si estuviese diciendo palabras de amor.

—A él no le conté exactamente lo que te he contado a ti. Quería hacerle daño. Estaba enfadado. Me habían dado un montón de apretones de manos agradeciéndome mi servicio, pero nadie sabía realmente lo que había supuesto aquel servicio, ¿entiendes?

—¿Estabas enfadado con tu padre porque la gente te dio las gracias por tu servicio? ¿O él era el motivo de que estuvieras enfadado con esa gente?

–Él era parte de ello. De ese sentimiento.

–¿Debería yo darles las gracias por su servicio a los veteranos? ¿O escupirles, como en Vietnam?

Pensé un momento y luego le respondí con una sonrisa torcida.

–Me reservo el derecho a enfadarme hagas lo que hagas.

–¿Por qué?

–Es todo farsa –le dije–. Cuando comenzó la guerra, casi trescientos congresistas votaron a favor. Y setenta y siete senadores. Pero ahora todo el mundo se lava las manos.

–Se informó muy mal. Ya sabes, Bush mintió, murió gente.

–¡Ay, Dios mío! –Me di con las palmas en las mejillas y puse cara de asombro–. ¡Un político mintió! ¡Entonces no es culpa tuya!

–¿Matabas a gente con insultos de patio de colegio y piensas que no importa lo que diga el presidente? O, esta pregunta es mejor: ¿tú te lo creíste? ¿Apoyaste la guerra?

–Aún apoyo la guerra. Solo que no apoyo al tío que la dirigió.

–¿Eso es lo que le dijiste a tu padre para que se enfadara tanto?

–No. –Me encorvé hacia delante, con los codos descansando en las rodillas–. No, él sabía que la guerra estaba fatal dirigida. Es un tío listo. –Pensé cómo podía formular lo que iba a decirle–. No es el tipo de cosa que vaya a gustarte. No es el tipo de cosa con la que pudiera lidiar mi padre.

–No soy débil –respondió Zara.

–Tienes que entender que, en mi familia, ni siquiera me estaba permitido decir palabrotas.

Hice una pausa. Al cabo de un segundo, Zara se acercó y me cogió la mano, y la dejé. No debería haberlo hecho. Me entraron ganas de parar. Me entraron ganas de decir una crueldad, de hacerle ver que lo que había vivido me había hecho más fuerte, no más flojo. Oí risas al cabo de la calle. Chicos de fraternidad, de la Psi U, quizás. Borrachos, quizás, o a lo mejor solo iban a por un calzone de Bruno's.

—Supongo que a tu padre no le encantó que usaras pala-brotas para matar terroristas…

Apretó mi mano con la suya.

—A mi padre la idea de los insultos le pareció divertida. Le pareció brillante. La cultura tribal es todo honor y deshonra. Como en el Sur rural. O en los barrios bajos de Estados Unidos. Pero acabamos usando demasiado ese truco. Gritamos demasiados insultos, matamos a todos los insurgentes que fueron lo bastante tontos como para caer. Y le estoy contando esto a mi padre en el salón de la casa de Virginia. No es la casa donde yo me crié. Se mudaron a una zona más barata cuando terminé el instituto, y estamos en esa pequeña sala, con un icono de san Moisés el Moro, que era un ladrón y un esclavo, y de santa María de Egipto, que era prostituta, y el estúpido pez de Matisse y la maldita bandera y el medallón de acero falso del 11-S. Y él está inclinado hacia delante, escuchando. Es la primera conversación hombre a hombre que hemos tenido.

—Y es sobre la guerra —dijo Zara—. Eso es lo que hace que escuche.

—Así que le cuento que hay un área en la que los de inteligencia saben quién es el enemigo. Una banda de islamistas llamada la Brigada de Mártires de al-Tahweed. Y mi padre: «Vale, Al-Qaeda». Y yo: «No, son solo unos hijoputas del desierto a los que no les gusta que los americanos estén paseándose por su país». Es la primera vez que digo tacos delante de mi padre.

—¿Qué hizo él?

—Nada. Solo dijo: «Bueno, así que, básicamente, Al-Qaeda». Me entraron ganas de darle una bofetada. —Cogí aire—. Total, sabíamos quién era el líder de estos tíos, Laith al-Tahweed. Inteligencia lo había metido en la lista BOLO, así que teníamos su nombre.

Apreté la mano de Zara, con fuerza.

—Tenía su nombre. En mitad de toda aquella confusión, podía llamarlo por su nombre. Podía hablarle y él lo sabría. Y también todos sus hombres.

—Eso te daba ventaja.

—Sí. Y tenía un plan. Normalmente, este tipo de cosas no las comienza un SPC pero confiaron en mí. Pensaban que yo tenía conocimientos mágicos, ya sabes, soy un musulmán árabe.

Zara estaba inclinada hacia delante, la misma postura que mi padre. Tenía los ojos clavados en mí.

—En fin, Laith al-Tahweed no era ningún idiota. Era fundamentalista, no tonto. No iba a venir corriendo porque yo lo insultara. Pero sabía cómo pillarlo. Por las mujeres.

—¿Las mujeres?

—Sus mujeres estaban en casa. A las afueras de Faluya. Y los tíos de la vieja escuela, los tíos como Laith al-Tahweed tratan a las mujeres como perros. Como perros que pueden cargarse todo el honor de tu familia si se portan mal o muestran una pizca de voluntad propia.

Zara asintió.

—Una compañía de marines tenía tomado un edificio de oficinas enfrente de la posición de Laith. Les expliqué a los marines lo que queríamos hacer y les encantó.

—¿Qué le dijiste?

—Laith al-Tahweed, tenemos a tus mujeres, a tu esposa y tus hijas.

Zara frunció el ceño.

—Para que tuviera que salir y enfrentarse a vosotros.

—Le dije que las habíamos encontrado vendiéndose como putas a soldados estadounidenses y que las íbamos a llevar al edificio de oficinas.

—Le contaste eso a tu padre.

—Se lo conté todo. Cómo gritaba, en aquel árabe iraquí que había aprendido en mi tiempo libre, que nos íbamos a follar a sus hijas en la azotea y que les pondríamos la boca en el altavoz para que pudiera oír sus gritos.

Zara apartó la mano. Me lo esperaba.

—O sea que así era cómo combatías —me dijo.

Había un deje de desprecio en su voz, y yo sonreí. No tengo claro por qué, no estaba contento.

—No tanteé la idea antes, pero al pelotón le encantó. Me pasé una hora en aquellos altavoces. Diciéndole que cuando sus hijas se agacharan para rezar, les pisaríamos la cabeza con la suela del zapato y las violaríamos por el culo. Que les restregaríamos el prepucio por la cara. Que le metan mil pollas a tu religión, le dije, y dentro de cuarenta minutos, mil pollas americanas a tus hijas.

—Es asqueroso —dijo Zara.

—Todo el mundo se reía mientras se nos ocurrían cosas que decirles. Todos los marines tenían sugerencias, pero yo las rechazaba. Los estadounidenses creen que los mejores insultos son «hijoputa» o «maricón», pero en árabe todo son «zapatos», «prepucios» y «meter la polla en el costillar de tu madre».

—Entiendo la idea.

—Bueno, funcionó. No salieron a la carga de las mezquitas como idiotas, pero atacaron, y los acribillaron.

—Me da igual que funcionara.

—O sea, todos los hombres de este tío oyeron cómo le faltaban al respeto. Cómo lo humillaban. Durante una hora. Eran tiempos violentos. Había un centenar de grupúsculos insurgentes, un centenar de cabecillas locales intentando hacerse con el poder. Y yo lo estaba avergonzando delante de todo el mundo. Se lo dije: «Crees que enfrentándote a nosotros ganarás en honor, pero tenemos a tus hijas. Nos has jodido, así que has jodido a tus hijas. Nada de honores». No tenía elección. Y no lo vi morir. No llegué a verlo en ningún momento. Solo supe que los marines lo abatieron. Me dijeron que llevaba una pequeña carga suicida.

—Entiendo.

—Pero no te gusta. A mi padre tampoco le gustó. Habría preferido que les disparara a la cara. En su opinión, eso es mucho mejor. Mucho más honroso. Se habría sentido orgulloso de mí, si yo hubiera hecho eso. Y también te caería mejor a ti.

—Yo preferiría que no hubieses hecho nada —repuso ella.

—Lo conté todo a mi padre. Insulto por insulto. Lo que había dicho. Todas las cosas que había aprendido en Estados Unidos, todas las cosas que había aprendido de él, todas las cosas que me habían dicho, todas las cosas que se me ocurrieron, y se me ocurrieron muchas.

—Entiendo —repitió Zara, esta vez con el mismo tono de voz que había usado mi padre para decir «Basta» cuando se lo conté.

Pero con mi padre había seguido hablando, había descrito cada acto sexual, cada palabrota árabe. Blasfemé para él y a él en inglés, en egipcio, en iraquí, en árabe moderno, en árabe coránico, en argot beduino, y él iba diciendo «Basta, basta», con la voz temblando de rabia y después de terror, porque yo estaba de pie, abalanzándome sobre él y gritándole insultos a la cara, y era tan incapaz de seguir viéndome su hijo como yo —ahí abalanzado sobre él y dejando salir mi rabia— de verlo mi padre.

—¿Crees que me avergüenzo? —le pregunté a Zara, y vi a mi padre, oí las palabras que ni siquiera era capaz de pronunciar porque el shock fue demasiado para él. Tenía las manos temblando, la mirada baja. Había algo de gris en su barba. Se le veía viejo. Derrotado. Nunca antes lo había visto así.

—¿Qué les pasó a sus hijas? —preguntó ella.

No lo sabía.

—Cuando pienso en la muerte de ese hombre, me acuerdo de aquel chico, la marca de calor desvaneciéndose.

Me hundí en el sofá. Nos quedamos de nuevo en silencio. Pensé en encender más carbones, pero me faltaba energía. Después de maldecir a mi padre había pasado la noche en un Motel 6. Mi madre me encontró allí y me llevó a casa. Mi padre y yo no hablamos durante el resto de mi permiso.

—Vale —dijo Zara. Hizo una pausa, mirando a la calle—. Entonces ¿qué se supone que tengo que hacer? ¿Tengo que perdonarte?

—¿Perdonarme? ¿Cómo? ¿Por qué?

—Y aunque lo hiciera, ¿importaría? ¿Porque soy musulmana? ¿Tú crees que eso le importa al chico al que viste morir?

Le sonreí. Qué lejos de la clave del asunto estaba la muerte de aquel chico, pensé. Era, en el mejor de los casos, la clave de la historia de algún otro, pero supongo que Zara lo sabía.

—Cuando le cuento la historia de la mira a un veterano, normalmente se ríe.

Zara se puso de pie lentamente, con la cólera iluminando su rostro. Yo no me moví de mi asiento. Levanté la vista hacia ella y esperé una respuesta. Incluso tapado, su cuerpo seguía siendo precioso bajo la ropa. Seguí sonriendo, disfrutando de tenerla delante de mí y disfrutando de la superioridad que yo sabía que sentiría cuando llegara el estallido. Nadie puede hacerte daño realmente cuando está enfadado. Se les nubla demasiado la mente. Era mejor hacerlo como yo en Faluya, mentir descaradamente y gritar cosas odiosas con serena inteligencia, cada palabra calibrada para causar el máximo daño.

Pero el estallido no llegó. Se quedó allí de pie sin más. Y entonces, una emoción que no supe identificar la recorrió, y ya no parecía enfadada. Dio un paso atrás y me miró, pensativa. Levantó las manos y se puso bien el pañuelo.

—Vale —dijo al fin—. Está bien.

Por primera vez desde aquella mañana, cuando había entrado en el despacho del asistente especial y la había visto allí, era yo el descolocado. Ella no estaba haciendo ninguno de los movimientos que yo había anticipado.

—¿A qué te refieres? —le pregunté.

Extendió el brazo y puso la mano sobre mi hombro, su tacto cálido y ligero. Aunque Zara tenía una expresión tranquila, el corazón me latía con fuerza y levanté la vista hacia ella como si fuera a pronunciar sentencia. La rodeaba un aire sobrenatural en aquel momento.

—Está bien —dijo—. Me alegro de que puedas hablar de ello.

Y entonces bajó los escalones del porche y se detuvo al final. Tras ella se veían los olmos y las casuchas de tablones de South Whitney Street, que alojaban las fraternidades de fuera del campus y a los pocos estudiantes de Amherst que no vivían en residencias de estudiantes. Zara no acababa de encajar ahí, pensé, ni yo tampoco.

Se quedó en el patio, sin moverse. Al cabo de un momento, se dio la vuelta y miró a lo alto de las escaleras, donde seguía sentado yo, al lado de la cachimba.

—Puede que hablemos otro día —me dijo.

Y luego me hizo un ligero gesto con la mano, me dio la espalda y echó a andar de vuelta al campus.

HISTORIAS DE GUERRA

—Estoy cansado de contar historias de guerra —digo, no tanto a Jenks como al bar vacío que hay detrás de él.

Estamos en una mesa de la esquina, con vistas a la entrada.

Jenks se encoge de hombros y hace una mueca. Es difícil saber qué significa. Hay tanto tejido cicatrizal y piel arrugada ahí que nunca sé si está contento o triste o cabreado o qué. No tiene pelo, ni tampoco orejas, de modo que aunque han pasado tres años desde que le dieron, sigo sintiendo que su cabeza es algo que no debería mirar fijamente. Pero cuando hablas con un hombre hay que mirarlo a los ojos, así que con Jenks obligo a mis ojos a alinearse con los suyos.

—Yo no cuento historias de guerra —dice, y da un sorbo a su vaso de agua.

—Bueno, vas a tener que hacerlo cuando lleguen Jessie y Sarah.

Suelta una risa nerviosa y se señala la cara.

—¿Qué hay que explicar?

Le doy un trago a la cerveza y lo miro de arriba abajo.

—No mucho.

La historia de Jenks es bastante obvia, y eso también es raro, porque Jenks antes era yo, básicamente. Somos de la misma altura, crecimos en el mismo tipo de ciudad residencial de mierda, nos alistamos a la vez en el Cuerpo de Marines y teníamos los mismos planes de mudarnos a Nueva York cuando lo dejáramos. Todo el mundo nos decía que podríamos ser hermanos. Ahora, verlo es como ver qué sería yo si mi vehículo hubiera pisado aquella placa de presión. Él es yo, pero con menos suerte.

Jenks suspira y se recuesta en la silla.

—Al menos tú…, te sirve para echar un polvo.

—¿El qué?

—Contar historias de guerra.

—Claro. —Bebo un trago de cerveza—. No sé. Depende.

—¿De qué?

—De las circunstancias.

Jenks asiente.

—¿Te acuerdas de aquella vez que quedamos con todos los chicos del batallón de ingenieros?

—Hostia, sí —respondo—. Por como hablábamos, cualquiera pensaría que éramos unos Delta Force, unos cabronazos jedininjas.

—Las chicas se lo tragaron.

—Lo hicimos bastante bien para ser una panda de marines tontolculos entrándoles a chicas de ciudad.

Jenks me echa una mirada. Justo alrededor de los ojos es el único punto en el que su piel parece medio normal, y los ojos en sí son azul pálido. Nunca me habían llamado demasiado la atención antes de que lo hirieran, pero ahora tienen una especie de intensidad que contrasta con la tersura rosada como de cerdo hervido que tienen sus injertos de piel.

—Por descontado, aquella mierda solo funcionó porque yo estaba ahí.

Me echo a reír, y al cabo de un segundo Jenks empieza a reírse también.

—Vaya que sí. ¿Quién va a decir que son gilipolleces estando tú ahí sentado en la esquina con esa pinta total de *Pesadilla en Elm Street*?

Se ríe entre dientes.

—Encantado de ayudar —dice.

—Sí que ayuda. O sea, dile a una chica: sí, estuve en la guerra pero no llegué a disparar…

—O, eh, me pasé la mayor parte de la campaña asfaltando carreteras. Montando barreras de protección. Arreglando baches.

—Exacto. Hasta las pavas antiguerra, que en esta ciudad son todas, quieren que les cuentes que estuviste metido en alguna mierda.

—Alguna mierda —dice Jenks señalándose la cara.

—Claro. No tienes que decir nada. Se ponen a imaginar toda clase de rollos.

—*Black Hawk derribado*.

—*En tierra hostil*.

Se echa a reír de nuevo.

—O, como decías tú, *Pesadilla en Elm Street*.

Me inclino hacia delante, con los codos sobre la mesa.

—¿Recuerdas cómo era, ir a un bar con el uniforme azul?

Jenks se queda callado un momento.

—Joder, tío. Sí. Un bajador de bragas automático.

—Da igual lo feo que seas.

Suelta un gruñido.

—Bueno, hay un límite.

Nos quedamos un rato en silencio, y luego dejo escapar un suspiro.

—Es solo que estoy hasta los cojones de que a las tías les tire eso.

—¿El qué? ¿La guerra?

—No sé. Una chica se me puso a llorar cuando le conté no sé qué mierda.

—¿Sobre qué?

—No sé. Alguna gilipollez.

—¿Sobre mí?

—Sí, sobre ti, cabronazo.

Ahora no hay duda de que está sonriendo. El lado izquierdo de la cara está retorcido; la piel arrugada de las mejillas, fruncida, y esa hendidura de labios finos que tiene por boca tira hacia donde debería estar la oreja. El lado derecho sigue inmóvil, pero eso es lo normal, dados los daños nerviosos.

—Eso es bonito —dice.

—Me entraron ganas de estrangularla.

—¿Por qué?

No tengo una respuesta exacta para eso, y mientras intento encontrar la manera de ponerlo en palabras, la puerta se abre y entran dos chicas, pero no son las chicas a las que estamos esperando. Jenks se vuelve a mirar. Sin pensarlo siquiera, les pego un repaso. Una chica guapa, puede que un siete o un ocho, con su amiga menos atractiva, a la que no vale la pena ni ponerle nota. Jenks aparta la vista de ellas y vuelve a mirarme a mí.

—No sé —continúo—. La estaba mangoneando. Ya sabes: Oh, nena, estoy sufriendo y necesito tu suave tacto de mujer.

—La estabas mangoneando. Y funcionó. ¿Por eso te entraron ganas de estrangularla?

—Sí —respondí riendo—. Es un poco retorcido.

—Al menos tú pillas.

—Preferiría irme a Nevada y follarme a una prostituta.

Casi me creo lo que estoy diciendo. Usar dinero estaría mejor. Pero seguramente acabaría hablándole de Jenks a la puta de todos modos.

Él baja la vista al vaso, con los ojos entrecerrados.

—¿Has pensado alguna vez en pillarte una puta? —le pregunto—. Podríamos echar un vistazo a los anuncios que hay al final del *Village Voice,* a ver si alguien te llama la atención. ¿Por qué no?

Jenks da un sorbo de agua.

—¿Crees que no puedo pillar nada?

Su voz suena juguetona, como si estuviera haciendo una broma, pero no sabría decir.

—No.

—¿Ni siquiera un polvo por compasión?

—Tú no quieres eso.

—No, no quiero eso.

Miro a las chicas, al otro extremo del bar. La chica guapa lleva el pelo negro cayéndole en diagonal por el lado de la cara y un piercing en el labio. Su amiga va con un abrigo verde brillante.

–Piensa en todas esas otras víctimas de quemaduras que hay por ahí. –Volví a mirar a Jenks y le sonreí de oreja a oreja–. Y en tías gordísimas.

–Y en tías con sida.

–Bah, no es suficiente. Quizá con sida y herpes al mismo tiempo.

–Sí, eso suena genial. Voy a poner un anuncio en la web de Craiglist.

Ahora está claro que se está riendo. Ya antes de que le dieran, cuando las cosas se ponían chungas siempre se echaba a reír. Yo mantengo la sonrisa colgada en la cara, pero por algún motivo estoy empezando a sentirla: esa sensación que tengo cuando hablo de Jenks y me meto de verdad. A veces, cuando voy borracho y estoy con una tía que parece que se preocupa, lo suelto. El problema es que, si lo suelto, ya no me puedo acostar con ella. O no debería, porque sino después me siento como una mierda y voy por la ciudad con ganas de matar a alguien.

–Hay un montón de tíos como yo –dice Jenks–. Conozco a uno que se casó, va a tener un niño.

–Todo puede pasar.

–Igualmente, son chorradas. –Hay un punto de dureza en su voz.

–¿El qué?

–Lo de encontrar a alguien.

No estoy seguro de que lo diga en serio.

–Antes se me daba bien –dice–. Y con el uniforme azul era el puto amo. Ahora, solo que le entrara a una tía ya sería ofensivo.

–En plan: eh, creo que eres tan fea que a lo mejor podrías follar conmigo.

Pongo una sonrisa estúpida, pero Jenks no parece darse cuenta.

–Nadie quiere esto –dice–. Nadie quiere ni verlo de pasada. Es demasiado.

Hay un breve silencio en el que intento dar con algo que responder a eso, y luego Jenks me pone la mano en el brazo.

—Pero está bien. He desistido.

—¿Sí? ¿Eso está bien?

—¿Ves a esa chica de ahí?

Jenks señala al par de chicas, y aunque no especifica, es obvio que se refiere a la que está buena.

—Antes, la habría visto y habría sentido como que tenía que inventarme un plan, hacer que hablara conmigo. Pero ahora, con Jessie y Sarah —le echa un vistazo al reloj—, cuando sea que lleguen, puedo tener sencillamente una conversación. —Les echa otro breve vistazo a las chicas—. Antes, no podía sentarme sin más en un bar con una mujer. —Me mira un segundo, y luego de nuevo a las chicas—. Ahora, saber que no tengo ninguna posibilidad, es relajante. No tengo que preocuparme. Nadie va a pensar que soy menos hombre si no puedo ligarme a una chica. Y solo hablo con gente que de verdad me importe algo.

Levanta el vaso y hago chocar el mío con el suyo. Alguien me dijo que brindar con agua da mala suerte, pero tiene que haber una excepción para tíos como Jenks.

—En cuanto a los niños —dice—. Voy a donar mi leche a un banco de esperma.

—¿En serio?

—Claro. La estirpe de los Jenks no va a morir conmigo. Mi esperma no está desfigurado.

No encuentro nada que decir a eso.

—Tendré algún niño en alguna parte. Algunos Jenkitos corriendo por ahí. No se llamarán Jenks, pero no se puede tener todo, ¿verdad?

—No, no se puede.

—Deberías ir para allá —me dice. Señala con la cabeza en dirección a las chicas—. Ve a contarles tus historias de guerra. Yo les contaré las mías a Jessie y a Sarah, cuando quiera que lleguen.

—A la mierda.

—En serio, no me importa.

—En serio: que te jodan.

Jenks se encoge de hombros, y yo me lo quedó mirando fijamente durante un momento, pero entonces la puerta se abre de nuevo y ahí están Jessie y Sarah, que es la amiga actriz de Jessie. Levanto la vista, y también Jenks.

Son como el primer par de chicas que entraron por la puerta, una es una belleza y la otra no, aunque aquí la diferencia es más radical. Sarah, la guapa, es despampanante. Jenks levanta una mano desfigurada para saludarlas, y Jessie, la no guapa, responde al saludo con una mano de cuatro dedos.

—Eh, Jessie —le digo, y me vuelvo hacia la guapa—. Tú debes de ser Sarah.

Sarah es alta y delgada y parece estar aburrida. Jessie se deshace en sonrisas. Abraza a Jenks y luego me mira de arriba abajo y se echa a reír.

—Llevas botas de combate —me dice—. ¿Son para tener un extra de credibilidad delante de Sarah?

Me miro los pies, como un tontolculo.

—Son cómodas —farfullo.

—Claro —responde guiñándome el ojo.

Jessie es un caso interesante. Aparte de faltarle un dedo no tiene ningún otro problema importante que yo vea, pero sé que el Ejército le dio el cien por cien de incapacidad. Además, que te falte un dedo es un buen indicio de que hay algo más. No está mal, sin embargo. Y con eso no pretendo decir que sea guapa, me refiero a que está, por un pelo, en el lado bueno de la fealdad. Tiene la cara ovalada y rechoncha, pero un cuerpo esbelto y compacto. Un cuerpo de jugadora de softbol. El tipo de chica a la que ves y dices: «Servirá». El tipo de chica que te ligas en un club la última hora antes del cierre. Pero también el tipo de chica con la que nunca querrías salir, porque nunca podrías llevarla con tus amigos sin que pensaran: «¿Por qué ella?».

Pero cuando Jenks la conoció en una ceremonia de veteranos discapacitados se quedó pilladísimo con ella. No lo reconocerá nunca, por descontado, pero por qué iba a estar aquí si no, sin nadie más que yo para apoyarlo, dispuesto a hablar de Irak con una completa desconocida. Esta Sarah. Esta chica guapa, guapa.

—Yo invito, chicos —dice Jessie.

Jessie siempre nos invita a la primera ronda. Dice que los ingenieros reforzaron la protección de su vehículo dos días antes del ataque del SVBIED, así que nos debe mucho. No importa que nosotros estuviésemos la mayor parte del tiempo reparando baches. Me invita a copas, la única mujer que conozco que lo tiene por costumbre.

Señalo a mi vaso:

—Yo estoy bebiendo Brooklyn.

—Agua —dice Jenks.

—¿Sí? —dice ella, sonriendo—. Qué baratas me salen las citas contigo.

—Eh, Jess —la interrumpe Sarah—. ¿Me traes una ginebra con tónica light? Con lima.

Jessie pone los ojos en blanco y se encamina a la barra. Jenks no puede dejar de mirarla mientras se aleja. Me preguntó qué cojones se cree que está haciendo esta chica. Me pregunto qué cree Jenks que está haciendo esta chica.

Jenks se vuelve hacia Sarah.

—Así que eres actriz —le dice.

—Sí, y trabajo de camarera para pagar el alquiler.

Sarah está aguantando el tipo. Aparte de algún vistazo rápido y de reojo a Jenks, se diría que todo el mundo que hay sentado a la mesa tiene una cara normal.

—Camarera. ¿Dónde? —le pregunto—. ¿Podemos pasar a verte y pillar copas gratis?

—Ya tienes copas gratis —responde, señalando a Jessie, en la barra.

Le lanzo una sonrisita a lo que-te-jodan. Esta Sarah está demasiado buena para no odiarla. El pelo moreno y liso, rasgos afilados, maquillaje indetectable, cara alargada y bonita, piernas largas y delgadas y un cuerpo en zona de inanición. Su atuendo es todo de prendas vintage, ese look cuidadosamente descuidado que lleva la mitad del Brooklyn blanco. Si te ligas a esta chica en un bar, el resto de tíos te respetan. Si te la llevas a casa, has ganado. Y ya tengo claro que es demasiado inteligente como para darle jamás una oportunidad a un tío como yo.

—Así que quieres hablar de rollos de guerra —le digo.

—Más o menos —responde, aparentando desinterés—. Un par de personas del proyecto están entrevistándose con veteranos.

—Tienes a Jessie. Estando en las Leonas se metió en marrones de verdad. Iba con los soldados de infantería, trabajaba en la interacción con mujeres, se vio envuelta en tiroteos. Tiene la polla de guerra así de grande. —Separé las manos con la típica pose del pescador mentiroso—. La nuestra es diminuta.

—Habla por ti —dice Jenks.

—Es mejor que nada.

—¿Jessie os ha explicado el proyecto? —pregunta Sarah.

—Quería que te hablara del IED —responde Jenks—. Para una obra.

—Estamos trabajando con un grupo de escritores de Veteranos de Irak Contra la Guerra —dice ella—. Han estado montando talleres, como de curación a través de la escritura.

Jenks y yo intercambiamos miradas.

—Pero esto es otra cosa —añade Sarah rápidamente—. No es tan política.

—Entonces estás escribiendo una obra —le digo.

—Es una colaboración con la comunidad de veteranos de Nueva York.

Quiero preguntarle qué porcentaje se lleva la «comunidad de veteranos», pero Jessie vuelve sosteniendo precariamente dos pintas de cerveza, un gin-tonic light y un vaso de agua, con la mano izquierda abajo y la otra encima, un dedo en cada vaso. Sonríe a Jenks mientras los coloca en la mesa y veo cómo él se relaja visiblemente.

Sarah empieza a explicar que la clave del asunto no es ser pro o antiguerra, sino que la gente comprenda mejor «lo que está pasando realmente».

—Signifique lo que signifique eso —dice Jessie riendo.

—Entonces ¿ahora estás metida en los VICG? –le pregunto.

—No, no –responde Jessie–. Conozco a Sarah desde la guardería.

Eso tiene más sentido. Siempre la había tomado por una de esas fanáticas del ejército. Apostaría el huevo izquierdo a que votó a McCain, y apostaría el derecho a que la tal Sarah votó a Obama. Yo no voté a nadie.

—Los IED han provocado las heridas características de esta guerra –dice Sarah.

—Guerras –la corrijo.

—Guerras.

—¿Quemaduras y traumatismos craneoencefálicos, te refieres? –pregunta Jenks–. Yo no tengo TCE.

—También está el TEPT –digo yo–, si hacemos caso al *New York Times*.

—Tenemos algunos veteranos con TEPT –explica Sarah, y hace que suene como si los tuviera metidos en frascos en alguna parte.

—¿Ningún quemado grave? –pregunto.

—No como Jenks –me responde, y luego, volviéndose rápidamente hacia él–. Sin ánimo de ofender.

Jenks pone una de esas caras que puede que sean una sonrisa y asiente.

Sarah se inclina hacia delante.

—Solo quiero que me expliques cómo fue, con tus propias palabras.

—¿El ataque? ¿O después?

—Las dos cosas.

La mayoría de la gente, cuando intenta que Jenks se abra, le habla con una voz como de «gatito, gatito», pero Sarah va al grano, concisa, educada.

—A tu ritmo. Cualquier cosa que creas que la gente debería saber.

Pone cara de preocupación. He visto esa cara en las mujeres de los bares cuando me sincero. Si estoy sobrio, me enfada. Si estoy borracho, eso es lo que estoy buscando.

—Es como un montón de dolor durante mucho, muchísimo tiempo —comienza Jenks.

Sarah levanta la mano, una mano pálida y delicada, de dedos largos, y la otra la mete en el bolso. Saca su smartphone y toquetea alguna aplicación para grabar.

Jenks está tenso otra vez, que es para lo que yo estoy aquí. Para darle apoyo, de alguna clase. O protección. Jessie le lanza una breve sonrisa y pone su mano chunga sobre la de él. Jenks se mete en el bolsillo la mano libre y saca un fajo de hojas de libreta dobladas. Yo aparto la vista, hacia la otra mesa y las otras dos chicas. Están bebiendo cerveza. Leí en un estudio en alguna parte que la gente que bebe cerveza es más propensa a acostarse con alguien en la primera cita.

—Él debe de acordarse del IED mejor que yo —dice Jenks, mirándome. Yo le echo un vistazo a Sarah y sé a ciencia cierta que no le voy a contar una mierda a esta chica—. Ni siquiera te puedo contar mucho de después —continúa—. Retazos aquí y allá, en el mejor de los casos. Llevo mucho tiempo esforzándome por encajarlos.

Da unos golpecitos a los papeles, pero no los despliega. Yo sé lo que hay ahí. Lo he leído. He leído el borrador de antes, y el borrador antes de ese.

—Sé que me dolía mucho. Un dolor que no puedes ni imaginar. Un dolor que ni yo mismo puedo imaginar, porque —se lleva una mano a la cabeza y se frota el cuero cabelludo hecho mierda— un montón de recuerdos han desaparecido. No hay nada. En plan: sobrecarga del sistema. Lo cual está bien. No necesito recuerdos. Además, me tuvieron en un ciclo de morfina, catéter epidural, Dilaudid IV, Versed...

—¿Qué es lo primero que recuerdas? —le pregunta Sarah.

Se refiere al ataque, pero Jenks ya se está alejando de eso.

—A mi familia —responde. Se detiene y desdobla el fajo de papeles. Hojea las primeras páginas, las páginas por las que ella está aquí—. No actuaron como si me pasara algo malo. Y no podía hablar con ellos. Tenía un tubo en la garganta.

—Baja la vista a la hoja y empieza a leer—: Debió de ser peor para mi familia que para mí…

—¿Quieres, a lo mejor, que me lea eso y ya está? —le dice Sarah, señalando los papeles—. ¿Y después te hago preguntas? O sea, si ya lo tienes escrito…

Jenks aparta los papeles de ella. Me mira.

—O, bueno, léelos tú. Es lo mejor.

Jenks coge aire. Da un sorbo de agua, y yo, de cerveza. Jessie está mirando a su amiga con el ceño fruncido y apretando la mano de Jenks. Al cabo de un momento, él se aclara la garganta y vuelve a coger los papeles.

—Debió de ser peor para mi familia que para mí —comienza de nuevo—. La gente me mira ahora y piensa: Dios, qué horror. Pero entonces era mucho peor. No sabían si sobreviviría, y no parecía yo. Cuando un cuerpo pierde tanta sangre como la que perdí, pasan cosas raras. Tenía retenidos veinte kilos extra de líquidos, que me hinchaban el cuello y la cara como si fuera un pez globo. Estaba vendado y untado de aceite allí donde había quemaduras, y…

—¿Recuerdas la explosión en sí? —lo corta Sarah.

Jenks la mira inexpresivo. El día antes, cuando me pidió que viniera, le dije que si le daba su historia a esta chica, dejaría de ser suya. Como eso de: si le haces una fotografía a alguien le robas el alma, solo que esto sería más profundo que una foto. Tu historia eres tú. Jenks no estuvo de acuerdo. Nunca discute conmigo, hace lo que quiere y punto. Le dije que lo acompañaría decidiera lo que decidiese.

—Me he esforzado mucho por recordarlo —le dice a Sarah, volviendo las páginas atrás, pero sin mirarlas—. El problema es que no estoy seguro de dónde son recuerdos auténticos y dónde es mi cerebro completando los detalles, como esos tíos a los que se les para el corazón y creen ver una luz brillante. Solo que yo estoy seguro de mi luz brillante. Hubo un destello, sin duda. Y había un olor a azufre, como en el 4 de Julio pero muy cerca.

Yo no recuerdo el azufre. Recuerdo olor de carne. De carne a la parrilla. Así que, sí, el 4 de Julio. Barbacoa. Por eso ahora soy vegetariano, y por eso las hippies de Billyburg a veces piensan que soy como ellas, que no lo soy.

—Y negro golpeando muy fuerte —dice Jenks.

—¿Negro?

—Todo negro y rápido, como un noqueo. ¿Te han noqueado alguna vez?

—Lo verdad es que sí.

Dejo escapar un fuerte resoplido. Es imposible que la hayan noqueado nunca. Apuesto a que sus padres la llevaron envuelta en plástico de burbujas todo el camino hasta la Ivy League.

—Pues sí. Negro golpeándote el cuerpo entero, como un golpe fulminante en la cabeza, sin guantes, pero mucho más intenso. Los nudillos son del tamaño de tu cuerpo, golpean tu cuerpo entero todo a la vez, y está a tope. Ha matado a los otros dos tíos del vehículo, Chuck Lavel y Victor Roiche, que eran unos marines alucinantes y los mejores amigos que he tenido nunca, aunque no lo supe hasta más tarde. Y luego hay trocitos de recuerdos y me despierto en otro país, preguntándome dónde están mis compañeros de combate, y al mismo tiempo sabiendo que están muertos, pero no soy capaz de preguntar porque no me puedo mover ni hablar y tengo un tubo en la garganta.

Chuck y Victor eran amigos míos, también, y buenos amigos de Jenks, pero en ningún caso sus mejores amigos. Ese siempre fui yo.

—Y esos trocitos... —pregunta Sarah.

—Recuerdo gritar. No sé..., en la explosión, y más tarde, en el hospital, gritar. Aunque no puede ser que gritara en el hospital.

—Por el tubo...

—Tengo la sensación de que hubo momentos en los que grité, o a lo mejor, momento en los que soñé cómo debían de ser las cosas.

—¿Qué recuerdas tú? —Sarah se vuelve hacia mí. Y también Jessie—. ¿Recuerdas haber gritado?

Jenks está mirándose las manos. Bebiendo sorbos de agua.

–Puede –respondo–. ¿Qué más da? Mi copiloto no oyó una mierda. Ningún sonido. Con una cosa como esa, si tienes ahí diez personas, te dan diez historias distintas. Y ninguna encaja.

Yo no confío en los recuerdos. Confío en el vehículo, retorcido y quemado y destrozado. Como Jenks. Nada de historias. Cosas. Cuerpos. La gente miente. Los recuerdos mienten.

–Poner las cosas en orden ayuda –dice Jenks, con la palma de la mano descansando sobre los papeles.

–¿Ayuda con qué? –pregunta Sarah.

Jenks se encoge de hombros. Lo está haciendo mucho.

–Con las pesadillas. Con las reacciones raras cuando oyes algo, hueles algo.

–El TEPT… –dice ella.

–No –replica Jenks, con despreocupación–. Las explosiones no me sobresaltan. Ningún problema. Los fuegos artificiales, la luz y el sonido: no pasa nada. Todo el mundo pensaba que el Cuatro de Julio me iba a poner histérico, pero no, a no ser que haya demasiados olores. Y no se me va la pinza ni nada. Son solo… reacciones extrañas.

–Entonces, intentas recordar…

–De esta forma, soy yo quien recuerda lo que pasó– explica Jenks–. Prefiero eso que ir caminando por la calle y oler algo y que aquel día se recuerde él solo por mí.

–TEPT.

–No –dice él, la voz cortante–. Estoy bien. ¿Quién no tendría alguna reacción rara? No interfiere con mi vida. –Le da un golpecito al fajo de papeles–. He escrito esto veinte veces. Siempre empiezo con las explosiones, los olores.

Quiero fumar un cigarrillo. Llevo un paquete en el bolsillo, el último que me queda de un cartón que compré en una visita a unos amigos de Carolina. En esta ciudad, el tabaco se carga tu cuenta bancaria mucho antes de cargarse tus pulmones.

–Entonces te quedaste inconsciente –intenta una vez más Sarah.

–No –digo yo–. Estaba despierto.

–Estaba paralizado –explica Jenks–. Me habían reventado los tímpanos. No oía.

–Pero ¿oías gritos?

Jenks se encoge de hombros otra vez.

–Perdona –dice Sarah.

Jessie tiene los ojos clavados en ella. No parece contenta.

Jenks vuelve a leer de sus papeles.

–Sigo pensando, no me puedo mover, ¿por qué no me puedo mover? Y tampoco veo nada. El único motivo por el que veo a día de hoy es porque llevaba las gafas de protección. Tenía metralla en la cabeza, la cara, el cuello, los hombros, los brazos, los costados, las piernas… No veía nada, pero los ojos me funcionaban. Perdí el sentido. Desperté, todavía en la carretera. Los olores eran los mismos.

Tus olores están mal, pienso.

–Me ardía el cuerpo por dentro. La metralla en la piel y en los órganos todavía estaba al rojo vivo, y me ardía por dentro mientras me quemaba por fuera. La munición se estaba recalentando dentro del vehículo, y una bala me dio en la pierna, pero no lo supe en el momento. Sinceramente, estaba muy ido. Lo lamento más por los chicos que tuvieron que entrar corriendo y atenderme que por mí.

Esa es la frase típica de Jenks. Una chorrada absoluta.

Se vuelve hacia mí, igual que las chicas.

–Es lo que hay. No fue mi mejor día.

Jessie se ríe. Sarah la mira como si estuviera loca.

–Los recuerdos se vuelven muy irregulares después de eso –continúa Jenks–. Ese fármaco, el Versed, te hace polvo la memoria. Supongo que es bueno. Así que todo esto son cosas que me contaron después de los hechos. –Mira sus papeles y empieza a pasar hojas mientras esperamos. Bebo un trago de cerveza. Empieza a leer–: Me bombearon sangre con un transfusor. En un momento dado, perdí el pulso y entré cn AESP, actividad eléctrica sin pulso. Mi corazón seguía teniendo actividad eléctrica, pero no de un modo organizado, así que era incapaz de generar una contracción ventricular eficaz. No llega a ser una línea plana, pero no es bueno. Me estaban inyectando sangre y epinefrina lo más rápido que podían. Estaba conectado a un respirador. Y, antes, el doctor Sampson me había hecho torniquetes en las dos piernas, y toda la gente con la que hablé fue muy clara: esos torniquetes me salvaron la vida.

—Entonces…

Jenks levanta la mano para hacerla callar.

—Sobre lo que no son tan claros, pero resulta muy claro para mí, es que no fue solo el doctor Sampson el que me salvó la vida. Fueron los primeros chicos que entraron en el vehículo —me mira—, los marines que enviaron el 9 Líneas.* Los pilotos que me recogieron. La enfermera de vuelo que me mantuvo con vida durante el trayecto. Los médicos de TQ que me estabilizaron. Los médicos de Landstuhl. Todos los médicos de todos los sitios del país en los que he estado.

Jenks parece estar quedándose sin voz, y sigue mirando la hoja, aunque sé que no le hace falta. Ese trozo no ha cambiado desde el primer borrador. Nunca lo había oído leyéndolo en voz alta.

—Estoy vivo gracias a mucha gente. No me salvaron la vida una vez, sino repetidamente, más gente de la que llegaré a saber. Dicen que peleé, soltando patadas y gritos antes de que me sedaran. Y algunas de las técnicas que me salvaron la vida ni siquiera existían antes de Irak, como darles a los pacientes plasma fresco junto con glóbulos rojos almacenados para ayudar a la coagulación. Necesitaba coagular, y no podía hacerlo solo con mi sangre. Necesitaba la sangre de esos soldados y pilotos a los que nunca conoceré, y que hicieron cola para donármela, y necesitaba que los médicos tuvieran los cono-

* Nombre con el que se denomina, en la jerga militar, el formulario de petición de evacuación médica. *(N. de la T.)*

cimientos necesarios para dármela. Así que le debo mi vida al médico que dio con la mejor manera de trasfundir sangre a las víctimas de traumatismos, y se la debo a todos los marines que ese doctor vio morir antes de dar con la solución.

Jenks hace una pausa y Jessie asiente, diciendo «Sí, sí».

Queda un poco más por leer, pero Jenks, muy despacio, me desliza el papel. Sarah le echa una mirada a Jessie con la ceja levantada, pero Jessie no la está mirando.

—¿Sí? —le digo a Jenks, que no dice una palabra. No puedo leer nada delante de él. Bajo la vista al papel, aunque seguramente me lo sé de memoria—: Si soy un veterano pobre y desfigurado que ha recibido aquello para lo que se presentó voluntario, o el hombre más afortunado sobre la tierra, rodeado de amor y atenciones en la que es de manera incuestionable la peor etapa de mi vida, es en realidad cuestión de perspectiva. La amargura no trae nada bueno, así que ¿para qué amargarse? Quizás haya sacrificado por mi país más que la mayoría, pero he sacrificado mucho, mucho menos que otros. Tengo buenos amigos. Tengo todos mis miembros. Tengo mi cerebro y mi alma y esperanza para el futuro. ¿Qué clase de idiota sería si no aceptara estos dones con la alegría que merecen?

Sarah asiente con gesto rápido.

—Vale, genial —dice, sin detenerse siquiera a pensar en la pequeña declaración personal de recuperación y esperanza que acabo de leer—. Entonces vuelves, tu familia está ahí. No puedes hablar. Estás contento de seguir vivo. Pero te quedan cincuenta y cuatro operaciones por delante, ¿verdad? ¿Me las explicas?

Y Jenks, que ha hecho siempre una separación entre el dolor de antes y el de después, coge aire. Sarah sigue pareciendo preocupada, pero también implacable. Creo que Jenks ha metido su historia de triunfo demasiado pronto. En particular porque al final se rindió, les dijo que prefería tener ese aspecto el resto de su vida que pasar por más operaciones.

—Tuvieron que reconstruirme —comienza Jenks. Sarah comprueba su móvil, para asegurarse de que sigue grabando—.

Algunas cosas, la forma en que lo hacen, la ortopedia, son como construir una mesa. Otras…

Da un trago de agua. Una de las chicas del bar, la fea, sale a fumar. Su amiga la guapa empieza a mirar el móvil.

–Tuvieron que cambiar músculos de sitio y coserlos entre ellos para tapar el hueso que había quedado al descubierto, quitar el tejido muerto y sellarlo todo con injertos. Le pasan, bueno, lo que es básicamente un rallador de queso a parte de tu piel sana, y luego la adhieren donde haga falta y hacen crecer piel a partir de una sola capa. –Da otro trago de agua–. Este dolor no era como el otro. Los fármacos no ayudaban. Y luego estaban las infecciones. Así es como perdí las orejas. Y había que hacer fisioterapia. Aún tengo fisioterapia. A veces el dolor era tan fuerte que contaba hasta treinta en mi cabeza una y otra vez. Me decía a mí mismo: puedo hacerlo. Puedo llegar a treinta. Si sobrevivo hasta treinta, no pasa nada.

–Bien –dice Sarah–. Pero vayamos más despacio. ¿Qué vino primero?

Está hecha de hielo por dentro, pienso. Miro mi vaso. Está vacío. No recuerdo haber bebido tanto. Quiero más cerveza. Quiero un cigarrillo. Quiero salir afuera y fumar con la chica fea y conseguir su número de teléfono, porque sí.

–Lo primero –dice Jenks– es el dolor cada vez que me cambiaban los vendajes. Todos los días, durante horas.

Me levanto, aunque aún no estoy seguro de por qué. Todos me miran.

–Cigarro.

–Voy contigo –dice Jessie.

–Vamos a hacer un descanso –digo–. Todos. No digáis nada hasta que vuelva.

Eso le hace gracia a Sarah.

–¿Eres su abogado?

–Necesito un descanso –respondo.

Estoy fuera con Jessie y la chica fea, que está algo apartada de nosotros, mientras enciendo el cigarrillo y Sarah está dentro seguramente agobiando a Jenks a preguntas sobre su tortura. Este plan me pone de los nervios, un maldito cigarrillo no va a ayudar, y con Jessie aquí no tengo nada que hacer con la chica fea. Nada de distracciones, ninguna esperanza de terminar la tarde con la posibilidad de algo nuevo.

—¿Te vas a follar a Jenks algún día? —le pregunto.

Jessie me sonríe. Parte del tiempo que pasó en Irak, fue una de las pocas mujeres en un grupo de soldados de infantería, así que no hay básicamente nada que puedas decir para desconcertarla.

—¿Y tú? —contraataca.

—Es tu deber patriótico —le digo, y ella se limita a sonreír como una madre mirando divertida a un hijo travieso.

Entonces me hace una peineta, que queda bastante rara en su mano chunga, pero yo no me inmuto, la miro fijo a los ojos.

—No dejes que te afecte —me dice—. Es así desde el instituto.

—¿Una zorra?

—Es mejor de lo que parece.

—¿Sarah se va a follar a Jenks? Porque eso también sería aceptable.

—Ella lo escuchará.

—Sí, y luego escribirá su obra. Genial.

La chica fea se termina el cigarrillo y vuelve dentro: oportunidad jodida. Yo tiro el mío al suelo y lo piso. Jessie me mira con una expresión medio divertida, medio preocupada. Saco el paquete y le ofrezco un cigarro. Yo me enciendo otro. Jessie coge uno y examina la punta. Sopla suavemente sobre ella y la lumbre arde brevemente con un rojo brillante.

—No deberías preocuparte tanto por Jenks —dice Jessie—. Esto le irá bien. Saldrá y hará algo. Se relacionará con otros humanos, no solo contigo y conmigo, sentados por ahí, todo el rato «Eh, ¿te acuerdas de aquella vez?».

—¿Entonces lo mandamos a pasar el rato con una panda de maricas de VICG?

—Uno de esos maricas era francotirador de reconocimiento. ¿Qué era lo que habías hecho tú en Irak, perdona?

–VICG y artistas, genial. Para remover entre sus huesos por una puta obra y alimentarse de él como un puñado de gusanos.

–Conmigo usaron gusanos. Los gusanos se llevan la piel muerta.

Esto es nuevo para mí. No necesitaba esa imagen. Miro por la ventana del bar hacia donde hablan Jenks y Sarah. Si ese IED hubiera hecho estallar mi vehículo, a lo mejor yo estaría ahí dentro, explicándole a Sarah cómo todo el apoyo que había tenido en mi recuperación me había hecho sentir un nuevo respeto por la vida, el amor y la amistad. Y Sarah se aburriría, y me taladraría para averiguar cuánto tardé en cagar sin ayuda.

–Artistas –digo, poniendo en la palabra todo el desprecio que puedo–. Apuesto a que lo que le pasó a Jenks les parecerá *interesante*. Oh, tan *interesante*… Qué divertido.

–Esto no es por diversión. Divertidos son los videojuegos. O las pelis y la tele.

–O las mamadas y los clubs de striptease. Una papelina de coca, seguro, y un chute de heroína. No sabría decir.

Seguimos fumando, Jessie sigue mirándome con esos ojos marrón claro suyos.

–¿Cuál es la intención de la obra? –le pregunto.

–¿A qué te refieres?

–No es la diversión, así que ¿cuál es?

Jessie le da un golpecito al cigarrillo y la ceniza cae flotando y espolvorea el suelo.

–Mi padre estuvo en Vietnam –dice–. Mi abuelo, en Corea. Pero cuando mi padre se alistó, no pensaba en los tíos atrapados en el Chosin Congelado después de que a ese gilipollas de MacArthur se le ocurriera que sería buena idea ir a la suya y meter las narices en China. Mi padre pensaba en el izamiento de bandera en Iwo Jima, en el Día D y Audie Murphy. Y cuando yo me alisté…

–*Platoon* y *La chaqueta metálica*.

–Sí. Desde luego, no mi padre en una oficina de administración.

—Apuesto a que se han alistado más marines en el Cuerpo gracias a *La chaqueta metálica* que a ningún puto anuncio de reclutamiento.

—Y eso que es una película antibelicista.

—No hay ninguna película antibelicista. No existe tal cosa.

—De pequeñas, Sarah pasaba mucho tiempo en nuestra casa, y todavía pasa algunas fiestas con nosotros. Su familia es un desastre. Y en la última cena de Acción de Gracias estábamos hablando con mi abuelo de que nadie se acuerda de Corea, y él dijo que la única manera de hacerlo bien era no hacer una película sobre la guerra. Había que hacer una película sobre un niño, que se hace mayor. Sobre la chica de la que se enamora y que le rompe el corazón, y de cómo se alista en el Ejército después de la Segunda Guerra Mundial. Entonces funda una familia y nace su primer hijo, y eso le enseña lo que significa darle valor a la vida y tener algo por lo que vivir y preocuparse de los demás. Y entonces llega Corea y lo envían allí y está emocionado y asustado, y se pregunta si será valiente y en cierto modo se siente orgulloso. Y entonces, en los últimos sesenta segundos de película, los suben a todos en botes para ir a Inchon y le pegan un tiro mientras está en el agua y se ahoga en el rompiente entre olas de un metro y en la peli no le dan ni un primer plano, se acaba y punto. Eso sería una película de guerra.

—¿Y qué? ¿Esa es la historia de Jenks? ¿Saltar por los aires nada más llegar?

—Y luego cincuenta y cuatro operaciones. Hace que la guerra sea lo de menos.

—Jenks no le está hablando a Sarah de cuando era pequeño ni de la chica que le rompió el corazón. Y aunque así fuera, a ella le importaría una mierda.

Jessie apaga el cigarrillo en el suelo. El mío se ha consumido hasta el filtro, pero lo tengo todavía en la mano, apretujado entre las puntas de los dedos.

—¿Quieres enseñarle a la gente lo que es la guerra? —le digo, tirando la colilla justo cuando empieza a quemarme los dedos–. Comienza a pegar tiros a hijos de puta. Pon bombas en las calles. Haz que unos chicos subnormales se mezclen en la multitud y se hagan explotar. Que haya francotiradores disparando a la policía de Nueva York.

–Yo no quiero enseñarle nada a la gente –responde Jessie.

–O puedes ponerlos a reparar baches durante siete meses. Así aprenderán. Joder. Aquí tienes el título para tu obra: «Reparando baches con Wilson y Jenks». La gente vendrá a millares.

Jessie echa un vistazo por la ventana del bar.

–Creí que le iría bien contarle su historia a un civil que lo escuchara de verdad.

Pienso en encenderme otro cigarrillo, pero ya he dejado a Jenks demasiado tiempo solo.

–¿Crees que deberíamos irnos de Afganistán?

Jessie se echa a reír.

–Ya me conoces. A mí me gustaría que hubiera una leva nacional. Hacerlo en serio.

Los dos nos echamos a reír. Luego volvemos adentro. A Jenks se le ve a gusto, y me saluda con la mano cuando entramos.

–Eh –me dice Sarah antes de que vuelva a sentarme–, Jenks me ha estado contando que él y tú sois como la misma persona.

–Yo no tengo el estilo que tiene Jenks –respondo. Pero no es suficiente, así que añado–: Él es quien debería haber sido yo.

Sarah sonríe educadamente.

–Bueno, ¿y cómo era, cuando lo conociste?

Era como yo, pienso. Pero no es eso lo que le digo.

–Era un poco capullo –respondo, y sonrío a Jenks, que me observa con una de esas miradas que no sé interpretar–. Para ser absolutamente sincero, era un inútil de mierda. Poco tema para una obra, eso seguro. –Sonrío–. Menos mal que se quemó, ¿verdad?

SIEMPRE QUE NO SEA UNA HERIDA
ASPIRANTE DE TÓRAX

Cuando la llamada me despierta y veo el nombre «Kevin Boylan» brillando en el centro del teléfono, no quiero descolgar. Todavía estoy en ese estado entre el sueño y la vigilia, y tengo la sensación de que si lo cojo no será Boylan quien encontraré al otro lado de la línea, sino Vockler, lo cual es imposible porque Vockler está muerto. Y cuando lo cojo y oigo la voz de Boylan diciéndome que viene a la ciudad, me lleva todavía más lejos. Con un tío como Kevin Boylan, capitán del Cuerpo de Marines de Estados Unidos, no es solo la llamada de un viejo amigo. Son mis antiguos dioses.

—Voy a Nueva York a ponerme ciego de la hostia —farfulla al teléfono—. Vete preparando.

Debería mencionar que Boylan tiene una Estrella de Bronce con un distintivo al valor en combate. Mis antiguos dioses tienen su idiosincrasia.

—¿Cuándo?

—Lo único que sé es que voy —proclama—. Acabo de volver.

Se refiere a Afganistán.

—Me acaban de hacer una oferta de trabajo —le digo.

—¡Mola! ¿Cuánto pagan?

No es el tipo de pregunta que esperaba, pero es Boylan, así que respondo.

—Ciento sesenta mil dólares. Más pluses.

Antes de que me llamara andaba deprimido por ese trabajo. Tan pronto menciono la cifra, sin embargo, alucino de repente, diciéndolo, pero también me siento un imbécil porque cualquiera con conexión a internet puede averiguar cuánto gana exactamente Boylan, un O3 sin familiares a su cargo y seis años en el Cuerpo. Una pista: menos.

—¡Tío! —exclama.

Y yo sonrío, porque sé que para él es mucho, y porque a mis compañeros de derecho en la Universidad de Nueva York les importaría dos cojones. La mayoría van encaminados al mismo tipo de bufetes, y la mayoría sabe cuánto lo detestará porque ya han hecho eso de las prácticas de verano. Hay una pausa y luego dice:

—Ciento sesenta… Buá. Supongo que hiciste bien en dejarlo, ¿eh?

Y ahí está: la más leve muestra de aprobación por parte de un marine de verdad y ya estoy henchido de orgullo. Aunque ni siquiera estoy seguro de que le parezca bien, realmente. Había un zoólogo alemán, Jakob von Uexküll, que afirmaba que las garrapatas trataban de alimentarse de cualquier fluido que estuviese a la temperatura de la sangre de un mamífero. La facultad de derecho me ha dejado muerto de hambre, y cojo todo lo que me ofrezcan.

Le pregunto a Boylan cómo le ha ido, y me dice, «Afganistán no es Irak, tío», lo cual tiene lógica, pero seguramente hacía falta decirlo, porque es en Irak en lo que estoy pensando. El sonido de su voz me pone nostálgico, como si echara de menos Irak. Pero no. Lo que echo de menos es la idea de Irak que todos mis amigos imaginan al pronunciar la palabra, un Irak lleno de honor y violencia, un Irak que no puedo evitar sentir que debería haber experimentado, pero que no conocí por mi propia y estúpida culpa, porque escogí una especialidad que no me pusiera en situaciones de peligro. Mi Irak fueron pilas de papeles. Tablas de Excel. Una ventana rodeada de sacos de arena detrás de un escritorio barato.

—No dejaban de cambiarnos la misión. El final de una guerra es un momento rarísimo para estar en la guerra.

Hablamos un poco más, y cuando colgamos me quedo un

rato sin moverme, sentado en la cama, en mi habitación oscura, con las cortinas corridas frente a Nueva York, inhalando todavía la misma vieja gloria en el aire, el mismo sabor que la primera vez que me cayó una buena hostia en la cara durante el entrenamiento y no me eché atrás cuando el labio se me abrió por dentro y la sangre traspasó las encías. Aquella vez. Así que me levanto y voy al ordenador, donde tengo mi vida entera en fotos y archivos, y busco la mención de Deme. «Por su extraordinario heroísmo mientras servía como Líder del Escuadrón de Fusileros, Compañía K...» Se me pusieron los ojos un poco llorosos, como siempre. Fue la primera vez que se me hizo un nudo en la garganta cuando supe que la había clavado escribiendo aquello.

A ver, en nuestra unidad había un héroe de verdad. Un héroe de esos sobre los que leemos, como los que vemos en las películas, y ese héroe era el sargento Julien Deme, y aquel sargento era bueno, y aquel sargento era valiente, y aquel sargento está muerto, pero, lo más importante de todo, aquel sargento era el sargento de Boylan, y es el único motivo por el que Boylan y yo estamos tan unidos, y por el que a las dos de la mañana, puesto hasta el culo pero lleno de planes para seguir bebiéndose toda la paga de combate y sus demonios, Boylan me llama.

Esa es la motivación de Boylan. Yo no llegué a conocer a Deme, de modo que Deme no es el motivo por el que respondo al teléfono. James Vockler es el motivo por el que respondo al teléfono.

Yo fui el asistente administrativo del 3/6 en mi segunda campaña en Faluya. De todos los tenientes de aquella unidad, Boylan era mi favorito. No era el mejor redactando informes de aptitud, ni premios, ni haciendo ninguna de las cosas que lo llevaban a mi oficina —en términos puramente profesionales, era un coñazo—, pero aun así era encantador. Encantador a la manera en que lo son a veces los gigantes amables. Boylan tenía las orejas salidas, una cara redonda y expresiva, y una postura encorvada que parecía estar disculpándose permanentemente por el tamaño de todo punto monstruoso de su cuerpo: unos brazos más anchos que mis muslos, unos muslos más anchos que mi torso, un cuello más ancho que mi cabeza. Más ancho incluso que su propia cabeza. El orgullo de Boylan en aquella época consistía en que era capaz de beberse seis latas de cerveza más rápido que ningún otro oficial del batallón. Tragaba cerveza más rápido de lo que soy capaz yo de beber agua. Encajaba más en una fraternidad que en un campo de batalla, era el colega ideal y el tipo de tío que hacía que las chicas se sintieran cómodas porque siempre les pegaba un buen rapapolvo a las zorronas. Y era también el único oficial que nunca parecía pensar que, dado que él estaba en la infantería y yo era un administrativo, había un enorme diferencial de pene entre nosotros.

Así que cuando Deme murió, Boylan vino a verme con la mención, cutre sin remedio, que había escrito, rogando que lo ayudase. A Deme lo habían matado mientras intentaba sacar a marines heridos de una emboscada; el tipo de cosa que, de haber sobrevivido, le habría valido sin duda una Estrella de Plata. Con Deme muerto, toda la unidad hablaba de darle la Medalla de Honor. Y, más importante, lo mismo decía el comandante del batallón.

—Sé que no es bueno —me dijo Boylan, estrujando el papel. Estábamos los dos solos en mi oficina de Camp Blue Diamond, justo a las afueras de Faluya pero a todos los efectos a un universo de distancia de la violencia que Boylan vivía y respiraba todos los días—. No se me dan bien estas cosas.

Hacía solo unos pocos días. No había aún una versión clara de lo que había ocurrido exactamente, y allí tenía a un Boylan desconsolado que parecía listo para desmoronarse con solo una delgada puerta de contrachapado separándonos de los marines novatos que trabajaban para mí. No sería apropiado que oyeran a un oficial derrumbándose y llorando en mis brazos. Eso pasó después, ya en casa, y no fue bonito.

–Eres mejor que la mayoría –le dije, echando un vistazo a aquel patético escrito–. Te preocupas.

Hacer de terapeuta no formaba parte de las responsabilidades del asistente administrativo. Yo debía encargarme del papeleo del batallón: informes de bajas, correspondencia, premios, informes de aptitud, asuntos legales, etcétera. Un trabajo difícil, aun sin tener en cuenta que la mayor parte de los tíos de infantería no se alistaron en el Cuerpo para hacer papeleos y acostumbran a ser un desastre. Pero los temas mentales –culpa, terror, ansiedad, incapacidad para dormir, pensamientos suicidas–, eso le tocaba todo a Estrés de Combate.

–La mayor parte de tenientes –le dije–, en cuanto se meten en su primer tiroteo, se postulan ellos mismos para el Galón por Acción de Combate inmediatamente. La solicitud llega antes de que se haya aposentado el polvo del IED.

Boylan asintió moviendo su cabeza enorme con aquellos ojos grandes e infantiles.

–Sus hombres… Eso ya vendrá. Cuando tengan un momento. Pero tú eres el único, en cualquiera de mis campañas, que pones primero a todos tus hombres y te olvidas de presentarte.

–Deme tiene dos niñas –dijo Boylan. Hizo una pausa–. Son demasiado pequeñas para acordarse de él.

Nos estábamos alejando mucho del tema.

–La mención –dije, echándole otro vistazo–. Muchas de las cosas que has escrito aquí… están fuera de lugar.

Boylan puso la cabeza entre las manos.

–Mira, Kevin. He revisado un millón de menciones. Algunas por valor. Y la clave no es que Deme fuese un tío maravilloso. Estoy seguro de que hay un montón de tíos maravillosos en tu unidad. Creo que tú mismo eres un tío maravilloso. ¿Deberíamos daros a todos la Medalla de Honor?

Boylan negó con la cabeza.

Me volví hacia el ordenador y rebusqué entre las carpetas. Abrí una mención al azar de mi última campaña. Era de un sanitario que había atendido a marines heridos por un IED a pesar de tener un pedazo de metralla del tamaño de un bolígrafo incrustado un centímetro por debajo de la ingle, rozándole los huevos y a un pelo de la arteria femoral.

—«Exhibiendo el más absoluto coraje… —leí— …ignorando por completo sus propias heridas…» —Cerré el archivo y abrí otro—. «Un liderazgo decisivo… exponiéndose impertérrito al fuego enemigo… gran riesgo personal… ignorando por completo su propia seguridad.» —Abrí otro—. «Exhibiendo el más absoluto coraje… valiente liderazgo… sabio juicio… sus valientes acciones posibilitaron…» —Levanté la vista—. Ya te haces una idea.

La expresión de Boylan me hizo ver que no.

—No damos premios a nadie por ser un tipo genial —le digo.

—Él era un tipo genial.

—No jodas. Eso está claro de cojones. Pero la mención no se usa para describir la riqueza de su humanidad y bla bla bla. Hay que dejarlo a la altura de cualquier otro marine que haya hecho cosas absurdamente valientes. Y hay un montón de marines absurdamente valientes. En serio. Es increíble. Así que no se trata de Deme. O, mejor dicho, de lo que se trata es de lo que tenía de marine, no lo que tenía de Deme. Tienes que hacerlo entrar en todas las categorías correctas.

Boylan no parecía estar escuchando.

—Eh —le dije. Levantó la vista—. Buenas noticias. Liderazgo decisivo, ok. Organizó rápidamente a su unidad para proporcionar fuego contrabatería, ok. Ignorando por completo su propia seguridad, ok. El más absoluto coraje, ok. Podría seguir. No conozco todos los detalles, pero aquí hay mucho material.

Boylan sonrío.

—Está bien hablar contigo —me dijo—. Aquí no hay chicas, pero puedo hablar contigo.

Solté un suspiro.

—Genial. ¿Qué tal si escribo yo este rollo?

Boylan asintió felizmente, quitándose un pequeño peso, uno entre muchos otros, de encima.

El coronel me dejó indagar en todos los detalles, y acabé conociendo la historia con todos los pelos y señales. Los marines con los que hablé acostumbraban a perderse en pequeños monólogos desconsolados, así que descubrí, no solo lo que Deme hizo aquel día, sino también que su mujer y él rescataron a unos pit bulls, que escribía canciones de rap terribles y las cantaba usando de fondo unas bases caseras extrañamente relajantes, que su mujer estaba «buena de narices, buena en plan quiero-lamerle-el-culo-como-si-fuera-un-helado» y que sus hijas eran «tan jodidamente monas que te quedabas agilipollado». Pero también me contaron que «Nos cubría una nube de balas de armas ligeras» y «Cuando vi a Vockler desnucarse como una puta muñeca rota» y, en la voz monótona y vacía del propio James Vockler, «Yo debería estar muerto, no él». Todo cuanto necesitaba, y cogí aquellas frases y las convertí en la prosa plana y uniformizada que requiere el Cuerpo para sus medallas.

Esto es lo que no puede contar Vockler, que rápidamente pasó a ser conocido en el batallón como «El tío por salvar al cual Deme murió». Los destacados:

Después de que el enemigo (no identificado) abriera fuego contra su escuadrón en un callejón estrecho, el sargento Deme corrió al frente, vio que tenía tres hombres heridos e indefensos, organizó el fuego contrabatería y penetró en la zona letal para rescatar a sus chicos. Yo no tengo ninguna experiencia en combate, y desde luego no tengo ninguna experiencia organizando fuegos contrabaterías, adentrándome en zonas letales o rescatando gente, pero fui informado fehacientemente por marines que saben de estas cosas de que hace falta tener un enorme par de cojones.

Con balas volando por todas partes, rebotando en las paredes del estrecho callejón como si fuera una máquina de pinball mortal con las paletas atascadas, el sargento Deme agarró por el chaleco antibalas a Vockler, inconsciente, y lo arrastró fuera de peligro. Entonces volvió corriendo y casi de inmediato recibió un disparo en la cara. Así que sería más correcto decir que el sargento Deme murió mientras intentaba salvar infructuosamente las vidas de los otros dos marines del equipo de asalto de Vockler que decir que murió salvando al propio Vockler.

Para añadirle ironía, puede que Vockler ni siquiera hubiese muerto si el sargento Deme lo hubiera dejado donde estaba. A diferencia de los otros dos marines, que se estaban desangrando en una posición expuesta, Vockler no estaba en peligro inminente ni necesitaba atención médica inmediata. Una bala de AK había dado en el lado izquierdo de su casco, cierto, pero no penetró. La fuerza del impacto oblicuo dejó a Vockler sin sentido y tumbado de espaldas en una posición relativamente segura: un mínimo espacio a cubierto en aquel callejón lleno de escombros. De modo que Deme podría haberlo dejado ahí.

Nadie le contó nunca esto a Vockler. Por lo que él sabía, pasó por un segundo de tiros y terror, le dispararon (más o menos) en la cabeza, y se despertó con su escuadrón diciéndole que el sargento Deme, al que reverenciaba, había demostrado de una vez por todas el pedazo de marine que era muriendo de la forma más heroica en que puede morir un marine: salvándote tu inútil y estúpido culo, que ni siquiera estaba tan gravemente herido como para necesitar una MEDEVAC.

Nada de esto le resta heroísmo a Deme, pero si Vockler supiera toda la verdad le pesaría aún más de lo que ya le pesaba. A diferencia del ciudadano estadounidense medio, Vockler podía identificar quién había muerto por él en la persona de un ser humano concreto. Un ser humano concreto al que había conocido y amado con el tipo de pasión que sienten los marines por los buenos líderes de combate. Ni siquiera la mayoría de matrimonios pueden compararse a eso, porque, en general, las personas casadas no reciben un recordatorio rutinario de las probabilidades que tendrían de morir cada día si su compañero no fuera un puto hacha. Así que sumarle a eso la idea de que: eh, a lo mejor Deme podría haberte dejado donde estabas y salvar a alguno de tus colegas del equipo de asalto antes de que lo mataran… no habría ayudado.

Muy duro, incluso de oídas. La experiencia de hablar con el escuadrón de Deme dotó de vida todas las expresiones de las que había visto echar mano en todos los premios que había tramitado. Y esta no era una mención cualquiera. Era para la puta Medalla de Honor, algo que una parte de mí sabía que no iba a pasar, pero aun así, no importaba. A Deme le darían algo, puede que hasta la Cruz de la Marina, y al menos lo considerarían para la grande. Solo escribir aquellas palabras ya era emocionante. Los galardonados con la Medalla de Honor son los santos del Cuerpo. Está Dan Daly, en Belleau Wood, y Smedley Butler, en las guerras bananeras, y cerca de trescientos más en los conflictos estadounidenses que se extienden desde la guerra de Secesión hasta el día de hoy.

Así que escribí aquella mención con cada una de mis frustraciones disolviéndose en la emoción del asunto. Como si extendiera los dedos y tocara un dios a través del teclado de mi ordenador. Mi trabajo, sentía, significaba algo.

Incluso escribí sobre Deme en la exposición personal que envié, a mitad de campaña, dentro de mi solicitud de ingreso en el máster de derecho.

«Ni siquiera los mejores asistentes administrativos salvan vidas, como el sargento Deme, ni arriesgan su vida en patrullas diarias, como cualquier soldado de infantería. Pero los mejores de nosotros nos aseguramos de que esos sacrificios reciban un reconocimiento proporcionando el apoyo administrativo necesario, ya sea repartiendo papeletas de voto por correo o ayudando con los testamentos. No hay gloria alguna en este tipo de trabajo. Generalmente, solo se repara en la tarea del asistente administrativo cuando esta se hace mal. He pasado mis dos campañas sentado tras un escritorio, liberando a los marines de cargas que nunca imaginarán que puedan existir. Eso es suficiente para mí. Más que suficiente. Y es lo que me ha llevado a desear una carrera de interés público en el campo de las leyes.»

Lo que no mencionaba era que el cálculo de muertos de nuestro batallón al término de la campaña fue de cinco, lo que significa que aquel callejón fue el responsable de más de la mitad de nuestras bajas totales. Y tampoco mencionaba que aquel callejón estaba en un área en la que el comandante anterior había aconsejado que nuestro batallón evitara patrullar de un modo ofensivo. «No vamos a lograr ningún avance aquí hasta que desarrollemos mejores relaciones con la población local», había dicho. La reacción de la unidad había sido unánime: «¡Esos tíos son idiotas! ¡Somos la infantería de marines! ¡Nosotros no evitamos al enemigo, nosotros nos encaramos al enemigo y lo destrozamos!». El teniente coronel Motes, nuestro oficial al mando, tenía un estilo agresivo, y el batallón no se subió verdaderamente al tren de la COIN hasta después.

Que había enviado a su pelotón a una zona mortal no le pasó desapercibido a Boylan, que en adelante estuvo cuestionándose en todo momento cada decisión que tomaba, convencido de que un mejor liderazgo podría haber salvado las vidas de esos marines. Sus instintos al respecto seguramente eran acertados. Boylan volvió a Estados Unidos con catorce kilos menos que cuando partió: esquelético, con la piel de un violeta como de moratón bajo los ojos, que miraban desde el fondo de un océano. Yo no había tenido nunca una relación personal con ninguno de los cinco marines caídos, así que solía pensar en sus muertes con un orgullo solemne y patriótico, y no con el autodesprecio y el autocuestionamiento que de forma tan evidente estaba desgarrando a Boylan.

Cuando volvimos de Irak estaba hecho un desastre. Se puso en evidencia en el baile de gala de los Marines, se emborrachaba todos los fines de semana, y seguramente también los días laborables. Recuerdo que una vez entró en la oficina de administración, a las ocho de la mañana, resacoso, con un pedazo enorme de tabaco de mascar colgando de la boca y preguntando: «¿Alguien tiene una escupidera?». Nadie quería dejarle escupir en ninguna de sus pertenencias, así que Boylan se encogió de hombros, dijo «Ahhh, a tomar por culo», y luego agarró el cuello de la camisa de su uniforme y escupió dentro. Los marines estuvieron semanas hablando de aquello.

Esa era una forma de abordarlo. Vockler tenía otra. Prácticamente tan pronto como volvimos, empezó a maquinar para que lo mandaran de campaña a Afganistán. Irak se estaba acabando, eso estaba claro ya hacia el final de nuestro servicio allí. De modo que acechó a un comandante de compañía del 1/9 hasta que consiguió que lo pusieran en lista de espera. Lo cual lo trajo a la oficina de administración, mi oficina; y en lugar de hacer que mis marines gestionaran su rollo, hice que me lo enviaran a mí. Quería verlo de nuevo, cara a cara.

—¿Así que quieres ir a Afganistán? —le dije.

—Sí, señor, ahí es donde está el combate.

—El 1/9. Los Muertos Vivientes.

En lo que respecta a apodos de batallones, seguramente tienen el mejor. Gracias a Vietnam, el 1/9 hace gala del índice más alto de muertos en combate en la historia del Cuerpo de Marines. Y los marines, a los que les gusta verse como perros rabiosos con una agresividad suicida y que a veces incluso están a la altura de esa autoimagen, eso les «mola».

—Sí, señor.

—Sabes que si marcan un tiempo mínimo de residencia es por un motivo. Solo porque pienses que estás listo para embarcarte de nuevo no significa que lo estés.

—Hay un montón de marines en el 1/9 que no han estado nunca en una campaña, señor.

—¿Y tú tienes la experiencia que necesitan?

—Sí, señor. Necesitan buenos suboficiales.

Los marines a menudo les hablan a los oficiales con tópicos, así que a veces cuesta saber cuánto de lo que dicen creen realmente.

—En el 1/9 hay muchos marines que han estado allí tres, cuatro, cinco veces —le digo.

Asiente.

–Señor, sé cómo es que pasen cosas malas de verdad. –Imposible discutirle eso–. Es muy duro –dijo con voz tranquila, como si estuviera exponiendo las condiciones meteorológicas–. Es muy probable que esos chicos tengan que enfrentarse a lo mismo.

–Algunos seguramente lo harán.

–Se me da bien la gente. Se me daría bien eso.

Habla con absoluta compostura. Hace que el espacio a su alrededor parezca frío e inmóvil.

–Listo para la acción –le digo–. Me alegro de que vayas a estar ahí. Necesitan buenos suboficiales.

Repasé con él algunos de los pasos que tendría que seguir cuando se marchara, y luego lo dejé irse. Lo último que me preguntó fue:

–Señor, ¿cree que le darán la Medalla de Honor al sargento Deme?

Fue el único momento en el que una pizca de su compostura pareció resquebrajarse y filtrar algo de emoción.

–No lo sé –le respondí–. Espero que sí.

No fue lo que se dice una buena respuesta.

Solo vi a Vockler dos veces más después de aquel día en mi oficina. La primera fue en la ceremonia en la que otorgaron al sargento Deme la Cruz de la Marina, donde Boylan y él intentaron, sin conseguirlo, no llorar. Eso fue la misma semana que recibí la carta de admisión de la Universidad de Nueva York. Estaba seguro de que no habría conseguido entrar sin mi experiencia en el Cuerpo de Marines. Para la NYU yo era un veterano. Dos campañas. Eso significaba algo para ellos.

La última vez fue el día que Vockler partió hacia Afganistán. Yo estaba corriendo cinco kilómetros durante la pausa del almuerzo y su compañía estaba concentrada enfrente de McHugh Boulevard, esperando a los autobuses. Los familiares llevaban tantas banderas de Estados Unidos que si alguien se hubiese envuelto en las barras y estrellas le habría servido de camuflaje, y hacía tanto calor que cada tío gordo de un marine que había allí llevaba unas manchas de sudor en los sobacos tan grandes que se juntaban en mitad del pecho.

Vockler estaba en un corrillo de marines, todos fumando y haciendo bromas como si estuvieran a punto de ir de campamento, lo cual, desde cierta perspectiva, era cierto.

Detuve mi carrera y me acerqué. Vockler me vio y sonrió.

—¡Señor! —dijo.

No me hizo el saludo, pero no pareció irrespetuoso.

—Cabo. —Extendí la mano y me la estrechó con fuerza—. Buena suerte por allí.

—Gracias, señor.

—Lo harás genial. Gestionar tu traslado, cosas así hacen que me sienta orgulloso de mi trabajo.

—Hurra, señor.

Pensé en hacer algún tipo de broma, como «Mantente alejado del opio», pero no quería forzar las cosas. Así que seguí corriendo, y tres semanas después estaba fuera del Cuerpo.

Hay un mes después de mi licenciamiento del que realmente no puedo dar cuenta. Viajé. Me mudé a Nueva York. Y luego creo que pasé un montón de tiempo en ropa interior, viendo la tele. Mi madre dice que me estaba «despresurizando».

Por entonces, la mayor parte de mis amigos de la carrera estaban metidos en derecho corporativo, banca de inversión o replanteándose su vida después de dejar Teach for America.

Curiosamente, fuera del Cuerpo empecé a sentirme más como un marine de lo que me había sentido mientras estaba dentro. No te encuentras con muchos marines en Nueva York. Todos mis amigos me veían como «el marine», y para toda la gente que conocía era «el marine». Y si no lo sabían, me aseguraba de dejarlo caer en las conversaciones a la primera oportunidad. Llevaba el pelo siempre corto y entrenaba igual de duro que antes. Y cuando comencé en la NYU y conocí a todos aquellos chicos recién licenciados, pensé: «Joder, sí, soy un puto marine».

Algunos de ellos, chicos educados impecablemente, alumnos de una de las cinco mejores facultades de derecho, ni siquiera sabían qué era lo que hacía el Cuerpo de Marines («Es como el Ejército pero más fuerte, ¿no?»). Pocos estaban mínimamente al día de las guerras, y la mayoría suscribían una forma de pensar a lo «Es un desastre terrible así que no pensemos demasiado en ello». Y luego estaban los chicos politizados, que tenían opiniones firmes y que era con los que menos me gustaba hablar. Muchos se solapaban con la peña insufrible de interés público, que odiaba la guerra, no entendía cómo podía haber alguien que hiciera derecho corporativo, no entendía cómo podía haber alguien que se alistara en el ejército, no entendía por qué querría alguien tener una pistola, no digamos ya dispararla, pero que aun así compartía de boquilla la idea de que yo merecía algún tipo de respeto, y de que era, de un modo impreciso y claramente vinculado a las películas de acción y a los anuncios de reclutamiento, muchísimo más duro que el civil común y corriente. Así que, sin duda, era un marine. Como mínimo, no era de los suyos.

La NYU se enorgullece de enviar un alto número de estudiantes de derecho al sector del interés público, entendiendo «alto» como entre un diez y un quince por ciento. Si un estudiante de la NYU consigue un puesto de interés público en el que le pagan menos de cierta cantidad, le perdonan parcial o totalmente la deuda, lo que le ahorra más dinero del que gana el estadounidense medio en tres años. Como cualquier otro que no tuviera una beca Root, o unos padres ricos, o un novio o novia que trabajara en un fondo de cobertura, me tragué toda la presentación del programa y pensé: «Ah, quieren que me deje el culo trabajando y que viva en Bed-Stuy seis años». Con incentivos así, cuatro de cada cinco estudiantes de la NYU echan un buen vistazo a los trabajos de interés público, marean la perdiz, consideran las trayectorias de los emprendedores que admiran y luego acaban yendo a los mismos bufetes enormes que el resto el mundo.

Joe-el-abogado-corporativo me dijo:

—Métete en la Asistencia Jurídica Gratuita. Hazte abogado de oficio.

Estábamos tomando unas copas en un bar situado en una azotea, con unas vistas sensacionales del edificio Chrysler. La copa a la que me había invitado Joe estaba hecha con un licor de infusión de cardamomo. Nunca había tomado nada parecido.

—Ya no soy realmente un idealista —le dije.

—No tienes por qué serlo —me respondió—. Solo tienes que ser un tío que no quiere ver su vida destrozada trabajando en una mierda que ni siquiera es estimulante mentalmente. A veces odio a mis clientes y quiero que pierdan, pero eso en realidad es algo bueno e inusual en comparación con la mayoría de los casos, que implican a grandes corporaciones y en los que ni siquiera consigo hacer que la cosa me importe. Al margen de las primas, que cada año son más pequeñas, trabajo con un salario estipulado. Pero facturo por horas, lo que significa que los socios capitalistas ganan más dinero cuanto más trabajo. Y nadie se deja el culo durante diez años para convertirse en socio porque arda en deseos de mejorar el estilo de vida de los pasantes recién llegados. Lo hacen por dinero. Y yo también.

—Estás pagando la deuda de la carrera y del máster…

—Cosa que tú no harás —me dijo—. Gracias a la G.I. Bill y al programa Yellow Ribbon y a los ahorros del Cuerpo. Si sigues mi camino, te quedarás atrapado haciendo revisión documental todos los días y todas las noches y todos los malditos fines de semana y querrás volarte los sesos.

Joe tenía razón en lo de la deuda, pero yo tenía ya cierta experiencia en lo de poner toda mi fe en algo, y si el Cuerpo de Marines servía de indicador, los trabajos basados en el idealismo no te salvaban de querer pegarte un tiro en la cabeza.

Paul–el–rebotado–de–Teach–for–America me dijo:

—Si coges Interés Público, ten cuidado con dónde te metes.

Habíamos quedado en Morningside Heights, en el apartamento tipo vagón de tren que compartía con sus dos compañeros de piso. El lugar estaba decorado de un modo esquizofrénico, con posters antiguos de Rage Against The Machine, paisajes de Nueva York enmarcados y banderitas de oración tibetanas.

—América está destrozada, colega. —Paul dio un trago de cerveza—. Créeme, no quieres ser el tío que se queda achicando agua en un barco que se hunde.

—Soy un veterano de Irak —le respondo, señalándome al pecho—. Ya he pasado por eso.

—Yo también. Y pongo sobre la mesa mi tour por la escuela media frente a tu campaña cuando quieras.

—¿Te dispararon?

—Un día un chico apuñaló a otro.

Eso no habría superado a Vockler ni a Boylan, y estaba clarísimo que no superaba al heroico y muerto Deme, pero a mí me daba mil vueltas. Lo más cerca que estuve de la violencia fue viendo cómo traían a los heridos y los agonizantes al hospital de la base.

—Lo más triste de esa escuela eran los chicos a los que no les importaba todo una mierda. Porque, sinceramente, aquel colegio estaba tan jodido que lo inteligente habría sido darse el piro.

—Entonces ¿cuál es la solución? ¿Escuelas chárter? ¿La ley «Que ningún niño quede atrás»? ¿Los exámenes estandarizados?

—Tío, no tengo ni idea. ¿Por qué crees que me metí en un máster de Liderazgo Educativo? —dijo riendo—. Así que si escoges Interés Público…

—… tengo que asegurarme de que no soy una tirita en una enorme herida aspirante de tórax.

—No vas a meterte en interés público —me dijo Ed-el-banquero-de-inversión mientras nos fumábamos unos puros en un bar a lo James Bond en el que llevar pantalones caquis y zapatos buenos era requisito de entrada.

—Pero creo que…

—¿Cuánto hace que nos conocemos? Vas a entrar en un bufete. Es el camino fácil. Permite que te lo desglose.

—Joe dice…

—Joe es abogado. Yo contrato abogados. —No era estrictamente cierto. Es su banco el que contrata abogados, aunque supongo que en realidad no hay ninguna diferencia, porque los tipos como él pueden hacer que los tipos como Ed trabajen hasta las cinco de la madrugada si quieren—. Escúchame —dijo, extendiendo las manos—. Hay catorce facultades de derecho en lo más alto. Ni trece, ni quince. Hay catorce que importan. Y adivina qué: felicidades, tú estás en una de ellas.

—La NYU está en el top cinco.

—En el top seis, pero qué más da. Los bufetes de primera línea contratan básicamente en esas facultades. Tal vez cojan a algunos de facultades un poco por debajo, unos cuantos chicos salidos de Fordham o donde sea que lo han hecho genial y son tan hachas que sacan fuegos artificiales por la polla, pero en general si no vienes de una de esas facultades lo tienes crudo para encontrar trabajo en esta ciudad.

—Te refieres a un trabajo como el de Joe. Y Joe odia su trabajo.

—Pues claro que lo odia. Está en un bufete de abogados, no en una cervecería. Trabaja más horas de las que hacías tú en el Cuerpo, y te puedo garantizar que nunca en la vida se le acercará un completo desconocido para decirle «Gracias por su servicio». Pero así es como funciona. Todos los bufetes punteros pagan lo mismo, salvo uno, que es el primero y en el que no vas a entrar a no ser que tú también aprendas a sacar fuegos artificiales por la polla…

—No sabía que esa fuera una habilidad legal importante.

—En esta ciudad, sí. Hay un millón de abogados y solo cierto número de trabajos realmente buenos. Hasta para los puestos más altos de interés público, como la Fiscalía General o el Defensor Federal, tienden a contratar a gente de los principales bufetes. Así que todo cuenta. La facultad a la que vayas determina dónde haces las prácticas, el bufete en el que trabajas. Si no tienes las credenciales apropiadas del sitio apropiado, estás jodido.

—¿Qué es lo que me estás diciendo?

—Que no la cagues como hiciste en la carrera. Bienvenido a la edad adulta. Lo que haces cuenta.

Me enteré de lo de Vockler un mes después, solo en mi apartamento vacío, las paredes desnudas y una silla solitaria junto a la repisa de la ventana en la que había puesto el ordenador. El Cuerpo me había acostumbrado a la vida espartana, aunque imaginaba que si alguna vez llevaba a alguna mujer a casa tendría un aire como de asesino en serie.

Lo único que aquel sitio tenía a favor eran las vistas. Daba al centro de la ciudad desde una calle adyacente a York Avenue, y se veía la ciudad desde Central Park hasta el Empire State. Las noches en que volvía borracho me paraba y contemplaba boquiabierto la constelación de apartamentos. Y luego, a veces, encendía el ordenador y echaba un vistazo a Defenselink. La idea era revisar la web para ver si había muerto alguien que yo conociera. En la sección de «Comunicados» hay un sinfín de enlaces desplegándose por la pantalla, y normalmente hago clic en los que se titulan «Defensa identifica baja en Marines» o, si ha sido un mal día, «Defensa identifica bajas en Marines». Y te lleva a la página con los nombres.

Esa noche había estado tomando algunas copas con Joe-el-abogado y Ed-el-banquero. Con ellos había vuelto los tiempos de la universidad, contando historias de borrachos y chistes guarros, así que cuando me senté al ordenador creo que deseaba recuperar lo que quiera que soy cuando miro los nombres de los muertos.

Me senté en la silla y cliqué en un enlace de los malos, y mi noche quedó cortada en dos. Joe y Ed se desvanecieron, insustanciales.

El Departamento de Defensa ha anunciado hoy la muerte de dos marines que estaban prestando apoyo a la Operación Libertad Duradera. El cabo segundo Shield S. Mason, 27, de Oneida, N.Y., y el cabo James R. Vockler, 21, de Fairhope, Ala., murieron el 3 de octubre a causa de las heridas sufridas mientras prestaban apoyo a operaciones de combate en la provincia de Helmand, Afganistán. Estaban asignados al 1.er Batallón, 9.º Regimiento, 2.ª División de Marines, de la II Fuerza Expedicionaria del Cuerpo de Marines, Camp Lejeune, Carolina del Norte.

Para obtener información adicional sobre este marine, los representantes de los medios de prensa pueden contactar con la oficina de asuntos públicos de la II Fuerza Expedicionaria del Cuerpo de Marines en el (910) 451-7200.

La fecha del comunicado, el 3 de octubre, era de hacía más de una semana y media. Tecleé su nombre en Google para ver lo que pudiera haber salido y aparecieron un montón de artículos de prensa. «Marine del condado de Baldwin muerto en Afganistán», «Marine caído vuelve a casa». Y, muy extraño, un artículo más antiguo titulado «¡A casa por Navidad!». Cliqué sobre él.

Se abrió una página con una foto de Vockler, los brazos extendidos hacia el cielo mientras sus dos hermanas pequeñas le daban un abrazo, una a cada lado. Las chicas solo le llegaban a los hombros, y daba la impresión de que la foto había sido hecha el día en que se fue. Debajo había un bloque de texto.

Hoy mi esposa y yo hemos visto cómo nuestro hijo, nuestro marine, el cabo James Robert Vockler, partía a la guerra. Aunque para nosotros es difícil ver a nuestro hijo embarcándose en una misión tan peligrosa, estamos tremendamente orgullosos de él y de sus hermanos marines.

Fuimos hasta allí a principios de semana con James, y podemos afirmar que él y sus hermanos marines tienen la moral muy alta. A pesar de los peligros, están emocionados ante la oportunidad de llevar a cabo su misión, que será la de expulsar al enemigo de sus bastiones en el sur de Afganistán. Una tarea importante para la que han estado meses entrenándose.

James tiene veintiún años y se graduó en la promoción del 2006 del Instituto de Fairhope. Combatió en Irak el pasado año y regresó a casa sano y salvo a tiempo para Acción de Gracias. Se unirá a sus compañeros del Instituto de Fairhope el cabo John Coburn y el cabo segundo Andrew Roussos, que también lucharon con él en Irak.

Deseamos que los marines cumplan con su misión y su regreso a salvo para Navidad.

George, Anna, Jonathan, Ashley y Lauren Vockler

Cliqué atrás, de vuelta a los resultados de la búsqueda, y eché un vistazo a la habitación. Esquinas vacías, un colchón de matrimonio tendido patéticamente en el suelo. Silencio. Volví a mirar al ordenador. También había resultados de vídeo. Cliqué en un enlace de YouTube.

En la pantalla, se veía una hilera serpenteante de gente en torno a un edificio escolar, el Instituto de Fairhope, supongo. Recordaba a las imágenes de los iraquís haciendo cola para votar en aquellas primeras elecciones, todo el mundo paciente y serio. Era el velatorio de Vockler. Toda la comunidad había salido a llorarlo. Me pareció ver fugazmente a Boylan con el uniforme Alpha, pero la calidad del vídeo era demasiado mala para estar seguro. Apagué el ordenador.

No había nada de alcohol en el apartamento y no quería salir. No conocía a ningún veterano en la ciudad. No quería hablar con ningún civil. Mientras me tumbaba en el colchón, luchando contra una violencia que podríamos llamar dolor, me di cuenta de por qué nadie había pensado en informarme de la muerte de Vockler. Estaba en Nueva York. Estaba fuera del Cuerpo. Ya no era un marine.

Aquel sábado fui a ver un documental con Ed-el-banquero. Fue idea suya. La película giraba en torno a unos veteranos enfrentándose a la vida civil, y los cuatro personajes principales iban desde un candidato al Congreso a un completo desastre de ser humano. Uno, un luchador de artes marciales mixtas con TEPT, relataba un incidente en la guerra en el que había disparado contra un vehículo civil y había matado a un niñita de aproximadamente la edad de su hija.

Al terminar, la pareja que había hecho el documental se levantó, respondió preguntas y luego charló con el público durante una pequeña recepción. Me acerqué y les di las gracias por la película. Les dije que las dificultades de la transición a la vida civil eran un tema que no se trataba lo suficiente, y que agradecía especialmente que hubiesen evitado adoptar una postura política que habría interferido con las historias de aquellos hombres. Tenía la sensación de que era el único veterano en la sala, y que, por tanto, estaba más capacitado que nadie para hablar. Si hubiera visto un solo tío luciendo orgulloso una de esas gorras de la OLI que llevan los veteranos de combate, habría cerrado la puta boca.

—Muy potente —le dije a Ed-el-banquero al salir.

Él mencionó la escena en la que el luchador de AMM contaba cómo había matado a aquella niña.

—Sí —le dije, con la sensación de que ese era otro tema del que podía hablar con seguridad—. ¿Sabes?, vi un montón de niños heridos en Irak…

Ahí me bloqueé. Se me hizo un nudo en la garganta. Fue algo inesperado. Quería contarle la historia del camión suicida, una historia que había contado tantas veces que en alguna ocasión tenía que fingir mis emociones para no parecer insensible, pero era incapaz. «Disculpa», dije con esfuerzo, y corrí escaleras arriba hacia el baño, donde encontré una cabina libre y estuve llorando hasta que conseguí controlarme.

El incidente me sorprendió y me avergonzó. Cuando salí, ni Ed ni yo dijimos una sola palabra sobre lo que había pasado.

Cuando volví a mi cuarto, eché un vistazo a Defenselink y revisé los últimos nombres, todos ellos abstractos y carentes de significado para mí. Así que googleé «1 batallón 9 marines», el batallón de Vockler, y me puse a leer los artículos y a ver los vídeos de YouTube que aparecieron.

Con internet, si quieres te puedes pasar el día entero sin hacer otra cosa que ver la guerra. Vídeos de tiroteos, ataques de mortero, IED, está todo ahí. Hay marines explicando cómo es el calor del desierto, cómo es el frío del desierto, qué se siente al disparar a un hombre, qué se siente al perder a un marine, qué se siente al matar a un civil, qué se siente cuando te pegan un tiro.

Escuché los clips, sentado en mi apartamento. No encontré ninguna respuesta para cómo me sentía, pero había exámenes que preparar, libros que leer, trabajos que escribir. Contratos, procedimientos, responsabilidad civil, abogacía. Una cantidad delirante de trabajo flotando en el fondo de mi conciencia. La llevé a la superficie.

A lo largo de las semanas siguientes dejé de pensar en los marines que estaban en Afganistán. Hice mi trabajo. Los días que uno pasa ocupado no parecen tiempo.

No entablé amistades fácilmente en la NYU, y durante el primer año no salí con nadie. Empecé el curso despreciando a mis compañeros de clase, pero si pasas el suficiente tiempo solo acabas sintiendo en cierto modo que algo falla contigo. Y la chica con la que finalmente conecté, otra estudiante que estaba llevando los estudios de derecho como un alcohólico altamente funcional conduciendo, olió eso en mí muy pronto.

Un día me llevó aparte para contarme el tipo de cosas que no le cuentas a alguien que no conoces demasiado, el tipo de cosas que solo le cuentas a los amigos muy íntimos, o a tu psiquiatra. «Pensé que podía confiar en ti —me dijo después de recorrer toda su historia de abusos infantiles—. Porque, ya sabes, tú también tienes TEPT.» Yo no tengo TEPT, pero supongo que el hecho de que ella lo pensara es parte de ese extraño pedestal en el que están ahora los veteranos. En cualquier caso, no la contradije.

—Mira —me dijo—. Soy alta, soy rubia. Puedo ir de chica mona. Pero al final tengo que decírselo a la gente. Y van a pensar: esta tiene una tara. —Asentí. Eso era exactamente lo que estaba pensando—. Y no estoy comparando lo que yo he pasado con lo que has pasado tú. —Eso me sorprendió—. Lo mío son solo cosas, y estoy segura de que tú has pasado…

—No, no es así —le dije.

—Bueno, no estoy diciendo que lo mío sea tan malo.

No parecía apropiado decirle que lo que ella había pasado era infinitamente peor.

Nos acostamos una semana más tarde, estando los dos borrachos, y sintiéndonos solos, y después de que le contara lo de Vockler, en parte como una forma de sacarlo y en parte como una forma de corresponderle por todo lo que me había contado.

Los primeros meses hubo un montón de sexo, y yo salí mucho a correr. Si corres lo bastante rápido, la cosa mejora, todas las emociones aprisionadas se expresan en el balanceo de los brazos, el ardor en el pecho, la pesada carga del cansancio en las piernas, y puedes simplemente pensar. Puedes pensar en la rabia, en el dolor, en cualquier cosa, sin que te destroce, porque estás haciendo algo, algo tan duro que parece ser una respuesta apropiada para la confusión que hay en tu cabeza. Las emociones necesitan algún tipo de escape físico. Y si tienes suerte, lo físico toma el poder por completo. Cuando hacía artes marciales mixtas, pasaba. Te agotas hasta un punto en el que solo quedan el dolor y la euforia. Cuando llegas a ese estado, no echas de menos todo lo demás, todos esos pequeños sentimientos que tienes.

Estando en Irak, veía cómo traían a los marines heridos y los visitaba con el teniente coronel Motes, ese gilipollas incompetente cuyo triste dominio de la COIN estaba haciendo que salieran heridos. Muchos de ellos no preguntaban por sí mismos o por las heridas terribles que tenían. Preguntaban por sus compañeros, los marines que estaban con ellos, incluso por los que no tenían heridas tan serias. Era inspirador. Solo que cuando veía a esos tíos ya les habían dado anestésicos de alguna clase. Además, todos los realmente graves estaban inconscientes. Después del atentado suicida, sin embargo, algunos de los iraquís que vimos estaban sufriendo tanto dolor que solo se retorcían. Si tenían los ojos abiertos, no veían, y aquellos a los que no les habían reventado los tímpanos, no oían, y estoy seguro de que si hubiesen podido pensar en algo habrían pensado en sus hijos, hijas, padres, madres, amigos, pero sus bocas solo gritaban. Un ser humano sometido al suficiente dolor no es más que un animal que grita.

No es posible llegar a eso con el placer. Puedes intentarlo, pero no es posible.

—Piensa en las termitas —le dije a Ed-el-banquero, dos semanas después de la ruptura. Estábamos en su apartamento del West Village, bebiendo su whisky escocés. Parecía muy de adultos—. Había un investigador médico llamado Lewis Thomas. Y Thomas tenía algo de poeta.

—Estoy seguro de que es una característica útil en un médico —dijo Ed-el-banquero, dado que no era el tipo de persona que te deje completar un pensamiento.

—Thomas dice que si pones dos termitas en un trozo de tierra, la amasan en pequeñas bolas, la mueven de un lado a otro, pero no consiguen nada.

—Como los poetas.

—Thomas era el poeta, no las termitas.

Ahora estaba sonriendo de oreja a oreja. Todos mis problemas le parecen graciosos, y supongo que lo son si tienes la perspectiva adecuada.

—Son como pequeños sísifos, con sus pequeñas bolas de tierra —le dije—. Estoy seguro de que, para una termita, es una crisis existencial de las de toda la vida.

—A lo mejor necesitan una señora termita.

Esta es la solución de Ed-el-banquero a la mayoría de los problemas, y normalmente no es mala solución.

—Necesitan más termitas. Dos no dan la talla. Si tuvieran bastantes neuronas para sentir, se sentirían perdidas, flotando en la soledad del centro del universo o lo que sea. Nada a lo que agarrarse. Solo tierra y la una a la otra. Dos no dan la talla.

—Entonces ¿qué? ¿Un *ménage à trois*?

—No sirve de nada añadir solo unas pocas más. Puedes tener montañas de tierra, pero su comportamiento sigue sin tener propósito alguno.

—Para ti —dice Ed-el-banquero—. A lo mejor empujar bolitas de tierra por ahí es como el equivalente en termita de ver porno en internet.

—No, no se excitan hasta que empiezas a añadir más y más termitas. Al final, sin embargo, alcanzas una masa crítica, hay bastantes cabroncillas de esas como para hacer algo en serio. Las termitas se excitan y se ponen a trabajar. Thomas dice que trabajan como artistas. Pedacito de tierra sobre pedacito de tierra formando columnas, arcos, y termitas a cada lado, construyendo las unas hacia las otras. Es todo perfecto, dice Thomas, simétrico. Como si hubiera un proyecto previo. O un arquitecto. Y las columnas se alcanzan unas a otras, tocándose, formando cámaras, y las termitas conectan cámara a cámara, crean una colmena, un hogar.

—Que sería el Cuerpo de Marines —dijo Ed-el-banquero.

—Doscientos mil obreros todos unidos por el mismo objetivo. Doscientos mil obreros arriesgando sus vidas por ese objetivo.

–Lo que haría del mundo civil…

–Un montón de animalillos solitarios, empujando sus bolas de tierra por ahí.

Ed-el-banquero se echó a reír.

–¿El mundo civil, o el derecho corporativo?

–Los dos –respondí–. Básicamente, no tengo claro a qué grupo de animales confundidos y desesperados debería unirme, y cómo puedo hacer que me importe lo que crean que están construyendo.

–Te lo dije. Tendrías que haberte metido en finanzas.

Eso fue el otoño pasado. Y ahora, dos semanas después de la llamada de Boylan que me despertó en plena noche, aquí está, avanzando pesadamente por la estación de Grand Central como un bebé descomunal vestido con un traje heredado que ya se le ha quedado pequeño. El pecho le tira, los bajos del pantalón dejan ver demasiado calcetín, y su sonrisa indica una bendita falta de conciencia de lo absurdo que resulta su cuerpo embutido en la ropa de un hombre más pequeño que él. He visto a Boylan cuadrado, un gigantón. Y al final de la campaña que compartimos lo vi convertido en un esqueleto chupado y enorme. Pero nunca lo había visto tan fofo: gordinflón y con la cara rechoncha. Ha tenido un puesto de oficina en Afganistán, y se nota.

–Lo compré en una tienda de ropa de segunda mano por veinticinco pavos –me dice, agarrándose la solapa y haciendo un giro para mostrarse en todo su textil esplendor.

–¿Por qué vas con traje? –le pregunto, y su cara revela un momento de confusión.

–Dijiste que me llevarías al Yale Club.

Tardo un momento en darme cuenta de que, en efecto, dije eso, tres años atrás. Es curioso lo que recuerda la gente.

–No quieres ir ahí –le digo–. No quieres estar en ningún sitio de por aquí. –Levanto los brazos para indicar Grand Central, la aglomeración de gente, la belleza catedralicia del lugar, con su mapa dorado de las constelaciones en el techo y la elegante tienda de Apple ubicada discretamente en lo alto de las escaleras mecánicas del ala este–. El midtown no tiene vida. Solo hay copas a diecisiete dólares y los gilipollas que pueden pagarlas.

–Así serás tú pronto, señor Cientosesentamil.

–Todavía no –le digo–. Y dado que yo invito a todas las copas esta noche… no, yo invito… nos largamos de aquí.

Cogemos la línea 6 hasta Astor y nos dirigimos a un garito con una oferta para toda la noche de cinco dólares por una lata de PBR y un chupito de lo que ellos llamaban «Jameson». Calculo que no seremos capaces de gastarnos más que ochenta dólares antes de entrar en coma. Entramos, nos sentamos en la barra y pido la primera ronda mientras Boylan se suelta los faldones de la camisa y se afloja la corbata.

–Me alegro… –y lo que quiero decirle es que me alegro de que esté vivo, pero eso es demasiado sensiblero, aunque sea cierto, así que termino con un–: … de verte.

Y él sonríe. Cuando llegan las copas, choca su whisky con el mío y nos los bebemos de un trago.

–¿Por qué no te quedaste en el Cuerpo, tío?

Se está haciendo cada vez más evidente que Boylan va ya un poco borracho, y me pregunto con quién puede haber estado bebiendo, si es que ha estado bebiendo con alguien. Cerca de muchas estaciones venden botellines de plástico para que los pasajeros se pongan ciegos en el tren. Si eso es lo que estaba haciendo, no sería el único.

–¿Por qué, tío? –insiste–. Eras bueno. Todo el mundo dice que eras bueno.

–Porque soy un marica. ¿Cuándo te ascienden a mayor?

–Nunca. Me cayó un DUI. –Suelta una sonrisa avergonzada, y antes de que yo pueda responder, dice–: Ya lo sé, ya lo sé, soy un idiota. Se acabó lo de conducir borracho para mí.

Y entonces empieza a hacerme preguntas sobre la facultad de derecho, sobre si salgo con alguien, sobre todo tipo de mierdas, y me doy cuenta de que igual que yo quiero que me cuente rollos de la guerra, él quiere que le cuente rollos civiles.

Así que hablamos de rollos civiles. Le hablo de mi chica, le cuento que el sexo estaba bien y todo lo demás, mal, pero que le deseo lo mejor. Le digo que me voy a meter en el sector corporativo y que luego ya veré qué hago, porque es imposible saberlo ahora.

—Un montón de gente…, su carrera va rebotando entre el gobierno y los megabufetes. Haces algo para sentirte bien contigo mismo un tiempo, y luego vuelves a ganar dinero. Luego vuelves a sentirte bien contigo mismo. Luego otra vez al megabufete y a ganar dinero. Es como un ciclo kármico de atracón y purga.

Vamos estando más borrachos, y Boylan dice: «¿Quieres ver un truco?». No espera a la respuesta, sino que se mete la lata de PBR entre los incisivos y los clava en el aluminio. Hace rodar la lata rápidamente, girándola en contacto con los dientes, hasta que la corta con un círculo perfecto, tragos y tragos de cerveza derramándose por los lados y cayendo sobre su traje.

—¡Ja! —exclama, mostrándome las dos mitades—. ¿Qué te parece?

—Impresionante —respondo.

Me doy cuenta de que le falta la corbata. Me pregunto si sabe dónde está.

El camarero se acerca y le dice «No hagas eso», y Boylan lo manda a tomar por culo. Y luego me mira, en plan: «¿Estás conmigo en esto?».

Resumiendo, vamos a mi apartamento y nos ponemos con el whisky, y cuando estamos lo bastante borrachos, llegamos por fin a la guerra.

Menciono los vídeos de ataques aéreos que nos enseñaban en el adiestramiento básico, vídeos borrosos de algún punto caliente y, entonces, bum, moros muertos. Aunque las explosiones nunca son tan grandes como uno espera. Hollywood te jode el momento.

—Era como en los videojuegos —le digo a Boylan, y él se empieza a animar.

—Sí, sí… ¿Has visto alguno con la cámara en el casco?

No he visto ninguno, así que se pone en mi ordenador, de pie junto al escritorio y tambaleándose de un lado a otro mientras intenta teclear en la barra de búsqueda de YouTube, sus manos rechonchas desparramadas por el teclado, pulsando varias teclas a la vez.

—Tío, esto mola.

Finalmente, lo encuentra: un vídeo en toma subjetiva grabado con una cámara sujeta al casco de un marine durante un tiroteo en Afganistán.

—Esto sí que es como un videojuego —dice, y a medida que el vídeo avanza me doy cuenta de que tiene razón.

El marine se agazapa detrás de un muro, y veo el cañón de su fusil atravesando la pantalla exactamente igual que en el Call of Duty. Y entonces se levanta de golpe y suelta algunos disparos, justo como en el Call of Duty. No me extraña que a los marines les guste tanto ese juego.

Se oyen también muchos gritos, y pillo algunas órdenes, pero nada claro. Al final del vídeo un soldado ha recibido un disparo, pero no es grave.

—Entonces ¿así es como es? —le pregunto.

—¿Eh?

—Tú has estado en combate. ¿Así es como es?

Boylan mira un segundo la pantalla.

—Nah.

Espero algo más, pero no dice nada.

—Bueno, pues entonces este es el aspecto que tiene. Al menos, dispararle a uno de los malos.

Mira de nuevo a la pantalla.

—Nah.

—Pero es un tiroteo de verdad.

—Y una mierda, tío… Da igual.

—Es una puta videocámara grabando un puto tiroteo de verdad.

Se queda un buen rato mirando la pantalla.

–La cámara no es lo mismo –dice, y se da un golpecito en la cabeza con una sonrisa torcida.

Vuelvo a mirar a la pantalla, en la que hay recomendaciones para otros vídeos, la mayoría en relación con la guerra, aunque por algún motivo uno de ellos es una captura de pantalla en la que se ve escritura japonesa y un calamar de dibujos animados.

–Yo nunca dejaría que me pusieran una cámara encima –dice.

Tiene la piel pálida, cetrina. Quiero preguntarle si pusieron a Vockler en un ataúd abierto, o si su cuerpo estaba muy dañado, pero por supuesto no puedo.

–Irak… –digo en lugar de eso–. ¿Qué piensas? ¿Ganamos?

–Hum… Lo hicimos bien –responde, mirando a la pantalla, llena de vídeos de combate y un calamar de dibujos animados.

El día que conocí a Boylan llevaba el uniforme Alpha y su Estrella de Bronce con la V ahí en el pecho para que todo el mundo pudiera verla. Había ido a buscar la información de inmediato, pero ahora no consigo recordar por qué se la habían dado. Hasta ese momento, Boylan no había significado mucho para mí, y la mención no era tan emocionante ni tan clara como la de Deme, ya que en el caso de Boylan había sido una lenta acumulación de una serie de acciones heroicas de poca importancia llevadas a cabo en el curso de un día largo e infernal, y no el tipo de dura prueba que sirve de base al auténtico drama. Pero al menos se la dieron. Vockler murió en un IED, como la mayoría de bajas en combate de estas guerras, una muerte que no deja una historia para que los marines más jóvenes la lean y encuentren inspiración en ella. Los IED no te permiten ser un héroe. Por eso Deme es tan importante. La valentía pura y dura que manda a veteranos como Vockler de vuelta a la guerra no es la que lleva a los adolescentes a alistarse en el Cuerpo. Si no fuera por historias excepcionales como la de Deme, ¿quién iba a alistarse?

Boylan acaba durmiendo en el suelo, y yo estoy sentado a su lado, bebiendo whisky lentamente y envidiándolo desde las profundidades de mi corazón no combatiente. No sé por qué. Él no está orgulloso de su Estrella de Bronce. Se niega a contar la historia. «Fue un mal día», es lo máximo que me ha dicho. Ni siquiera sé qué es lo que tiene y yo quiero. Solo sé que lo quiero. Y está justo enfrente de mí, tan cerca que le he derramado whisky encima dos veces.

Agamben dice que la diferencia entre los hombres y los animales es que los animales son esclavos de los estímulos. Pensemos en un ciervo frente a los faros del coche. Describe experimentos en los que los científicos le dan a una abeja obrera una fuente de néctar. Mientras lo absorbe, le seccionan el abdomen, de forma que en lugar de llenar a la abeja, el néctar cae a través de la herida formando un chorrito que se derrama al mismo ritmo al que bebe la abeja. Uno esperaría que la abeja cambiase su comportamiento en respuesta, pero no lo hace. Sigue succionando alegremente el néctar, y lo sigue haciendo de manera indefinida, sometida por un estímulo —la presencia de néctar— hasta que se ve liberada por otro —la sensación de saciedad—. Pero ese segundo estímulo nunca llega: la herida hace que la abeja siga bebiendo hasta que muere finalmente de hambre.

Salpico un poco más de whisky sobre Boylan, medio esperando que se despierte.

DIEZ KILÓMETROS AL SUR

Esta mañana nuestro cañón ha descargado unos cien kilos de ICM en un control de contrabando diez kilómetros al sur. Nos hemos cargado a un grupo de insurgentes y luego hemos ido a comer a la cantina de Faluya. Yo he tomado pescado y habones. Intento comer sano.

En la mesa, los nueve sonreímos y reímos. Yo aún tiemblo por la excitación nerviosa, y no dejo de sonreír, de retorcerme las manos y de hacer girar mi alianza en el dedo. Estoy sentado entre Voorstadt, nuestro número uno, y Jewett, que está en el equipo de munición con Bolander y conmigo. Voorstadt se ha servido un plato enorme de raviolis y Pop Tarts, y antes de atacar mira a un lado y otro de la mesa y dice: «No me puedo creer que por fin hayamos tenido una misión de artillería».

Y Sanchez dice «Ya era hora de que matáramos a alguien», y el sargento Deetz se echa a reír. Hasta yo río entre dientes, un poco. Llevamos dos meses en Irak, una de las pocas unidades de artillería que se dedica realmente a la artillería, solo que hasta el momento no habíamos disparado más que en misiones de iluminación. Normalmente, los soldados de infantería no quieren arriesgarse a los daños colaterales. Algunos de los cañones de la batería han disparado a los malos, pero nosotros no. No hasta hoy. Hoy ha disparado toda la maldita batería. Y hemos alcanzado al objetivo. Eso nos ha dicho el teniente.

–¿Cuántos insurgentes creéis que hemos matado? –pregunta Jewett, que ha estado bastante callado.

–Una unidad del tamaño de un pelotón –responde el sargento Deetz.

–¿Qué? –dice Bolander. Es un cínico profesional con cara de rata, y empieza a reír–. ¿De un pelotón? Sargento, en AQI no tienen pelotones.

–¿Por qué crees que hacía falta toda la maldita batería? –suelta gruñendo el sargento Deetz.

–No hacía falta –dice Bolander–. Cada cañón ha disparado solo dos proyectiles. Supongo que lo único que querían era que todos tuviéramos un rato de fuego contra un objetivo real. Además, hasta un solo proyectil de ICM bastaría para cargarse a un pelotón en pleno desierto. Ni de coña hacía falta la batería entera. Pero ha sido divertido.

El sargento Deetz niega lentamente con la cabeza, los corpulentos hombros encorvados sobre la mesa.

–Una unidad del tamaño de un pelotón –repite–. Eso es lo que era. Y dos proyectiles por cañón era lo que necesitábamos para cargárnosla.

–Pero… yo no me refería a toda la batería –dice Jewett con un hilo de voz–. Me refería a nuestro cañón. ¿A cuántos se cargó el nuestro, solo el nuestro?

–¿Cómo voy a saberlo? –responde el sargento Deetz.

–Un pelotón son como cuarenta –digo yo–. Cuenta, seis cañones, divide y te salen, seis…, no sé, seis coma seis personas por cañón.

–Sí –dice Bolander–. Hemos matado exactamente seis coma seis personas.

Sanchez saca una libreta y empieza a hacer cuentas, anotando los números con su caligrafía de precisión mecánica.

–Divídelo entre nueve marines por cañón y tú, personalmente, has matado hoy a cero coma siete personas. Eso es como un torso y una cabeza. O quizás un torso y una pierna.

–No hace gracia –le replica Jewett.

–Está claro que nosotros nos cargamos a más –dice el sargento Deetz–. Somos los mejores tiradores de la batería.

Bolander resopla.

—Pero si lo único que hacemos es disparar en el cuadrante y desviación que nos marca el FDC, sargento. Es decir…

—Somos mejores tiradores —lo corta el sargento Deetz—. Podemos colar una bala en una madriguera de conejos a treinta kilómetros de distancia.

—Pero incluso si estábamos en línea con el objetivo… —dice Jewett.

—Estábamos en línea con el objetivo —dice el sargento Deetz.

—Vale, sargento, lo estábamos. Pero los otros cañones…, a lo mejor les dieron antes. A lo mejor ya estaba todo el mundo muerto.

Me lo puedo imaginar, la metralla penetrando con un ruido sordo en los cuerpos despedazados, la fuerza del impacto sacudiendo los miembros de un lado para otro.

—Mira —interviene Bolander—, incluso si sus proyectiles les dieron primero, eso no significa que todo el mundo estuviera muerto, necesariamente. A lo mejor algún insurgente tenía metralla en el pecho, justo, y está en plan… —Bolander saca la lengua fuera y se agarra el pecho teatralmente, como si se estuviese muriendo en una película antigua en blanco y negro—. Y entonces llega nuestro proyectil, bum, y le arranca la puta cabeza. Ya se estaba muriendo, pero la causa de la muerte sería «ha volado por los putos aires», no «metralla en el pecho».

—Sí, claro, supongo —dice Jewett—. Yo no me siento como si hubiera matado a alguien. Creo que si hubiera matado a alguien lo sabría.

—Nah —le responde el sargento Deetz—. No lo sabrías. No hasta que vieras los cuerpos. —La mesa se queda un momento en silencio. El sargento Deetz se encoge de hombros—. Es la mejor manera.

—¿No se os hace raro —nos pregunta Jewett—, después de nuestra primera misión real, estar aquí comiendo sin más?

El sargento Deetz lo mira con el ceño fruncido y luego le pega un bocado enorme a su filete ruso y sonríe de oreja a oreja.

—Hay que comer —declara con la boca llena de comida.

–Yo creo que está bien –dice Voorstadt–. Acabamos de matar a unos cuantos malos.

Sanchez asiente con un gesto rápido.

–Está bien.

–Yo no creo que haya matado a nadie –insiste Jewett.

–Técnicamente, fui yo quien tiró del tirafrictor –dice Voorstadt–. Yo disparé. Tú solo pusiste la carga.

–Como si yo no pudiera tirar de un tirafrictor –dice Jewett.

–Sí, pero no lo hiciste tú.

–Dejadlo estar –los interrumpe el sargento Deetz–. Es un arma de manejo colectivo. Hace falta un equipo.

–Si usáramos un obús para matar a alguien en Estados Unidos –digo yo–, me pregunto de qué crimen nos acusarían.

–De asesinato –me responde el sargento Deetz–. ¿Eres idiota o qué?

–Sí, claro, de asesinato, pero ¿a cada uno de nosotros? ¿En qué grado? Quiero decir, Bolander, Jewett y yo lo cargamos, ¿no? Si cargo un M-16 y se lo doy a Voorstadt y él le pega un tiro a alguien, no creo que yo haya matado a nadie.

–Es un arma de manejo colectivo –dice el sargento Deetz–. Arma. Manejo. Colectivo. No es lo mismo.

–Y yo lo cargué, pero la munición nos la dieron en el ASP. ¿No deberían ser responsables, también, los marines del ASP?

–Sí –dice Jewett–. ¿El ASP por qué no?

–¿Y por qué no los obreros que fabricaron la munición? –se burla el sargento Deetz–. ¿O los contribuyentes que la pagaron? ¿Sabes por qué no? Porque es de retrasado.

–El teniente dio la orden –digo–. Él también iría a juicio, ¿no?

–Oh, ¿eso crees? ¿Crees que los oficiales pagarían el pato? –Voorstadt se ríe–. ¿Cuánto tiempo llevas en el Cuerpo?

El sargento Deetz estampa el puño sobre la mesa.

–Escuchadme. Somos el Cañón Seis. Somos responsables de ese cañón. Acabamos de matar a unos cuantos malos. Con nuestro cañón. Todos nosotros. Y eso es un buen día de trabajo.

—Yo sigo sin sentir que haya matado a nadie, sargento —dice Jewett.

El sargento Deetz deja escapar un largo suspiro. Todo queda un segundo en silencio. Entonces niega con la cabeza y se echa a reír:

—Bueno, vale, todos nosotros menos tú.

Cuando salimos de la cantina, no sé qué hacer conmigo. No tenemos nada planeado hasta la noche, cuando habrá otra misión de iluminación, así que la mayoría de los chicos quieren pillar la litera. Pero yo no quiero dormir. Me siento como si por fin estuviese completamente despierto. Por la mañana me había levantado al estilo campo de adiestramiento, después de dos horas de sueño, vestido y listo para matar antes incluso de que mi cerebro tuviese tiempo de ponerse a trabajar. Pero ahora, aunque tengo el cuerpo cansado, mi mente está a tope, y quiero que siga así.

—¿Volvemos al cubo? —le digo a Jewett.

Asiente, y empezamos a recorrer el perímetro de Battle Square, a la sombra de las palmeras que crecen junto a la carretera.

—En parte me gustaría que tuviéramos algo de hierba —dice Jewett.

—Vale.

—Es un decir.

Niego con la cabeza. Llegamos a la esquina de Battle Square, justo enfrente del hospital de Faluya, y giramos a la derecha.

—Bueno, por fin algo que contarle a mi madre —dice Jewett.

—Sí. Y algo que contarle a Jessie.

—¿Cuándo fue la última vez que hablaste con ella?

—Una semana y media.

Jewett no responde nada a eso. Bajo la vista hasta mi alianza. Jessie y yo nos casamos por lo civil una semana antes de que me marchase para que, si moría, ella pudiera cobrar las ayudas. No me siento casado.

—¿Qué se supone que tengo que contarle? —digo.

Jewett se encoge de hombros.

–Cree que soy un tipo duro. Cree que estoy en peligro.

–De vez en cuando nos lanzan morteros.

Miro a Jewett inexpresivo.

–Algo es algo –dice–. De todos modos, ahora puedes decirle que te has cargado a algunos malos.

–Puede. –Miro el reloj–. Son las cero cuatro, su hora. Tendré que esperar para contarle el héroe que estoy hecho.

–Eso es lo que le digo a mi madre todos los días.

Cuando llegamos cerca de los cubos, le digo a Jewett que me he dejado algo en la línea de cañones y me piro.

La línea de cañones está a dos minutos caminando. A medida que me acerco, las palmeras van cediendo al desierto, y veo la oficina de correos de Camp Faluya. Aquí el cielo se extiende hasta la línea del horizonte. Está perfectamente azul y despejado, como lo ha estado todos los días durante los últimos dos meses. Veo los cañones apuntando hacia arriba. Solo los cañones Dos y Tres están ocupados, y los marines están sentados alrededor. Cuando llegué por la mañana, todos los cañones estaban ocupados y todo el mundo andaba frenético. El cielo era negro, con apenas un toque de rojo asomando por el borde del horizonte. A media luz podían verse los contornos de los gigantescos cañones de acero oscuro, de doce metros de largo, apuntando hacia el cielo de la mañana, y debajo de ellos, las siluetas de los marines corriendo de aquí para allá, comprobando los obuses, los proyectiles, la pólvora.

A la luz del día, los cañones brillan relucientes al sol, pero por la mañana estaban oscuros y sucios. Bolander, Jewett y yo estábamos detrás, a la derecha, esperando junto a la munición mientras Sanchez gritaba el cuadrante y la desviación que le habían asignado al cañón tres.

Yo había puesto las manos sobre uno de nuestros proyectiles, el primero que lanzamos. También el primero que yo disparaba contra objetivos humanos. Habría querido levantarlo ahí mismo, sentir su peso tirando de mis hombros. Me había entrenado para cargar con esos proyectiles. Había entrenado tanto que tenía cicatrices en las manos de las veces que me habían golpeado en los dedos o me habían abierto la piel.

Entonces el cañón tres había disparado dos proyectiles de localización. Y luego, «Misión de fuego. Batería. Dos proyectiles». Sanchez había gritado el cuadrante y la desviación, y el sargento Deetz lo había repetido, y Dupont y Coleman, nuestro artillero y artillero adjunto, lo habían repetido y configurado y comprobado, y el sargento Deetz lo había revisado, y Sanchez lo había verificado, y nos dieron la orden de proyectil y tiempo, y Jackson puso la pólvora, y nos movíamos con fluidez, como habíamos aprendido en los entrenamientos, Jewett y yo a ambos lados del portaproyectiles, sosteniéndolo, y Bolander detrás con el atacador. El sargento Deetz revisó la pólvora y dijo, «Tres, cuatro, cinco, propelente». Y luego, a Sanchez, «Carga cinco, propelente». Verificado.

Nos acercamos con el proyectil hasta la escotilla abierta y Bolander lo empujó con el atacador hasta que oímos un sonido metálico. Voorstadt cerró la escotilla.

Sanchez dijo: «Enganche».

Deetz dijo: «Enganche».

Voorstadt enganchó el tirafrictor al disparador. Había visto hacer eso mil veces.

Sanchez dijo: «Preparado».

Deetz dijo: «Preparado».

Voorstadt tensó el tirafrictor sosteniéndolo contra la cintura.

Sanchez dijo: «Fuego».

Deetz dijo: «Fuego».

Voorstadt hizo un giro a la izquierda y nuestro cañón cobró vida.

El sonido nos golpeó, vibrando a lo largo de nuestros cuerpos, muy hondo en nuestros pechos y en nuestras tripas y por detrás de nuestros dientes. Notaba el sabor de la pólvora en el aire. Cuando los obuses disparaban, los cañones retrocedían como pistones y se recolocaban, y la fuerza de los proyectiles al salir levantaba en el aire una nube de humo y polvo. Al mirar hacia la línea, ya no vi seis obuses. Solo vi fuegos entre la neblina, o ni siquiera fuegos, solo destellos de rojo en mitad del polvo y la cordita. Sentía el rugido de cada cañón, no solo del nuestro, cuando disparaba. Y pensé, Dios, esto es por lo que me alegro de ser artillero.

Porque ¿qué dispara un soldado de infantería con un M-16? ¿Cartuchos de 5,56? Incluso con la Calibre 50, ¿qué puedes hacer realmente con ella? O con el cañón principal de un tanque. ¿Qué alcance tiene eso? ¿Dos o tres kilómetros? ¿Y te cargas qué? ¿Una casita? ¿Un vehículo blindado? Donde fuera que estuviéramos lanzando aquellos proyectiles, a algún lugar a diez kilómetros al sur, estaban pegando más fuerte que ninguna otra cosa que hubiese dentro del combate en tierra. Cada cartucho pesa sesenta kilos, una carcasa rellena con ochenta y ocho bombetas que se esparcen por toda la zona objetivo. Y cada bombeta contiene una carga explosiva moldeada capaz de penetrar cinco centímetro de acero macizo y despedir metralla por todo el campo de batalla. Para lanzar esos proyectiles contra un objetivo hacen falta nueve hombres moviéndose perfectamente a la vez. Hace falta un FDC, un buen oteador, y matemáticas y física y técnica, destreza y experiencia. Y aunque yo solo cargaba, que a lo mejor solo era una tercera parte del equipo de munición, me movía perfectamente, y el proyectil entraba con ese gratificante sonido metálico, y salía disparado con un rugido increíble, y volaba hacia el cielo y caía a diez kilómetros al sur. La zona objetivo. Y allí donde acertáramos, todo lo que hubiera en cien metros a la redonda, todo lo que hubiera dentro de un círculo con un radio tan largo como un campo de fútbol americano, todo eso moría.

Antes aún de que el cañón se hubiese recolocado del todo, Voorstadt ya había desenganchado el tirafrictor y abierto la recámara. Limpió el interior con el escobillón y cargamos otro proyectil, el segundo que disparaba ese día contra un objetivo humano, aunque no cabía duda de que para entonces no quedaba ya ningún objetivo viviente. Y disparamos de nuevo, y lo sentimos en los huesos, y vimos la bola de fuego salir disparada del cañón, y más polvo y más cordita llenaron el aire, y nos asfixiamos con la arena del desierto iraquí.

Y entonces se acabó.

El humo nos rodeaba. No se veía nada más allá de nuestra posición. Yo respiraba con fuerza, inhalando el olor y el sabor de la pólvora. Y miré nuestro cañón, alzándose sobre nosotros, silencioso, gigantesco, y sentí una especie de amor por él.

Pero el polvo empezó a posarse. Y una brisa llegó y empezó a llevarse el humo, lo arrastró y lo elevó por encima de nuestras cabezas, y luego más arriba, hacia el cielo, la única nube que había visto en dos meses. Y después la nube se disolvió, desapareció en el aire, y se mezcló con el rojo tenue del amanecer iraquí.

Ahora, de pie frente a los obuses, con el cielo de un azul perfecto y los cañones alzados atravesándolo, es como si nada de eso hubiera pasado. No queda en nuestro obús ni una mota de esta mañana. El sargento Deetz nos hizo limpiarlo al terminar la misión. Un ritual, o algo así, por haber matado por primera vez como Cañón Seis. Desmontamos el escobillón y el atacador, unimos los dos palos junto con una escobilla de limpieza y luego empapamos la escobilla en limpiador CLP. Entonces nos pusimos en fila detrás del obús, sosteniendo el palo, y lo introdujimos todos a la vez en el interior del cañón. Repetimos el proceso, y vetas negras de CLP y hollín bajaban serpenteando por el palo y nos manchaban las manos. Seguimos haciéndolo hasta que nuestro cañón quedó limpio.

De modo que no se ve ninguna señal de lo que ha pasado, aunque sé que diez kilómetros al sur hay una zona sembrada de cráteres y cubierta de metralla, edificios destrozados, coches quemados y cadáveres retorcidos. Los cuerpos. El sargento Deetz los había visto en su primera campaña, durante la invasión inicial. El resto no los habíamos visto nunca.

Me vuelvo bruscamente, de espaldas a la línea de cañones. Demasiado impoluto. Quizás esta no sea la manera apropiada de verlo. En alguna parte hay un cadáver tendido, blanqueándose al sol. Antes de ser un cadáver fue un hombre que vivía y respiraba y tal vez asesinaba y torturaba, el tipo de hombre al que yo siempre había querido cargarme. En cualquier caso, un hombre definitivamente muerto.

Así que vuelvo hacia el área de nuestra batería, sin girarme en ningún momento. Es un paseo corto, y cuando llego me encuentro a unos cuantos de los chicos echando una partida de Texas Hold'em al lado del fumadero. Están el sargento Deetz, Bolander, Voorstadt y Sanchez. A Deetz le quedan menos fichas que a los demás, y tiene todo el peso del cuerpo apoyado sobre la mesa, mirando el bote con el ceño fruncido.

—Hurra, flipado —dice al verme.

—Hurra, sargento.

Me quedo a verlos jugar. Sanchez muestra el turn y todo el mundo pasa.

—¿Sargento? —le digo.

—¿Qué?

No sé por dónde empezar.

—¿No cree que, a lo mejor, tendríamos que montar una patrulla para ver si hay supervivientes?

—¿Qué?

El sargento Deetz está concentrado en la partida. En cuanto Sanchez muestra el river, lanza las cartas.

—Me refiero, la misión que hemos tenido. ¿No deberíamos salir, como de patrulla, a ver si hay supervivientes?

El sargente Deetz levanta la vista hacia mí.

—Tú eres idiota, ¿no?

—No, sargento.

—No ha habido ningún superviviente —dice Voorstadt, lanzando sus cartas también.

—¿Ves a los de Al Qaeda paseándose en tanques por ahí? —me pregunta el sargento Deetz.

—No, sargento.

—¿Ves a los de Al Qaeda construyendo búnkeres y trincheras increíbles?

—No, sargento.

—¿Crees que los de Al Qaeda tienen poderes mágicos ninja, en plan, los ICM no me matan?

—No, sargento.

—No. Tienes toda la razón, no.

—Sí, sargento.

La apuesta está ahora entre Sanchez y Bolander.

—Creo que el 2/136 hace patrullas por ahí —dice Sanchez mirando el bote, sin dirigirse a nadie en particular.

—Pero, sargento, ¿qué pasa con los cuerpos? —le digo—. ¿No tendría alguien que recoger los cuerpos?

—Dios, cabo segundo. ¿Es que tengo pinta de PRP?

—No, sargento.

—¿De qué tengo pinta?

—De artillero, sargento.

—Exacto, asesino. Yo soy artillero. Nosotros *proporcionamos* los cuerpos, no los recogemos. ¿Me has oído?

—Sí, sargento.

Me mira.

—¿Y tú qué eres, cabo segundo?

—Artillero, sargento.

—¿Y qué es lo que haces?

—Proporciono los cuerpos, sargento.

—Exacto, asesino. Eso es.

El sargento Deetz vuelve a la partida. Aprovecho la oportunidad para escurrirme. Ha sido una estupidez preguntarle a Deetz, pero lo que me ha dicho me hace pensar. PRP. La compañía de Recuperación y Procesamiento de Personal militar. También conocida como Asuntos Funerarios. Me había olvidado de ellos. Debían de haber recogido los cuerpos de esta mañana.

La idea del PRP va colándose en mi cabeza. Los cuerpos podrían estar aquí, en la base. Pero no sé dónde está el PRP. Nunca había querido saberlo y tampoco quiero preguntarle a nadie cómo se llega. ¿Por qué iba a querer alguien ir a PRP? Pero salgo del área de la batería y rodeo el perímetro de Battle

Square en dirección a los edificios de Logística, esquivando oficiales y suboficiales de estado mayor. Tardo mi buena media hora, escabulléndome de aquí para allá y leyendo los carteles a la puerta de los edificios, en encontrarlo: un edificio largo, bajo y rectangular rodeado de palmeras. Está apartado del resto del complejo de Logística pero, por lo demás, es un edificio como cualquier otro. Eso se hace raro. Si han recogido hoy, debería haber miembros seccionados rebosando por la puerta.

Me quedo fuera, mirando la entrada. Es una sencilla puerta de madera. Y yo no debería estar enfrente de ella, no debería abrirla, no debería cruzarla. Yo soy de una unidad de armas de combate, y este no es mi sitio. Esto es mal yuyu. Pero he venido hasta aquí, lo he encontrado y no soy ningún cobarde. Así que abro la puerta.

Dentro hay aire acondicionado, un largo pasillo lleno de puertas cerradas y un marine sentado de espaldas a mí tras un escritorio. Lleva unos auriculares puestos. Están enchufados a un ordenador en el que está viendo una especie de programa de televisión. En la pantalla, una mujer con un vestido de tul está llamando un taxi. Al principio parece bastante guapa, pero luego la pantalla pasa a un primer plano y queda claro que no lo es.

El marine del escritorio se da la vuelta y se quita los auriculares mientras me mira confundido. Busco los galones en el cuello de su uniforme y veo que es sargento de artillería, aunque parece mucho mayor que la mayoría de sargentos de artillería. Un bigote blanco y recortado reposa sobre su labio, y tiene algo de pelusa blanca por encima de las orejas, pero el resto de la cabeza está calva y reluciente. Cuando entrecierra los ojos para mirarme, la piel de alrededor de los ojos se frunce en arrugas. Y está gordo, además. Incluso a través del uniforme, se nota. Dicen que los PRP son todos reservistas, no hay enterradores en el servicio activo del Cuerpo de Marines, y él parece un reservista seguro.

—¿Puedo ayudarle, cabo segundo? —me dice. Hay un suave deje sureño en su voz.

Me quedo ahí parado mirándolo, con la boca abierta, y van pasando los segundos. Entonces la expresión del viejo armero se suaviza, se inclina hacia delante y me pregunta:

—¿Has perdido a alguien, hijo?

Me lleva un segundo entender.

—No —respondo—. No, no, no. No.

Me mira confundido y arquea la ceja.

—Soy artillero —le digo.

—De acuerdo.

Nos miramos el uno al otro.

—Hemos tenido una misión esta mañana. ¿Un objetivo diez kilómetros al sur?

Lo miro esperando que lo pille. Me siento oprimido en ese pasillo estrecho, con el escritorio apretujado en medio y el armero gordo y viejo mirándome interrogativo.

—Vale…

—Era mi primera misión así…

—Vale…

Se inclina todavía más hacia delante y entorna los ojos, como si viéndome mejor fuera a entender de qué narices le estoy hablando.

—O sea, yo soy de Nebraska. De Ord, Nebraska. En Ord no hacemos nada.

Me doy perfecta cuenta de que parezco un idiota.

—¿Está usted bien, cabo segundo?

El viejo armero me mira atentamente, esperando. Cualquier armero que estuviese en una unidad de artillería me habría pateado el culo a estas alturas. Cualquier armero que estuviese en una unidad de artillería me habría pateado el culo en cuanto crucé la puerta, por entrar tan campante en un sitio en el que no pinto nada. Pero este armero, quizá porque es un reservista, quizá porque es mayor, quizá porque está gordo, solo me mira y espera a que suelte lo que necesito decir.

—Nunca había matado a nadie —le digo.

—Yo tampoco.

–Pero yo lo he hecho. Creo. Es decir, hemos lanzado los proyectiles y ya está.

–De acuerdo. ¿Y por qué ha venido aquí?

Lo miro con expresión de impotencia.

–He pensado que a lo mejor vosotros habíais estado allí. Y habíais visto lo que he hemos hecho.

El viejo armero se recuesta en la silla y frunce los labios.

–No –responde. Coge aire y lo suelta lentamente–. Nosotros nos encargamos de las bajas estadounidenses. Los iraquís se encargan de las suyas. Las únicas veces en que veo al enemigo muerto es cuando muere en una instalación médica estadounidense, como el hospital de Faluya. –Hace un gesto con la mano en dirección al hospital de la base–. Además, en TQ tienen una sección de PRP. Seguramente se hayan encargado ahí de cualquier cosa en esa AO.

–Ah…, vale.

–No hemos tenido nada de ese tipo hoy.

–Vale.

–Le irá bien.

–Sí. Gracias, armero.

Me quedo ahí, mirándolo un momento. Luego me fijo en todas las puertas cerradas del pasillo, puertas sin nada tras ellas. En la pantalla de ordenador del armero un grupo de mujeres beben pink martinis.

–¿Está casado, cabo segundo? –El armero está mirándome la mano, la alianza.

–Sí, hace unos dos meses.

–¿Cuántos años tiene?

–Diecinueve.

Asiente, y luego se queda ahí sentado como si estuviera dándole vueltas a algo. Justo cuando estoy a punto de irme, me dice:

–Hay algo que podría hacer por mí. ¿Me haría un favor?

–Claro, armero.

Señala la alianza.

–Quítesela y póngala en la cadena con las chapas.

Se busca con los dedos la cadena que lleva en torno al cuello y saca las chapas para mostrarme. Ahí, colgando junto a las dos placas de metal que llevan sus datos en caso de muerte, hay un anillo de oro.

—Vale...

—Tenemos que reunir los efectos personales —dice, metiéndose de nuevo las chapas bajo la camisa—. Para mí, lo más difícil es sacar las alianzas de boda.

—Oh.

Doy un paso atrás.

—¿Puede hacer eso por mí?

—Sí. Lo haré.

—Gracias.

—Debería irme —le digo.

—Debería.

Me doy la vuelta rápidamente, abro la puerta y me adentro en el aire asfixiante. Me alejo despacio, con la espalda recta, controlando mis pasos, y con la mano derecha sobre la izquierda, jugueteando con la alianza, haciéndola girar.

Le he dicho al armero que lo haría, así que mientras camino cojo el anillo y me lo saco del dedo. Da mal yuyu, ponerlo con las chapas. Pero me las saco, abro el broche a presión, deslizo el anillo en la cadena, cierro el broche y me pongo las chapas de nuevo en torno al cuello. Noto el metal de la alianza contra el pecho.

Sigo alejándome, sin prestar atención al camino que siguen mis pasos, y avanzo por debajo de las palmeras que bordean la carretera en torno a Battle Square. Tengo hambre, y debe de ser hora de ir a la cantina, pero no cojo ese camino. Voy hacia la carretera que pasa por el hospital de Faluya y me paro enfrente.

Es un edificio cuadrado y anodino, de color beige y aplastado por el resplandor del sol como todo lo demás. Hay un fumadero cerca, y dos sanitarios están sentados, hablando y dando caladas al cigarrillo, soltando tenues bocanadas de humo en el aire. Espero, y miro el edificio como si fuera a emerger de él algo increíble.

No pasa nada, por supuesto. Pero ahí en mitad del calor, plantado enfrente del hospital de Faluya, recuerdo el aire fresco de la mañana dos días atrás. Íbamos de camino a la cantina, todo el Cañón Seis, riendo y haciendo broma, cuando el sargento Deetz, que estaba gritando algo de que los espartanos eran gays, se calló en mitad de la frase. Se detuvo de golpe, se puso recto, todo lo alto que es, y susurró «Aaa-teen-CIÓN».

Nos pusimos todos firmes, sin saber por qué. El sargento Deetz hizo un saludo con la mano derecha y los demás hicimos lo mismo. Entonces lo vi, a lo lejos, en la carretera: cuatro sanitarios saliendo del quirófano de Faluya con una camilla envuelta en la bandera estadounidense. Todo estaba en silencio, inmóvil. A lo largo de toda la carretera, los marines y marinos se habían puesto en posición de firmes.

Apenas veía nada con las primeras luces de la mañana. Forcé los ojos, fijándome en el contorno del cuerpo bajo la tela gruesa de la bandera. Y luego la camilla desapareció de la vista.

Ahora, en pleno día, al ver a esos sanitarios fumando, me pregunto si serían ellos los que llevaban aquel cuerpo. Deben de haber llevado algunos.

Todo el mundo se había quedado tan completamente callado, tan quieto, mientras pasaba el cuerpo… No había ningún sonido ni ningún movimiento más que los pasos lentos de los sanitarios y el avance del cuerpo. Una imagen de la muerte que parecía de otro mundo. Pero ahora sé adónde llevaban ese cuerpo, al viejo armero del PRP. Y si había algún anillo de boda, el armero lo habría sacado poco a poco del dedo muerto y rígido. Habría reunido todos los efectos personales y habría preparado el cuerpo para transportarlo. Entonces lo habrían llevado a TQ en avión. Y mientras lo bajaban, los marines se habrían quedado quietos y en silencio, como en Faluya. Y lo habrían puesto en un C-130 hacia Kuwait. Y en Kuwait se habrían quedado quietos y en silencio. Y se habrían quedado quietos y en silencio en Alemania, quietos y en silencio en la Base Aérea de Dover. Allá donde fuera, los marines y los marinos y los soldados y los aviadores se habrían puesto en posición de firmes mientras viajaba hasta la familia del caído, donde el silencio, la inmovilidad, cesarían.

GLOSARIO DE ACRÓNIMOS

03: En el MOS, el sistema de Especialidades Ocupacionales Militares del Cuerpo de Marines, categoría correspondiente a Infantería.

08: En el MOS, el sistema de Especialidades Ocupacionales Militares del Cuerpo de Marines, categoría correspondiente a Artillería.

3400: En el MOS, el sistema de Especialidades Ocupacionales Militares del Cuerpo de Marines, subcategoría correspondiente a Gestión Financiera.

AK: Fusil de asalto.

AO: Área de operaciones.

AQI: Al Qaeda Irak.

ASP (Ammunition Supply Point): Punto de suministro de munición.

AZD: Siglas del aeropuerto de Yazd, en Irán.

BOLO (Be On the Look Out): Lista de los más buscados.

BSTS (Battle Skills Training School): Escuela de entrenamiento de habilidades de combate.

CACO (Casualty Assistance Calls Officer): Oficial de asistencia a bajas, el encargado de proporcionar información y apoyo a las familias de un militar fallecido.

CAR (Combat Action Ribbon): Galón en reconocimiento a acciones en combate.

CAS (Close Air Support): Apoyo aéreo cercano.

CASEVAC (Casualty Evacuation): Evacuación de emergencia de un herido, por el medio que sea, desde la zona de combate hasta una instalación médica.

CERP (Commander's Emergency Response Program): Programa de respuesta para emergencias, un fondo destinado a la construcción y financiación de infraestructuras y servicios que reviertan en beneficio del pueblo de Irak y Afganistán.

COIN: Contrainsurgencia.

DI (Drill Instructor): Instructor de adiestramiento.

DPICM (Dual-Purpose Improved Conventional Munition): Munición convencional mejorada de función dual, un tipo de proyectil que incorpora en su interior submuniciones, ya sean perforadoras de blindajes, minas, granadas antipersona, etcétera.

DUI (Driving Under Influence): Conducción bajo los efectos del alcohol.

EOD (Explosive Ordnance Disposal): Equipo de desactivación de explosivos, o unidad de artificieros.

EOF (Escalation of Force): Protocolo que marca la escalada de fuerza a seguir en la actuación del personal militar frente a una situación de resistencia a la autoridad.

ESB (Engineer Support Battalion): Batallón de apoyo de ingeniería.

EYEPRO: Gafas de protección.

FDC (Fire Direction Center): Equipo que, en una batería de artillería, determina la posición exacta del objetivo y calcula el alcance y dirección adecuados de los obuses.

FOB (Forward Operating Base): Base de avanzada.

G. I. Bill: Ley estadounidense que proporciona beneficios a los veteranos, como hipotecas y préstamos con tipos de interés bajos y becas para cursar estudios universitarios.

GWOT (Global War On Terrorism): Guerra global contra el terrorismo.

HE (High-Explosive): Detonante.

HEAT (HMMWV Egress Assistance Trainer): Simulador para practicar las técnicas de salida de un Humvee accidentado.

HMMWV (High Mobility Multipurpose Wheeled Vehicle): Conocido como Humvee, es un vehículo todoterreno, a veces blindado, que sirve a múltiples propósitos en las fuerzas armadas.

HUMINT (Human Intelligence): Servicio de Inteligencia Humana, así llamado porque la información que maneja se reúne mediante el contacto interpersonal.

ICM: Véase DPICM.

IED (Improvised Explosive Device): Artefacto Explosivo Improvisado, o bomba caminera.

IRRF2 (Iraq Relief and Reconstruction Fund 2): Segunda fase de los fondos para la reconstrucción de Irak.

ISF (Iraqi Security Forces): Fuerzas de Seguridad Iraquís.

IV: Vía intravenosa.

JSS (Joint Security Station): Estaciones de seguridad en las que trabajan conjuntamente las fuerzas armadas estadounidenses y las iraquís.

KBR: La Kellogg Brown & Root, empresa concesionaria que proporciona apoyo logístico a las fuerzas armadas de Estados Unidos.

KIA (Killed in Action): Muerto en combate.

MARPAT (MARine PATtern): Estampado de camuflaje utilizado por los Marines y, por extensión, el uniforme.

MAW (Marine Aircraft Wing): Sección aérea del Cuerpo de Marines.

MEDEVAC (Medical Evacuation): Evacuación de emergencia que, a diferencia de la CASEVAC, incluye asistencia en ruta.

MLG (Marine Logistics Group): Unidad Logística de los Marines.

MRAP (Mine-Resistant Ambush Protected Vehicle): Vehículos militares de combate blindados para hacer frente a IED, minas y emboscadas.

MRE (Meal Ready to Eat): Raciones individuales listas para comer destinadas para el personal de combate.

MSR (Main Supply Route): Ruta principal de suministro.

MWR (Morale, Welfare and Recreation): Conjunto de servicios e instalaciones destinados a reforzar la moral, el bienestar y el entretenimiento de las tropas.

NAM (Navy Achievement Medal): Medalla en reconocimiento a acciones meritorias.

NCO (Non-Comissioned Officer): Suboficial.

NDS (National Defense Service Medal): Medalla al servicio de la defensa nacional.

OIC (Officer In Charge): Oficial al cargo.

OLD: Operación Libertad Duradera.

OLI: Operación Libertad Iraquí.

PFC (Private First Class): En el Cuerpo de Marines, soldado de primera clase.

PM: Policía militar.

POG (People Other that Grunts): Personal militar que no entra realmente en combate, chupatintas.

PPE (Personal Protective Equipment): Equipo de protección personal.

PRP (Personnel Retrieval and Processing): Recuperación y procesamiento de personal militar, también conocido como unidad de Asuntos Funerarios.

PV2: En el Cuerpo de Marines, soldado raso.

RPG: Granada autopropulsada, o lanzacohetes con el que se dispara.

RPK: Ametralladora ligera.

S2: Oficial de seguridad de la unidad de inteligencia.

SAF (Small Arms Fire): Fuego de armas ligeras.

SALUTE (Size, Activity, Location, Unit identification, Time, and Equipment): Informe sobre las actividades del enemigo que comunica del tamaño de la célula, su actividad, localización, la unidad a la que pertenece, la fecha y hora en que fue observada y el equipo con el que cuenta.

SAW (Squad Automatic Weapon): Ametralladora ligera.

SGLI (Servicemembers Group Life Insurance): Seguro de vida del personal de servicio.

SITREP (SITuation REPort): Informe de situación.

SPC: Siglas de Especialista.

SSTP (Surgical Shock Trauma Platoon): Pelotón de asistencia quirúrgica de shocks y traumatismos, o batallón médico.

SVBIED (Suicide VBIED): Vehículos con explosivo IED con-
  ducidos por terroristas suicidas.
TCP (Traffic Control Point): Punto de control de tráfico.
TEPT: Trastorno por estrés postraumático.
TQ: Así se conoce coloquialmente la base aérea de Al Ta-
  qaddum, a unos setenta kilómetros de Badgad.
USAID: Agencia de Estados Unidos para el Desarrollo Inter-
  nacional.
V: Distintivo al valor en combate que se lleva junto con las
  medallas y galones otorgados por las fuerzas armadas esta-
  dounidenses.
VBIED (Vehicle Borne IED): Vehículos con explosivo IED.
WIA (Wounded In Action): Herido en combate.

PHIL KLAY

Phil Klay se graduó en Dartmouth y es un veterano del Cuerpo de Marines de Estados Unidos. Sirvió en Irak y, tras ser dispensado, cursó un Master in Fine Arts en el Hunter College, donde estudió con Colum McCann y Peter Carey, y fue asistente de investigación de Richard Ford. Su relato «Nuevo destino», que da título a este libro, apareció en la prestigiosa revista literaria *Granta* en 2011 y fue incluido en una colección de relatos publicados bajo el título *Fire and Forget: Short Stories from the Long War* (2013). También ha colaborado con sus artículos en *The New York Times*, *Tin House*, *Granta*, *Wall Street Journal* y *Newsweek*, entre otros.

En 2014, el conjunto de relatos que conforman *Nuevo destino* fue nominado al Premio Frank O'Connor y ganó el National Book Award al mejor libro de ficción. Además, ese mismo año Phil Klay fue seleccionado por la National Book Foundation como uno de los cinco mejores autores menores de treinta y cinco años.

«*Nuevo destino* es divertido, mordaz, contundente y triste. Es lo mejor que se ha escrito hasta ahora acerca de lo que la guerra ha causado en el alma de la gente.»

The New York Times Book Review

«Una excelente y perturbadora colección de relatos. […] Una voz maravillosamente clara.»

New York Magazine

«En *Nuevo destino*, Phil Klay le transmite al lector de a pie lo que se siente al ser un soldado en combate, y cómo es volver a casa, todavía aturdido por las contrariedades de la guerra.»

The New York Times

«*Nuevo destino* es un libro apremiante, a la vez perturbador y deslumbrante. […] La prosa de Klay es potente y mordaz, implacable con los personajes y los lectores.»

Karen Russell,
autora de *Tierra de caimanes*

«Ficción de altos vuelos. […] Aquí hay una claridad lacerante en su precisión y excitante en su efecto.»

Patrick McGrath

«Estos relatos lo cuentan todo con una elocuencia y una humanidad poco común que, al tiempo que nos hace trizas el corazón, también nos da motivos para tener esperanza.»

Ben Fountain

«Phil Klay nos trae las historias de los combatientes estadounidenses con una voz distinta, nueva y poderosa.»

Nathan Englander